Palma nos da una perspectiva fresca sobre las tensiones entre las comunidades emigrantes de Miami, particularmente entre las que *lo lograron* y las que tal vez nunca lo hagan. Sus representaciones de ambas posturas son profundamente agudas, emotivas y están teñidas de un humor negro que refleja el amplio espíritu crítico de su autor.

MICHAEL MEJÍA, autor de *TOKYO*

Raul Palma ha tomado una pizca de la cadencia musical de Oscar Hijuelos, un poquito del realismo mágico de Alejo Carpentier y los ha mezclado con su propio poder para retratar la cultura popular de Miami y crear así este clásico lleno de sensaciones, estilo y suspenso.

ERNESTO QUIÑONEZ, autor de *El vendedor de sueños*

La novela floridana de nuestro momento canaliza a Junot Diaz, Helena María Viramontes e incluso Nathaniel Hawthorne. Lúdicamente, Palma se vale de la literatura gótica y la sobrenatural para ofrecernos una crítica post-racial y post-étnica del sueño americano.

KRISTIANA KAHAKAUWILA, autora de *This Is Paradise*
[Esto es el paraíso]

Raul Palma

Es un cubanoamericano de segunda generación, nacido y criado en Miami. Su colección de cuentos, *In This World of Ultraviolet Light*, [En este mundo de luz ultravioleta] ganó el Don Belton Prize en 2021. Sus textos han aparecido en *Alaska Quarterly Review, Best Small Fictions 2018* y en otras publicaciones. Actualmente es profesor asistente de escritura creativa en el Ithaca College, donde también es Decano Asociado de la Facultad en la Escuela de Humanidades y Ciencias. *Un fantasma en Hialeah Gardens* es su primera novela.

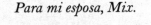

Para mi esposa, Mix.

Penguin
Random House
Grupo Editorial

Título original: *A Hauting in Hialeah Gardens*
Primera edición: noviembre de 2023

Esta edición es publicada bajo acuerdo
con Dutton, un sello de Random House.

© 2023, Penguin Random House Grupo Editorial USA, LLC
8950 SW 74th Court, Suite 2010
Miami, FL 33156

Traducción: David Horta Pimentel
Diseño de cubierta: Kaitlin Kall

Impreso en Colombia / *Printed in Colombia*

ISBN: 978-1-64473-752-1

23 24 25 26 27   10 9 8 7 6 5 4 3 2 1

UN FANTASMA EN HIALEAH GARDENS

RAUL PALMA

TRADUCCIÓN DE
DAVID HORTA PIMENTEL

VINTAGE ESPAÑOL

PRIMERA PARTE

HUGO
Y SUS
DEUDAS

1

ERA NAVIDAD en Miami y Hugo no había estado durmiendo bien porque, cada vez que lo intentaba, sentía que su deuda, esa cosa invisible, se metía con él en la cama. A veces tomaba su mano, lo besaba, luego se envolvía alrededor de su pecho hasta que le dolía respirar, o lo despertaba de una bofetada y le exigía atención. Era imposible dormir. Era imposible imaginar un futuro.

Vivía en un *efficiency*[1]. Cuando se sentaba en su mesa a tomar el té, podía escuchar el murmullo de otra familia a través de los paneles de yeso. Los niños gimoteaban, reían, botaban pelotas de baloncesto. Sus ruidos lo hacían sentir como si viviera en un hogar *de verdad*. Desde su ventana los

[1] Apartamento similar a los estudios, pero sin separación entre las habitaciones, que normalmente está adosado a las casas o en el mismo terreno. En muchos lugares de América Latina se le llama anexo. En Miami es muy común usar el nombre en inglés y así se ha dejado. N. del E.

observaba cruzar la calle a las 7:05 a. m. para tomar el autobús escolar, todos de uniforme. Había querido ser padre.

Pero Meli estaba muerta, e incluso si aún estuviera viva y él hubiera logrado ser un mejor esposo, siempre habrían estado arruinados y necesitados de lo que no podían pagar. Solían hojear catálogos publicitarios en las horas doradas de la tarde, pero ahora Hugo los tiraba directamente a la basura. Evitó sus restaurantes de comida rápida favoritos y, en cambio, se puso a cultivar lechuga romana en el alféizar de su ventana. No tenía ningún deseo de buscar pareja. Apenas le alcanzaba la voluntad para comer.

Solo los viernes tiraba la casa por la ventana, cuando manejaba hasta La Carreta y pedía un café con leche de $2.25. Guardaba siempre consigo una moneda de veinticinco centavos para la propina. Esta única extravagancia le costaba $10 al mes, y aunque a Hugo le dolía pagar de más por el café, necesitaba la compañía de otros. Más que el café, hacer una transacción con Bárbara, la de más edad entre las empleadas de la cafetería, lo dignificaba.

Quizás era porque ella siempre tenía cosas buenas que decir sobre su apariencia: el lino límpido de su túnica, su gorro ceremonial de orisha, sus amuletos de cuentas. Cuando Bárbara se acercaba para tomar su mano, Hugo fingía que era un verdadero sacerdote, como Lourdes, su supervisora en la Miami Botánica & Spa en Hialeah. Fingía porque era un impostor. Él lo sabía, pero su trabajo dependía de que actuase como si estuviera ordenado y fuera capaz de consultar a Ifá.

A veces, mientras disfrutaba de un cafecito en la ventana, escuchaba como otros clientes, que no eran cubanos, afrocubanos ni caribeños, se fijaban en él. Hugo tenía aires de ser quechua o mestizo. Puede pensarse que, en una ciudad como Miami, la población de mayoría cubanoamericana ya estaría acostumbrada a ver sudamericanos de aspecto indígena, pero no se sentía así. Intentaba no prestar atención al asunto.

Faltando pocos días para Navidad, fue hasta la ventanilla de Barbarita para darle un pequeño obsequio, una prenda devocional de su lugar de trabajo. Sabía que no era nada extraordinario, pero lo envolvió con lo que quedaba del papel de regalo que encontró escondido en el armario de Meli. Era un bonito papel azul con copos de nieve, y aunque Meli era la que se encargaba de envolver todas las cosas, no le fue mal haciéndolo por sí solo. En el mostrador, Bárbara lo saludó con su acostumbrado "¿Qué me dice?". Le deslizó la taza de café.

—¿Me engañan mis ojos? Hugo. ¡No es viernes! ¿Tiene los días trocados?

—Quería sorprenderte —dijo, y se sonrojó, sintiendo dentro de sí todo el calor de la temporada.

Bárbara, en respuesta, apretó su mano con una fuerza que él no sabía que tenía. De repente, su teléfono se puso a vibrar y a sonar, sobresaltándole. Hugo se excusó y reparó en el número desconocido. Le parecía familiar, y se preguntó: *"¿Debo contestar o dejar que vaya al buzón de voz?"*, y sintiendo la alegría de la temporada y una sensación de optimismo, respondió:

—Sí. Hola.

—¿Es Hugo Contreras?

Había escuchado la voz del hombre antes, pero no sabía dónde.

—¿Hola? ¿Hola? —inquirió la voz—. ¿Puedes oírme?

—¿Quién es?

—Alexi Ramírez.

Escuchar *ese* nombre, pronunciado por *ese* hombre, hizo a Hugo retroceder en el tiempo, a cuando él y Meli se acurrucaban bajo el edredón de su cama, y se dormían con el murmullo de los comerciales nocturnos de Ramírez, el aire acondicionado al máximo. Cómo echaba de menos Hugo aquellas noches tranquilas.

—¿Eres realmente tú? —preguntó Hugo—. ¿El abogado en los bancos de las paradas de autobús?

Cuando la voz rio entre dientes y respondió:

—¡Guau! Sí. Ese *fui* yo. Hace mucho tiempo.

Hugo tomó el regalo de Bárbara y se retiró, sin haberse tomado el sorbo de café ni pagar. Caminó por el estacionamiento, zigzagueando entre los autos estacionados; luego hizo una pausa y susurró en su teléfono: "¿Sabes quién soy, hijo de puta?" Antes de que Alexi pudiera responder, Hugo levantó la voz y dijo:

—¡Tienes que dejar de llamarme! ¿Qué tengo que hacer para que tu gente deje de llamarme?"

—Hugo…

—Es todos los días. Todos los malditos días. Y ocultas tu número en el identificador de llamadas. ¿No es ilegal llamar de un número falso? Dime, Alexi. ¿Debo presentar una queja ante la Comisión Federal de Comercio?

Gritó todo esto, incluso con policías cerca. La deuda de Hugo, que había estado tratando de aferrarse a él todo el día, resbaló hasta el suelo y se encharcó alrededor de sus pies. Hugo la atravesó, pateándola de tal modo que se sintió, por un momento, como si realmente hubiera conquistado sus deudas de una vez por todas.

Alexi no colgó. Esperó a que Hugo dejara de gritar; luego explicó con delicadeza por qué había llamado:

—Mira. Lo entiendo. Soy un abogado cobrador de deudas. Pero estoy siendo acosado por un espíritu. Y no solo yo. Tengo una esposa, una hija. Yo soy más que el trabajo que hago. ¿Podrías ayudarme?

Hugo se sentó en su auto, considerando la petición del abogado. Se compadeció de él. Pero incluso con su deuda enconándose y arrastrándose por su piel como gusanos, dijo: "Lo siento. No te ayudaré."

EN EL CONDADO DE MIAMI-DADE la mayoría de la gente recuerda a Alexi como el abogado de las multas de tráfico de los anuncios en los bancos de las paradas de autobús. Era una desdicha que te tocara mirarlo en medio de la monotonía de la hora pico. El anuncio tenía el dramatismo de una mala foto en un anuario escolar: Alexi, gordo, calvo, posando con el puño cerrado bajo la barbilla, una iracunda águila calva americana chillando a sus espaldas. Era ese tipo de rostro que te da ganas de bajar de tu auto e ir a garabatearle algo encima. Cuando Meli notaba uno de los anuncios, cerraba su puño y lo presionaba contra su barbilla, y decía: "No pagues ese *ticket*". ¿Qué podía decir Hugo? Cuando la multaron por ir a quince por encima del límite, no necesitaba consultar las Páginas Amarillas para saber a quién llamar. El bufete de Alexi la sacó del lío con una pequeña multa y sin puntos de menos. Y había algo en aquel jingle que pasaban incesantemente durante los comerciales (*Sin puntos, sin puntos, Ramírez. Sin puntos. Sin puntos, zoom, zoom*). Meli tarareaba la cancioncita sin darse cuenta de que lo hacía. O sea, que allí estaba Alexi, colándose sigilosamente en la banda sonora de sus vidas, pero ellos apenas le habían prestado atención.

A Hugo y a Meli les tomó algún tiempo notar cuándo, en 2015, los anuncios en los bancos de las paradas de autobús comenzaron a despintarse bajo el sol. Los que aún quedaban se encontraban en mal estado, apenas reconocibles y garabateados con bigotes y penes. Meli fue la primera en notarlo. "Mira, Hugo. Los anuncios nos abandonan. ¿Adónde irá nuestro amigo"? Tan sorprendida estaba que llamó a la clínica de las multas de Alexi mientras esperaba en medio del tráfico. Puso el teléfono en altavoz para que Hugo pudiera escuchar aquel: "Lo sentimos, usted ha llamado a un número que ha sido desconectado o ya no se encuentra en servicio".

—No, no me lo creo —dijo—. Chico, necesitamos encontrarlo.

—Pídeselo a Siri.

—¡No! —dijo Meli—. ¿A quién le importa él? Necesitamos encontrar un banco con su carita rechoncha.

En la hora pico, buscaron por las calles. Era un disparate. Había algo en aquello de buscar a Alexi que les había contagiado, de la misma manera que buscar un juego de llaves perdido puede volver loca a una persona. Para Hugo quedaba claro que encontrar el rostro de Alexi significaba algo más para Meli, y aunque estaba cansado y hambriento, y enojado por la desesperación de los conductores, persistió hasta que encontraron uno de sus anuncios, completamente intacto. Sin bigotes. Sin penes. Solo un chicle en la nariz de

Alexi, que fácilmente raspó con la uña. Meli dijo: "¿Cómo crees que se vería con cabello?". Luego, usando un rotulador rojo que llevaba consigo para etiquetar letreros, evocó un peinado de esos de moda, con púas al frente como Ricky Martin. Era ridículo, pero les dio mucha alegría a Hugo y a Meli. Después se despidieron del Alexi sobre el banco de la parada de autobús y, durante años, lo olvidaron.

Hasta que empezaron las llamadas telefónicas.

Salían, generalmente a comer comida cubana en el Islas Canarias, y el teléfono de Hugo sonaría, siempre tan fuerte. En esas situaciones, fingía que no escuchaba el timbre, que no veía su teléfono vibrando sobre la mesa, que no se daba cuenta de que los clientes miraban, preguntándose: *¿Por qué no contesta?* Él cortaba su bistec y continuaba su conversación con Meli, y ella aprendió a no preguntar quién llamaba. Meli trató de enseñarle cómo silenciar su teléfono, pero incluso eso lo perturbaba. Le había preguntado una vez: "Entonces, ¿por fin cuántas novias tienes?" Y se rio de lo lindo, aunque Hugo pudo ver que lo decía en serio. "No digas cosas así", dijo. "Jamás".

En ese entonces, la deuda de Hugo era como una salpicadura de mosquito en el parabrisas de su auto. Le molestaba, pero solo levemente. Era fácil de ignorar. Sólo había tomado un poco de sangre. Hugo sabía sobre el estatuto de limitaciones. Sabía que no había razón ahora para pagar los $2,000 de impago de cuando tenía veinte años. Sabía que el acreedor original había vendido la deuda a un tercero hacía mucho tiempo; el acreedor había cancelado la pérdida para reducir la carga fiscal sobre las ganancias de otras cuentas. No era como si hubiera tomado dinero de alguien. Lo había tomado de una corporación que había anticipado, en su plan de negocios, que algunos deudores incumplirían. Es decir, Hugo no tenía ningún remordimiento. En lo que a él respectaba, siempre había estado endeudado. Estaba en deuda con Dios el día que nació. Cargar con tal deuda, en su mente, era como olvidar que uno también está hecho de carne y hueso.

Pero odiaba las llamadas telefónicas. Odiaba lo invasivas que eran y lo que implicaban. Meli fingía no darse cuenta, y Hugo odiaba que la estuviera poniendo en esa situación en primer lugar. Aquella vez que ella le había quitado el teléfono para ponerlo en modo silencioso, él se lo arrebató y le dijo en público: "No lo toques", con tanta fuerza que Meli lo miró como si la hubiera abofeteado. Sus palabras le hicieron llorar. Cómo quería simplemente liberarse de sus errores pasados —ser un niño no bautizado, olvidado por Dios y el diablo y pertenecer solo a sí mismo—, razón por la cual, una noche, después de mirar su cuenta de ahorros, respondió a una de esas llamadas no deseadas. Fue audaz. Estaba en la cama con Meli, viendo reposiciones de *Mr. Bean* y comiendo palomitas de maíz, cuando soltó: "¿No-vas-a-dejar-de-llamar?".

La forma en que lo dijo, con apatía, realmente sorprendió a Meli.

En la línea, un mensaje pregrabado indicaba que la llamada telefónica era un intento de cobrar una deuda. Era un mensaje repetido, vocalizado por alguien para quien el inglés no era su idioma dominante. Había algo amenazante en la grabación, la forma en que se repetía, toda estática y argentada, como si fuera una transcripción que reverberaba interminablemente en un vacío metálico. La grabación le recordó los altavoces complejos y desgastados dentro de la mina en la que había trabajado una vez, hacía toda una vida, cuando apenas era un niño, y cómo el supervisor anunciaba las pausas para el almuerzo y los cambios de turno, siempre con una voz distorsionada y remota. Hugo casi podía ver la tristeza en el rostro de su hermano, suave bajo el brillo de las lámparas de aceite. No quería volver allí.

Cuando el cobrador de deudas finalmente se puso en la línea, Hugo dijo, "¡Óyeme! ¡Es domingo por la noche!

—¿Estoy hablando con…? —preguntó la joven en la línea.

—Sabe que soy yo.

Meli tiró de las sábanas. Desde debajo del nido formado por el edredón y la ropa desdoblada, lo echó de la cama de una patada con su pie descalzo y susurró: "Ve a buscarme una Coca-Cola Light".

Hugo se llevó la llamada a la cocina.

—Llamo por la deuda de su tarjeta de crédito de Bank of America.

—Lo sé. Lo sé. ¿No puedo pagarlo ahora mismo, por teléfono?

—¡Sí! ¡Excelente! Puedo guiarle a través de las opciones de pago.

—Solo quiero pagar.

—Pero señor…

—¿Vas a tomar la información de mi cuenta corriente o qué?

—Por supuesto, señor Contreras. ¿Cuánto le gustaría pagar?

Hugo le dijo que pagaría los $2,000. Le dio la información de su cuenta y le pidió que le enviara un recibo por correo. Esa noche, volvió a meterse en la cama con Meli y se sintió liberado, exorcizado de sus errores financieros pasados, incluso si había gastado la mitad de sus ahorros. Él la besó, trepó entre sus piernas y le contó lo que había hecho como si hubiera conquistado una montaña, como si los muchos picos, muros y barreras que lo rodeaban se hubieran desvanecido en un halo celestial.

—Eso fue tan estúpido —dijo Meli—.¡Podríamos haber ido a Disney!

—¿Disney?

—Y olvidaste mi Coca-Cola Light —dijo, de nuevo sacándole de la cama de una patada—. ¡Por favor!

Para Hugo, hacer el pago había valido absolutamente la pena —incluso si Meli no lo veía así— hasta que recibió su recibo por correo. Mostraba que todavía debía $14,476. El bufete de abogados había calculado dieciséis años de intereses altos. Llamó, impugnando la cantidad y negándose a pagar, siempre presto a escuchar ese mensaje grabado, pero al final no había escapatoria de la deuda total.

Lo que hizo el bufete fue un crimen. Sin embargo, *ellos* lo enviaron a juicio y el juez falló a su favor, el de *ellos*. El estatuto de limitaciones se había restablecido cuando hizo un pago. Abrió la puerta de par en par e invitó a ese abogado a entrar. Para fin de año, el salario de Hugo estaba siendo embargado. Lo poco que ganaba en la botánica era menos, por lo que dependía de las tarjetas de crédito para comprar comestibles y gasolina. Con el interés tan alto, Hugo sabía que nunca saldaría su deuda, y eso lo enojaba —cómo los pasos que había dado en falso podrían perseguirlo para siempre. No quería hablar de eso. Meli deseaba que lo hiciera.

Tal vez Hugo podría haber perdonado a Alexi por ese lío, pero seis años después del pago de $2,000, Alexi volvió a por ellos. Las tarjetas de crédito de Hugo estaban al tope, Meli se había ido, y todavía había Coca-Cola Light en el refrigerador, sin abrir, y las llamadas telefónicas se volvían incesantes, esta vez por otro tipo de deuda. Hugo, sin darse cuenta del todo, había sido cofirmante de las facturas del hospital de Meli. Solo recordaba vagamente haberlo hecho.

Durante el velatorio y el funeral, ignoró las llamadas, pero entre el teléfono sonando y la tía de Meli, Lena, empujándolo y diciendo: "¡Qué falta de respeto!"?" y el cura leyendo los ritos y mirando de soslayo a Hugo, no había paz. En la carretera cercana, una docena de motocicletas aceleraban sus motores. En lo alto revoloteaba un helicóptero de tráfico. Era tan ordinario. Y tal vez había algo más que le impedía llorar su pérdida. Al recordar a Meli, solo podía recordar a otra persona. Era un pensamiento parasitario.

Peor aún, después del entierro, nadie lo dejó solo. Incluso Lena, a quien nunca le había importado, insistió en almorzar juntos. Le tomó su mano y dijo: "Ella todavía vive con nosotros, ¿sabes?".

Hugo se estremeció con su contacto y dijo: "No, no es así. ¿Por qué dices eso? La acabamos de enterrar". Cuando salió del cementerio esa mañana, finalmente solo, fue a su casa y revisó su buzón, un ritual nacido de la costumbre, nada más. Dentro de la pequeña caja oxidada, había una carta certificada de las Oficinas Legales de Alexi Ramírez y Asociados, la única correspondencia ese día.

Hugo la abrió, y lo que vio no fueron números ni cifras; solo vio una palabra: "COLLECT", que en ese momento pareció ser un atentado contra su alma. Esa noche, bebió para ponerle fin a todo, pero no lo suficiente. Porque se despertó a la mañana siguiente, con la cabeza palpitante, y vio la citación judicial de Alexi, y frente a él, sentada donde

Meli tomaba su café, vio algo más: su deuda. Estaba tan caliente y brillante como el sol de Florida.

✿

EN EL ESTACIONAMIENTO, Hugo jugueteaba con su rosario, que llevaba colgado de la muñeca, desprendiendo tiras de cuero de sus cuentas. Se estaba preparando para colgar cuando Alexi espetó:

—¡Espera! Podemos llegar a un acuerdo. ¿Qué te parece esto? Tú me ayudas y saldaré tu deuda como si nunca hubiera sucedido. Me ayudas de verdad y yo lo pagaré todo, hasta el último centavo. ¡Escucha! Puedes estar bravo conmigo, pero piénsalo bien. Lo que quiero decir es que, si tu jefa dice que eres lo que eres, si puedes limpiar mi casa para que no quede ni un espíritu en ella, te perdonaré toda la deuda.

Sentado sin moverse en el estacionamiento, Hugo consideró la propuesta de Alexi. *¿Puede Alexi realmente hacer tal cosa? ¿Qué hay de mi deuda emocional? ¿Y mi deuda con Meli?* Hugo sintió su endeudamiento, la forma en que lo asfixiaba en todo momento, la forma en que contagiaba cada aspecto de su vida, cada espacio libre, cada nueva relación —una cosa invisible, pero que de alguna manera se sentía tan opaca y sólida como la bóveda de un banco en el fondo del mar. "Seguro. Nos podemos encontrar".

2

DESPUÉS DE DEJAR LA CARRETA, Hugo condujo hasta la botánica, una tiendecita en un centro comercial rebosante de reliquias sagradas: más de cinco mil artículos espirituales, religiosos y de ciencias ocultas, desde velas devocionales hasta incienso y aves vivas. Esta no era una botánica ordinaria. Lourdes era la proveedora elegida por muchos líderes espirituales de Miami. Un editor del *Miami News Times* la consideró el ¡Ñooo! ¡Qué Barato!² de los Productos Espirituales", designación que Lourdes exhibió con orgullo en una placa detrás de la caja registradora.

Cuando los huracanes azotaban la costa, amenazando a todo el sur de la Florida, los reporteros se reunían frente a su tienda para esperar sus adivinaciones. Y Lourdes,

---

² En español en el original. Tienda icónica en Hialeah, muy visitada por los cubanos y donde se compra mucha de la mercancía que mandan o llevan a sus familias en Cuba. N. del E.

consciente de la buena publicidad, colocaba su bandeja de adivinación de madera tallada en el estacionamiento y le pedía permiso a Eleguá[3], el Eshu[4], para comenzar el ritual. Lo hacía vertiendo aceite de palma directamente sobre el santo. El aceite era rojo como la sangre. La primera vez que Hugo la vio ejecutar este ritual, se horrorizó. "¡Cálmate! No es que estemos sacrificando gallos todos los días", dijo. "Pero al orisha tenemos que darle algo de comer. Pues ahí tienes, aceite de palma". Luego, al tiempo que machacaba nueces de palma, Lourdes cantaba los versos de Odu Ifá, esas narraciones que habían pasado de uno a otro babalao[5] a lo largo de los siglos. No usaba atuendos extravagantes. Se cubría el pelo con lino y de flores de lantana que crecían en el centro comercial, y se arrodillaba sobre la bandeja, no sin esfuerzo, con un grueso tabaco sin marca en la boca, ya encendido.

---

[3] Elegguá («Èṣù-Ẹlẹ́gbára» en yoruba) es el mensajero de los Orishas o Dioses en la Regla de Ocha o Santería. Dios niño, es el dueño de los caminos y el destino, es el que abre o cierra el camino de la vida, prosperidad, felicidad suerte o desgracia e incluso puede determinar sobre las influencias de otros egguns; es muy travieso y su nombre significa "el mensajero príncipe". N. del T.

[4] Eshu o Exu. Otro nombre que se le da a Elegguá, así como a sus "caminos". N. del T.

[5] Sacerdote de Ifá. Santero. N. del T.

Si ella era la gruta, Hugo era la tienda de regalos adyacente. Se sentaba debajo de un toldo vendiendo paquetes de supervivencia para huracanes —devocionales, salvia, cualquier cosa que brindara consuelo— a $20 cada uno. Estos eventos de adivinación de huracanes eran tremendamente populares, con largas filas que rivalizaban con las de las gasolineras, y aunque no parecían otra cosa que "puro bla, bla, bla", como le gustaba decir a Hugo, Lourdes nunca se equivocaba.

Para desaliento de los contratistas de construcción locales, muchos de los cuales encendían velas con la esperanza de que un huracán tocara tierra, con frecuencia Lourdes predecía que las tormentas se desviarían hacia el norte. Cuando, frustrados por su adivinación, los contratistas cuestionaban su integridad, les recordaba a todos que incluso antes de que Bryan Norcross[6] supiera el destino del huracán Andrew, ella predijo que la tormenta de 1992 azotaría Homestead. Fue cierto. Incluso cuando se pronosticó que Andrew iba a atravesar por la Calle Ocho y Little Havana, su visión del huracán asolando Homestead la convirtió en una leyenda en la comunidad.

En 2017, el propio Walter Mercado llamó a la botánica para ver qué pensaba Lourdes del huracán María. Puso

---

[6] Famoso meteorólogo estadounidense, especialista en el pronóstico de huracanes. N. del T.

a Walter en el altavoz para que Hugo pudiera escuchar la voz del famoso astrólogo. Entonces dijo: "Walter, mi amigo blanquito, me sorprende esto. ¿No has leído las estrellas?" Y se rio a más no poder, hasta que se puso sombría y dijo: "Si ni siquiera *tú* puedes ver su camino, prepárate". Por supuesto, ella tenía la razón. Cuando Puerto Rico se quedó sin electricidad, no encendía las luces de la tienda en solidaridad.

Y la gente no solo pensaba en Lourdes en tiempos de amenaza existencial. Cuando los de la comunidad, o incluso algunos en la diáspora más abarcadora de Miami, deseaban buena salud y fortuna o amor, era a Lourdes a quien contactaban. Su botánica podía enviar mercancías a cualquier parte de los Estados Unidos en dos días. Su tienda era como Amazon, excepto que Lourdes no tenía un sitio web, ni lo necesitaba. Los que llamaban a menudo no sabían lo que necesitaban. Dependía de ella averiguarlo. Y así fue como primero entrenó a Hugo: "Escúchalos, y las mejores reliquias se te mostrarán".

Aunque Hugo no era creyente, respetaba a Lourdes y seguía sus instrucciones sin dudar. Cuando empezó a dar consultas a los clientes por teléfono, se sorprendió de que su técnica, en efecto, funcionaba. A veces, mientras escuchaba a alguien desahogarse sobre un colega o expresar su preocupación por un niño, Hugo se sentía abrumado por su falta de conocimiento, pero luego, entre los muchos estantes de la tienda, sentía que un objeto le llamaba, una especie de vibración. No podía explicar por qué o cómo sucedía esto, pero este objeto, cuando se entregaba al cliente, resolvía el problema.

Fue así como Hugo llegó a creer que si existía alguna magia, existía en ella. Por eso, ahora, Hugo estaba molesto con Lourdes. Incluso sin adivinación, Lourdes sabía que Alexi embargaba su salario. Lo vio en la nómina. Hugo se enfocó en un único pensamiento —*¡Vete al carajo!*— esperando que, desde su puestecito en Westchester, ella pudiera adivinar esas palabras en Hialeah, impresas en una nube o en una bocanada de humo, o en cualquiera que fuese la enunciación mágica donde le serían reveladas.

CUANDO UN DÍA HUGO irrumpió en la botánica sudando y sin aliento, Lourdes, que estaba ayudando a un cliente, se excusó y lo abrazó. "¡Hugo!" dijo y luego hizo una pausa, como si esperara un "gracias" o alguna reacción positiva. Al ver que no llegaba, dijo: "¡Ah! Mira qué bien. Quieres mandarme pal diablo. Mira que eres bobo." Luego volvió con su cliente, mientras acentuaba su comentario con un grito: "Él va a perdonar tu deuda. ¿No te lo dijo?".

Hugo entró a zancadas en el almacén dando un portazo tras de sí. Cerró los ojos y, al escuchar a la cría de gallinas cloquear en sus jaulas, se preguntó: *¿Por qué accedí a ayudar a este hombre?*

Para empezar, Hugo necesitaría algunos materiales. En los estantes no quedaba agua bendita, así que agarró una cuchilla y abrió los envíos recién llegados. Mientras lo hacía, se imaginaba sentado en uno de aquellos viejos bancos de autobús de Alexi, desollándole el rostro impreso hasta dejar solo la madera desnuda del respaldo. Podía sentir su deuda trepando por su brazo como un calambre, apremiándole. Tales pensamientos, cuando podía controlarlos, le repugnaban. Solo después de echarse en el bolsillo la cuchilla y una botellita de plástico llena de agua bendita con la forma de la Virgen María, se dio cuenta de que Lourdes lo observaba. Ella lo tomó por los hombros y le dijo:

—Sé cuánto desprecias a este hombre. Pero has estado cargando con esta deuda demasiado tiempo. La llevas como una cadena. Esto puede liberarte, cariño."

—No es la deuda —dijo él—. Es el hombre.

—Tú sabes —replicó ella, acariciando su brazo—. Él no te quitó a Meli. Fue Dios".

—Él no se la llevó. Bien. Pero le impuso un gravamen. Le pago las deudas de ella todos los meses.

—Pero ese es su negocio —dijo Lourdes.

—Es el negocio de los demonios.

—Tienes razón —dijo Lourdes, sacudiendo la cabeza—. Pero los demonios son nuestro negocio.

—¿Por qué ese hombre debería ser el que me perdone?

—¿Sabes qué? Muy bien que podrías perdonarlo. Eres un babalao.

⚜

TODAS LAS PERSONAS ESPIRITUALES, cree Hugo, caminan sobre este globo lidiando con el temor de saberse impostores. Cada vez que Hugo visita a un cliente, monta todo un espectáculo, pero no es más que cortinas de humo. Es un tejemaneje de prendas, velas y sacrificios que desvía la mirada de su fin primordial: la búsqueda de evidencias. Todo lo que hace Hugo metido en su personaje de babalao es preparar el ambiente, crear las condiciones perfectas para la confesión y la revelación. Invoca el temor de Dios y de Satanás en los objetos cotidianos. Luego usa esa información para fabricar un ritual que se ajuste a la situación.

Hace algunos años, apenas unos meses después de la reelección de Obama, Lourdes puso a Hugo en un caso bastante estándar. Un señor mayor llamado Wilfredo había entrado muy angustiado a la botánica porque creía que su padre estaba tratando de matarlo. Su padre, que había muerto cincuenta y un años antes mientras luchaba en la invasión de Bahía de Cochinos. La historia no tenía sentido para Hugo. Más aún, durante una reunión preliminar,

31

le resultó difícil tomar en serio a Wilfredo, un hombre bien entrado en sus setenta años, en buena forma física, de calva incipiente y cubierto con una gruesa mata de vello corporal blanco. Tenía el tipo de haber servido en el ejército y todavía mantenía un régimen de flexiones en casa. Era un hombre serio, un contratista general que supervisaba una flota de otros contratistas. Sin embargo, allí estaba, acurrucado en la trastienda del Miami Botánica & Spa en Hialeah, a punto de romper en llanto a causa de su tormento.

—¿Entonces su padre, que tiene cincuenta y un años muerto, ha estado tratando de matarle? —preguntó Hugo.

—Sí.

—¿Y cómo sabe que es él... este espíritu?

—Disculpe —dijo Wilfredo—. ¿Le parece esto divertido?

Hugo apenas podía contenerse.

—No. No. Por favor. Responda a mi pregunta.

—Sé que es él porque se parece a él.

—¿Pero en qué estado? ¿Es joven? ¿Viejo? ¿Ha vuelto de la tumba?

—Joven. Viejo —dijo Wilfredo—. ¿Cuál es la diferencia? ¿Puede ayudarme o no?

Se necesitaron tres visitas a la casa del cliente para descifrar qué estaba pasando. Durante ese tiempo, Hugo aprendió mucho sobre Wilfredo. Aprendió, por ejemplo, que la primera vez que se dio cuenta de que su padre estaba tratando de matarlo fue durante una tormenta eléctrica. Wilfredo había estado recogiendo mangos caídos de la casa de su familia cuando un rayo derribó el árbol que él y su padre habían plantado juntos la primavera antes de su muerte. Una rama, sobrecargada de fruta, cayó justo sobre el hombro de Wilfredo, dejándolo inconsciente. Cuando despertó estaba empapado, embarrado y cubierto de hojas, y sintió una voz con la calidez del tabaco quemado que le susurraba: "No eres hijo mío".

En otra ocasión, Wilfredo estaba pescando debajo del paso elevado del Rickenbacker por la noche cuando algo agarró su sedal y empezó a tirar de él. Había pensado en un tiburón o una jodida ballena. Enrolló el sedal como si en ello le fuera la vida, y cuando levantó aquella masa opaca, lo que vio fue el rostro de su propio padre, todo mutilado y descompuesto. Una anguila se escurría culebreando por donde antes había un ojo. Esto asustó tanto a Wilfredo que resbaló de la plataforma y cayó en la fría y poderosa corriente. Alcanzó la orilla, pero la corriente era implacable, y en el momento en que pensó que podría ser barrido hacia el mar, tocó fondo y se dio cuenta de que, de hecho, estaba en aguas poco profundas y daba pie.

—Ese era mi padre —dijo—. Era la mano de mi padre, tratando de arrastrarme hasta el fondo del mar. ¿Por qué me odia?

Hugo estaba desconcertado. El padre de Wilfredo, en los años breves y luminosos antes de Bahía de Cochinos, parecía un buen hombre. "Fue increíble", había dicho Wilfredo. "¡El mejor papá, de verdad!" Su padre llegaba a casa después de entrenar en los Everglades para matar a Fidel, y en el patiecito cercado, jugaban una ronda de Matar a los comunistas, blandiendo palos como armas, liberando a Cuba antes de la cena.

En la tercera visita de Hugo, todo cobró sentido. Se dio cuenta de algo que no encajaba del todo en el cuadro. No podía creer que se le había escapado. Allí, en el refrigerador de Wilfredo, había un retrato del presidente Obama con una dedicatoria: "¡Gracias, Willy, por tu apoyo! Dios te bendiga." Prácticamente vibraba, de la misma manera que lo harían los objetos en la botánica de Lourdes durante las consultas.

—¿Qué es eso? —preguntó Hugo, deslizando el imán y sosteniéndolo—. ¿Votó por Obama?

Wilfredo empujó su asiento hacia atrás y dijo: "Puedo votar por quien quiera".

—Seguro. Sí —dijo Hugo—. A mí también me gusta, pero ¿qué diría su padre?

Estaría furioso.

—¿Y eso por qué?

En este punto, Wilfredo pareció darse cuenta de lo que Hugo estaba insinuando.

—De nuevo, ¿cuándo cayó el rayo sobre el árbol? —preguntó Hugo.

—Creo que fue en noviembre.

—¿Seis de noviembre? ¿Su reelección? No, pero... ¡coño! ¡Fue el día después!

—Sí. Ya me lo imaginaba.

Wilfredo tomó la foto, la miró con añoranza.

—¿Qué tengo que hacer entonces?

—Esto es lo que recomiendo. Destruya la foto.

—¿Qué?

—Vendré aquí esta noche y la destruiremos.

—¿Cree que eso funcionará? —preguntó Wilfredo.

—Bueno, es un comienzo. Escuche. Vendré esta noche. Cualquier cosa relacionada con Obama, téngala esperando en el patio trasero. Y me refiero a cualquier cosa. Un lápiz. Una carta. Una camiseta. Demonios, cualquier cosa de los Demócratas. ¿Entiende?

—¿Y qué hay de Clinton?

—Bill está bien. Pero si es Hillary, tal vez descártelo también.

Esa noche, Hugo regresó preparado. Trajo un baño espiritual. Trajo una bolsa Ziploc llena de huesos de pollo. Juntos, marcharon hacia el patio trasero de Wilfredo, justo al lado de la mata de mango caída.

—A partir de hoy, no más recuerdos de Obama —dijo Hugo—. A partir de hoy, tome su membresía demócrata y rómpala en pedazos. No tiene que hacerse republicano, pero hasta aquí llegó. ¿Lo entiende?

Wilfredo asintió.

—¿Entonces, procedo?

—Puedo sentirlo, me está mirando.

—¿Sentirlo?

Hugo encendió las velas, arrojó las cosas de Obama en la caja, dejó caer dentro los huesos de pollo, luego vertió combustible encima de todo y le prendió fuego. Para el efecto teatral, en la caja había dejado una bolsita de cloruro de bario, que al arder desprende humo verde. A Wilfredo debió parecerle que Hugo estaba exorcizando al mismísimo diablo. Tuvo que haber visto el rostro de su padre entre el humo y las llamas, porque durante el ritual rompió en llanto y gritó: "Lo siento, Papi. Lo siento."

Pero ¿qué había hecho realmente Hugo? Nada. Para Hugo podría reducirse a ciencia. La idea de que el espíritu de alguien permanecía después de la muerte le parecía ridícula. La idea de la existencia de un alma le hacía reír. ¿Cómo la gente podría creer tal cosa en una era de ciencia e Internet? Ver a Wilfredo llegar a tal subidón emocional y en cambio no sentir nada, hizo sentir a Hugo miserable.

Reflexionando sobre la situación de Wilfredo, Hugo sintió envidia. "¿Cómo puede ser, se preguntó, que un extraño pueda tener una experiencia tan profunda con el fantasma de un ser querido, y ni siquiera puedo recordar el rostro de Meli?" Lo que recordaba eran las cosas que ella quería, todos sus sueños y deseos truncados. La bonita casa en Coral Gables con el roble, el elegante BMW blanco, el vestidor con un zapatero del piso al techo. La lista continuaba. Había tanto. Meli siempre había sentido que, tal vez, algún día, sucedería.

Su vida dependía de esa idea. Pero Hugo lo tenía claro. Ese día nunca llegaría. Lo supo desde siempre. Cuando Meli desembuchaba sus largas listas de deseos, o cuando se sentaba en el sofá con los catálogos de muebles de lujo y marcaba varios de ellos con círculos, Hugo sentía arder en él toda su impotencia, y cuando Meli decía: "Este año va a ser nuestro año", Hugo asentía con la cabeza, como si realmente la creyera, dejando que esta carencia supurara y le carcomiera hasta que llegó a resentir sus sueños.

Cuando ella murió, y tuvo que ser su tía Lena quien comprara el ataúd, él se sintió inútil. No su esposo, no el hombre que ella merecía, quien movería el mundo por el amor de su vida, sino tan solo un cuerpo ocupando espacio. Debería haber pagado al menos el ataúd, incluso si no era de caoba.

Recordando a Wilfredo quemar sus posesiones para llorar a su padre, Hugo se preguntó qué podría quemar de Meli. ¿Las listas que había hecho? ¿Las cosas que nunca había comprado? La situación de Wilfredo, al menos, resultó positiva. Las apariciones cesaron. Hugo lo sabía porque Wilfredo lo visitaba para reponer las velas, convencido de que, si alguna vez se olvidaba de encenderlas, el espíritu de su padre que odiaba a Obama regresaría para vengarse. Sin embargo, incluso con este éxito, Hugo no estaba convencido de haber hecho algo o de que hubiera ocurrido algo sobrenatural. Por lo que sabía, las apariciones de Wilfredo bien podrían atribuirse a alguna indigestión con un sándwich de esos del Sarussi[7] que lo desequilibró. El sentimiento de culpa había acompañado a Wilfredo todo el tiempo. Eso había sido todo. La mayoría de las apariciones funcionaban de esa manera. Alguien se sentía mal por algo, y esa negatividad se manifestaba como una aparición.

---

[7] Restaurante de Miami conocido por sus opulentos sándwiches "submarinos". N. del T.

3

LA APP DE NAVEGACIÓN informó de un accidente
y redirigió a Hugo hacia el Florida Turnpike. Hugo se incorporó al tráfico. Estaba de mejor humor. Rara vez cruza-
ba por debajo de Palmetto Expressway. En su imaginación,
esta franja del condado de Miami-Dade, de comunidades
no incorporadas, muchas de las cuales surgieron inmediatamente después de la crisis de las hipotecas de alto riesgo,
estaba destinada a ofrecer algo agradable a la vista. Imaginó comunidades palaciegas cercadas con portón, de esas
con fuentes y gansos y áreas verdes perfectamente diseña-
das. Imaginó palmas reales y piscinas y muchas construc-
ciones nuevas, pero mientras conducía, vio que iba dejando
atrás los barrios para entrar en una zona de industrias y
desolación.

En el Florida Turnpike, pasó por un almacén enorme
tras otro, cada uno de los cuales era una empresa exporta-
dora con un estacionamiento vacío. Una vez en la US 27,

Hugo no estaba seguro de dónde comenzaba Hialeah Gardens y dónde terminaba Medley. En el mapa, Hialeah Gardens tenía la apariencia de una sierra vista en transversal. Esto parecía deliberado. Cuatro dientes de sierra cortando el gran Miami-Dade, en un intento desesperado por delinear los Gardens, separándolos de Hialeah propiamente dicha y de Miami Lakes en el extremo norte. Este era un lugar, sin duda, que quería su propia identidad, pero la zonificación lo desconcertaba: una cantera de piedra, varios proveedores de cemento, un distribuidor de carne, todo en la proximidad de nuevas escuelas, una biblioteca y un parque. Hugo había visto una empresa de servicios de flete y un comerciante de montacargas y un rebaño de ganado de aspecto enfermizo pastando en un campo de pinos. Había visto lotes abandonados con viejos remolques, la palabra "oficina" pintada a mano en las paredes. Un agente de bienes raíces podría describir la ciudad como de estilo *chic* industrial, cruda y de tendencia moderna, pero a Hugo le pareció seca y destartalada; una bonita fortaleza para un apocalipsis zombi, pero no un lugar para criar una familia si uno podía evitarlo.

Alexi Ramírez esperaba al frente cuando Hugo detuvo el auto en la entrada. "Debo haber escrito la dirección equivocada, pensó Hugo. Este no puede ser el lugar". No era un "hogar", eso era seguro. "Morada" parecía la palabra más adecuada, un lugar donde las cosas anidan, un cultivo terroso de vidrio y piedra. La mansión le recordó a Hugo un zoológico, uno que había visto cuando era un niño recién llegado a este país. Había llegado a Omaha, donde el cielo era imposiblemente vasto, y antes de ver dónde viviría, insistió en ver a los animales. Nunca había visto tantas cosas capturadas en un solo lugar. Al principio, los animales parecían estar perfectamente en casa, en jaulas que realmente se parecían a sus hábitats, pero luego Hugo vio las barras de acero y furtivamente vislumbró lo que había detrás de escena: las cámaras antisépticas donde los empleados atendían a las criaturas. Vio las manchas de estiércol, los animales enfermos y todo lo que no estaba destinado a la vista del público.

Sí. La casa de Alexi le recordaba mucho a esos recintos del sueño americano, mero concreto y paisajismo creativo diseñado para ocultar algo. Quién podría saber, mirando desde la acera, que la casa de Alexi había sido financiada con deuda, un dólar tras otro, extraído de los más pobres entre los pobres a través de la persuasión o fallos de la corte. Hugo podía admirarla, ciertamente. Estaba a años luz de su minúsculo *efficiency* de soltero, pero no podía dejar de pensar en las incesantes llamadas telefónicas, las facturas apiladas en su buzón, la maquinaria de cobro de deudas de Alexi bombeando efectivo de todo el estado. Al pasar la vista por el local, se preguntaba: "¿A qué ha contribuido mi dolor? ¿La fuente? ¿Las plantas bien podadas y sembradas en macetas?".

Hugo apagó el motor y se secó el sudor de la frente. Admiró las gaviotas que giraban en el cielo, lo que hacía parecer que los Gardens[8] estaban cerca de un océano y no del vertedero más grande del condado.

ALEXI TOCÓ en la ventanilla del auto con los nudillos. Estaba vestido con pantalones cortos de color caqui y una camisa de manga corta de lino, lo que parecía apropiado ya que era un día opresivamente húmedo, incluso para los estándares del sur de la Florida. Para ser claros, la elección del atuendo era la adecuada, pero ni la camisa ni los pantalones cortos de Alexi le quedaban bien, en lo más mínimo; eran dos tallas demasiado grandes. Parecía un bufón. Esto había sido un error. Hugo no quería encontrarse con el hombre. Consideró dar marcha atrás y largarse. Incluso volvió a encender el auto e hizo un gesto como si fuera a ponerlo en reversa, pero Alexi estaba demasiado cerca y Hugo pensó que podría pasarle por encima a algunos de los dedos de los pies del abogado. Alexi volvió a tocar en la ventanilla: "¡Hola! ¿Todo bien ahí dentro?".

Hugo salió del auto, totalmente desprevenido para la inmundicia del basurero de la ciudad. "Es el viento", dijo

---

[8] "Gardens" significa "jardines" en inglés. N. del T.

Alexi. "Por lo general, no sopla en esta dirección. Tu día de suerte." Con ese tono sarcástico, se acercó a Hugo. Sí. Allí estaba Alexi, la cara del banco de la parada de autobús.

Qué familiar, su redondez y su perpetuo ceño fruncido, y el asqueroso andrajo de su barba. Hugo casi no le estrecha la mano, pero el abogado fue tan directo, su palma abierta era una invitación, así que Hugo se portó bien. Se estrecharon la mano con fuerza y Alexi le agradeció, calurosamente, haber acudido en su ayuda a pesar de todo.

—Sé que esto no es lo ideal —dijo—. Estoy agradecido de que puedas dejar todo atrás para ayudar a mi familia.

—Es la época navideña —dijo Hugo, y Alexi le tocó el brazo y soltó una risita convulsiva.

Esto pretendía ser un gesto cálido, una bienvenida amistosa, pero en ese momento Hugo se sintió a su merced, un salero en la mesa de la cena. Le recordó la forma en que su deuda le agarraba por la muñeca y le daba vuelta a su antebrazo, dejando al descubierto la red de venas y capilares. "Corta. Corta ya". ¿Y no fue acaso cada llamada telefónica, cada carta, cada intento de cobrar una deuda la forma en la que Alexi estiraba su brazo, tratando de apoderarse de él? Hugo se sintió impotente, miserable en el mundo: una abeja con el abdomen amputado.

Fue especialmente desconcertante para Hugo entender al hombre, no solo como un rostro en el banco de una parada de autobús o un nombre en un correo certificado, sino como una persona, bastante ordinaria, sí, pesada, pero frágil y de buen ánimo. Hugo pensó que incluso parecía amigable este cobrador de deudas que se daba la gran vida exprimiendo dólares de las viudas en duelo. Era un verdadero diablo. Hugo lo sabía, y tal vez por eso Alexi había sido capaz de desarmarlo tan fácilmente. Estaban de pie frente al complejo, junto a un gigantesco Frosty, el Hombre de Hielo inflable y una docena de bastones de caramelo sobre el césped, discutiendo la temperatura en esta época del año. Era la típica tontería miamense: "¿No tenemos suerte de estar aquí durante el invierno? ¿Quién podría vivir en la nieve?".

Alexi sacó un talonario de cheques y preparó un bolígrafo. Hugo se rio y con un ademán desestimó el gesto.

—¿Disculpa?

—Debe ser algo malo —soltó Hugo—.¿Estás dispuesto a cancelar mi deuda?

—¡Sí! la perdonaría. Es en serio —dijo.

—Entonces debe ser malo —dijo Hugo, persignándose.

Alexis asintió.

—Claro, pero déjame preguntarte algo. ¿Lourdes dijo que necesitaría hacer una donación?

—La donación no es para mí. Es para los orishas. No somos más que vasijas.

—Entonces, ¿cómo sé que no vas a…

—Por favor —le cortó Hugo—. Me gustaría empezar. ¿Podemos?

Alexi dudó, pero luego hizo un gesto apuntando hacia el patio y dijo: "Por supuesto".

Paseando por el patio trasero de los Ramírez, era fácil olvidar que una sola familia ocupaba una casa tan extravagante y amplia. Incluso antes de que Hugo viera la piscina cristalina de Alexi, escuchó la suave cascada de rocas, y le dieron ganas de ponerse un traje de baño y unas chancletas, y pedir un mojito. Fantasmas. Demonios. ¿Por qué alguien tan rico se preocupaba por cosas tan triviales e inexistentes? ¿Especialmente cuando podría estar holgazaneando, tomándose el día libre? El patio le recordó a Hugo las piscinas turísticas de Miami Beach. Era hermoso, un oasis enclavado en medio de las chatarrerías industriales de Medley, pero también era comercial, diseñado para las masas, no había en él una pizca de toque personal. De pie junto a la piscina, Hugo se sintió como si estuviera entrando ilegalmente en un hotel, como si en algún momento fueran a aparecer los de seguridad, que le pedirían la llave de su habitación y lo pondrían de paticas en la calle.

—Esa mirada. Sientes algo aquí, ¿no? —preguntó Alexis.

Hugo se despabiló y, con mucho esfuerzo, ignoró los refinados y extravagantes muebles.

—Puede ser —dijo. —Perdóname. Tienes una casa preciosa. Tal vez podamos sentarnos para hablar más a fondo.

LA MESA ESTABA vestida con un tapete de lino color rosa sobre el cual descansaban una bandeja de madera, una cafetera y dos tacitas, junto con una fuente de queso manchego y croquetas de jamón. Claudia, la esposa de Alexi, salió corriendo a su encuentro. Llevaba ropa de hacer ejercicios y lucía un Apple Watch de color rosa dorado. Se quitó sus AirPods cuando saludó a Hugo.

—Tú eres el hombre —dijo, entre un respiro y otro—, que va a sacar de aquí la "mala energía", ¿verdad? Buena suerte.

Usó comillas en el aire para decir "mala energía". A Hugo ya le gustaba.

—Espero, por el bien de mi esposo, que puedas.

—¿Así que no crees? —preguntó Hugo.

—Primero creería en las hadas de la mantequilla—dijo riendo.

—No conozco a estas criaturas —dijo Hugo—. ¿Qué son?

—Hadas de la mantequilla —dijo Claudia—, entran a escondidas en tu casa en la noche y…

—Por favor —exclamó Alexi.

—…espérate, te roban la mantequilla mientras duermes.

—¡No! —Hugo se rio.

—¡Sí! Un trocito cada vez.

—Adorable —dijo Alexi—. Ahora. ¿Puedes darnos un momento?

Claudia realizó algunos estiramientos de pie y luego trotó en el lugar como parte de su calentamiento. Mientras tanto, mantuvo el contacto visual con Hugo. En un momento, se puso de pie perfectamente erguida, sacudió los brazos y las piernas, luego sonrió y dijo:

—¡Dios! Si alguien me hubiera dicho que mi esposo, el gran cobrador de deudas de Miami, alguna vez consultaría con un babalao, no lo hubiera creído. ¡Jamás!

—Claudia, por favor —dijo Alexi.

—¡Por Dios, Alexi! Estás como Gloria, ¿sabes? Se te está pegando.

—Estás siendo irrespetuosa.

—Es un insulto dirigido a ti. No a nuestro "querido" invitado.

—¿No tienes que ir a correr a algún lugar? —le espetó Alexi.

—¿Ves con lo que tengo que lidiar, babalao? ¿Tienes algo para mí? ¿Algo que hiciera más soportable el trato con este hombre? ¿Tal vez algo para hacer que su apnea del sueño desaparezca.

—Su tiempo es valioso —dijo Alexi con severidad—. Y estás siendo inapropiada.

—Bien. Prométeme esto, entonces. Que vas a terminar con esta tontería para la Nochebuena.

—¿En tres días? —preguntó Alexis.

—¡Sí! Tres días. Tenemos una fiesta que planificar, ¿o no?

—Voy a discutir eso con él.

—Está bien, está bien. Me iré entonces. Por favor. *Por favor*, estate atento a Dulce. Sabes que se queda muy enganchada con sus juegos —dijo, antes irse saltando por el césped hacia la calle.

Cuando Claudia se fue, Alexi se disculpó.

—¿Qué puedo decir? Ella es una escéptica.

Le ofreció café a Hugo y, por supuesto, Hugo se sirvió a sí mismo. Entonces Alexi preguntó:

—¿Cuánto tiempo llevas trabajando en esto? Supongo que simplemente no sé cómo alguien hace una carrera en lo tuyo.

—Es el único trabajo que he tenido en Miami —dijo Hugo, lo cual era verdad.

Lo que no le dijo fue que cuando se graduó de la secundaria necesitaba un trabajo, así que entró en todas las tiendas de un centro comercial local para preguntar si estaban contratando. La botánica fue el cuarto negocio que visitó y Lourdes lo contrató en el acto; ella afirmó que él estaba destinado a hacer cosas audaces y hermosas. En ese momento, tal premonición no significó nada para Hugo, pero últimamente se había estado preguntando: "¿Qué vio ella en mí?".

Alexi tomó un sorbo de su café.

—Probablemente no sepas esto de mí. Yo no quería ser abogado —rio entre dientes, partió una croqueta por la mitad—. Quería estudiar historia del arte, viajar por el mundo y visitar todos los museos de arte. Pero mis padres me hicieron entrar en razón. ¡Gracias a Dios!

—Lo siento —dijo Hugo.

—¡Lo siento! ¿Te imaginas si hubiera estudiado historia del arte? ¿Dónde estaría yo ahora?

—Pero parece que el arte es una pasión para ti. Te haría feliz, ¿no?

—Claro, es una pasión, pero no es un negocio. Del arte no se vive. Hoy en día, demasiados niños van a la universidad y estudian las cosas que les apasionan. Es de retrasados. ¿Crees que alguna vez se toman un momento para entender cómo encajarán en la economía? ¿Cómo pagarán sus préstamos estudiantiles, con sus títulos de estudios femeninos y de género? ¿Crees que alguna vez…?

Hugo no quería escuchar más. Ya había escuchado a cubanos conservadores con estas cantaletas, y no tenía mucho sentido tener una conversación seria con él. Disfrutando de un agradable día junto a la piscina, Hugo podría ignorar los *hits* del momento: Obama, Trump, "All Lives Matter", los *wokies* liberales.

Aun así, a Hugo le pareció algo muy triste que Alexi revelara que convertirse en abogado enorgullecía a sus padres.

—Les encantaba ver mi cara en los bancos de las paradas de autobús —dijo—. Dios los bendiga; vieron en mi trabajo una acusación contra Castro y el comunismo. A sus ojos, estaba responsabilizando a los sinvergüenzas vividores. Si hubiera estudiado historia del arte, ¿habría redimido su exilio? ¡No! —exclamó—. Sería como los cubanos que dejaron atrás. ¿Por qué venir a Estados Unidos para ser artista?

—Tienes una niña, ¿no? —preguntó Hugo—. ¿Es ese el consejo que le darás?

—Disculpa —dijo, señalando hacia su propiedad—. Felicidad es saber que mi familia está siendo cuidada. Felicidad es saber que Dulce estará económicamente segura. ¿Sabes qué? Tuve que hacer un sacrificio, y si necesitaba hacerlo para que ella pudiera seguir su pasión, ¡genial! Entonces me alegro.

—Seguro.

—Escucha, babalao. Ya está bien de todo esto. ¿No se supone que…?

Dulce salió corriendo de la casa gritando. Parecía un seductor desastre, usando ropa interior encima de sus pantalones cortos, a su vez encima de unos pantalones. Hugo pensó que algo terrible había sucedido, por la forma en que gritó. Incluso Alexi parecía preocupado, pero luego se tiró en el regazo de su padre y se echó a reír, agitando su osito de peluche.

—¿Le dirás "hola' a nuestro invitado? Su nombre es Hugo —instruyó Alexi, acomodándola.

Ella lo ignoró, hurgando en los ojos del oso en su lugar. Era menuda, y había algo pálido en ella, como un niño que no tomaba sol o no había estado comiendo muy bien.

—Dulce, escucha a tu papá cuando habla.

Miró a Hugo y enterró la cabeza en el cuello de su padre.

Alexi levantó la voz.

—¡Dulce! ¿Qué te acabo de decir?

—Que diga "hola".

—¿Y bien?

Dulce se levantó, se paró junto a Hugo y susurró: "Hola".

—Habla para que pueda oírte.

—¡Hola! —gritó ella con los puños apretados.

—¡Dulce! Con respeto.

"Hoool-aaa", dijo, pero la forma en que lo dijo hizo que Hugo se sintiera muy mal por ella. Quería preguntarle si su papá siempre fue así. Tantas personas en este mundo son testigos de una injusticia tras otra, y no dicen nada. Hugo quería decir algo, pero necesitaba concentrarse. En lugar de abordar la tensión, que era obvia, Hugo preguntó:

—¿Cómo se llama tu oso? Luce como un Henry.

Ella sonrió y luego, claramente aburrida por la pregunta, salió corriendo. A Hugo le asaltó la irracional sensación de que también su deuda se había escapado corriendo. "Ve a jugar, pensó. Juega. Juega". Sí. En ese momento, todos los demonios de Hugo corrieron al césped para jugar con Dulce. Fue agradable.

—¿Terminaste tu café?

—Es una niña linda —dijo Hugo. Qué suerte ser su padre.

—Pues bien —dijo Alexi—. Probablemente deberíamos ir directo al asunto.

Hugo hizo a un lado su café y puso una libreta sobre la mesa. Buscando su bolígrafo, agarró la cuchilla que había guardado en el bolsillo. Había olvidado que estaba allí. La reacción de alarma debe haberse reflejado en su cara, porque Alexi se puso bastante serio:

—¿Qué pasa? ¿Acabas de ver a uno de ellos?

MELI. EL DÍA que la enterraron se veía muy emperifollada, con su vestido verde esmeralda de Banana Republic favorito, que siempre le recordaba a Hugo la Navidad. Le habían alisado el cabello, y tenía las cejas muy bien arregladas. Y como no sabía qué hacer con su teléfono celular, lo puso allí mismo en el ataúd, junto con ella, no en su mano, sino cerca, apoyado contra el forro de tela.

Después del entierro y el largo viaje a casa, todo lo que quedaba de Meli eran sus posesiones y, como la Oficina Legal de Alexi Ramírez y Asociados se encargaba con tanta profesionalidad de recordarle, su deuda compartida.

En los confines de la despensa de su cocina, encontró la botella de ron barato que Meli había comprado para una fiesta y que él la había convencido de que no valía la pena la resaca. A lo largo de la noche, se la bebió hasta el fondo. No es que quisiera matarse. Al menos no empezó así, pero mientras sentía que el alcohol se apoderaba de él, un pensamiento extraño cruzó por su mente: que tal vez Meli también lo quería muerto. Incluso hubo un momento, en su borrachera, en que juraba haber oído a Meli susurrarle. La había visto entrar en la habitación, sentarse a su lado y acercarle la botella. Fue entonces cuando decidió, disfrutando su borrachera, que tal vez realmente "necesitaba" terminar con las cosas de una vez por todas.

Se sintió decepcionado cuando despertó al día siguiente como si se hubiera muerto, pero estando muy vivo todavía. Estaba enojado. En su dolor no quedaba espacio para la razón. Quería lastimar a Alexi, algo más que lastimarlo. Deshidratado y con un dolor de cabeza punzante, condujo hasta el bufete de abogados con un bate de béisbol.

Con el sol del alba reflejándose en su parabrisas, resistió cuarenta y cinco minutos de tráfico en la 836. Esa ruta era un somnífero. Por toda la ciudad, la gente arrastraba los pies hasta sus autos y se sumergía en las ondas de la Power 96[9]. Podía sentir todo su aturdimiento y desesperación. "¿Por qué vivimos así?".

Para cuando pasó, a paso de tortuga, frente al Jackson Memorial Hospital, había tenido tiempo suficiente para recuperar la sobriedad y reevaluar su plan. Ya no parecía una buena decisión, pero ¿qué iba a hacer? Ya estaba en el tráfico, ¿y no sería más trabajo cambiar de senda y salir de la autopista? No quería. Estaba escuchando música y pensando en Meli, así que siguió adelante y estacionó en el centro de la ciudad.

El bufete de Alexi estaba ubicado dentro de uno de los muchos rascacielos de acero y vidrio de la ciudad. Cuando Hugo cruzó el monumental vestíbulo abierto del edificio, que ya bullía de actividad, un joven guardia de seguridad le impidió acceder a los ascensores.

—Señor —dijo, poniendo su mano sobre el pecho de Hugo—, ¿adónde va con ese bate?

El guardia parecía cansado, como Hugo, y como todos en esta ciudad olvidada de Dios. Llevaba la camisa por fuera y la corbata suelta.

---

[9] Estación de radio de Miami. N. del T.

—Señor, debería irse a casa. Aquí nadie quiere problemas. Créame —dijo.

Había algo sincero en la voz del joven, que Hugo interpretó como una invitación, por lo que defendió su caso con beligerancia. Luego gritó para que todos pudieran escuchar su plan: cómo quería apelar el juicio del bufete de abogados con un trancazo en la cabeza calva de Alexi. Mientras todo esto sucedía, con aún más guardias tratando de contener el arrebato de Hugo, se dio cuenta de que a nadie le importaba. A nadie le importaba que su esposa hubiera muerto. A nadie le importaba que la firma de Alexi hubiera comprado la deuda de las cuentas médicas de su esposa, o que estuvieran sacando provecho de las experiencias más dolorosas de Hugo. Al darse cuenta de que se había vuelto tan invisible como los mendigos en los semáforos, arrastrando los pies entre los autos, con sus improvisados carteles de cartón pidiendo caridad, se calmó y salió. Salió, pero también juró, mientras golpeaba el pavimento con el bate y miraba a lo largo de la estructura, que, si alguna vez se encontraba con el hijo de puta, se las iba a devolver, por alguna vía, de alguna manera. Y ahora que estaba sentado frente a Alexi, ese día finalmente había llegado.

Dulce estaba jugando al borde del patio. Alexi usaba un tenedor para servirse una rebanada de queso manchego. Y Hugo, mientras agarraba la cuchilla, respiró hondo y sacó la pluma.

—Ah, sí deberíamos empezar —dijo—. Me gustaría saber cuándo supiste por primera vez que se trataba de un fantasma. Cada detalle es importante.

4

ALEXI SACÓ una botella de Glenlivet XXV, sirvió dos generosos tragos y se dejó caer en su asiento.

—Por exterminar y mandar a la mierda a estos espíritus malignos —dijo, levantando su vaso. Brindaron.

Dulce dio vueltas en círculos, gritando, *"¡Yupi!"* Y Hugo bebió un sorbo, solo un sorbo.

—450 dólares por botella. ¿Puedes creer eso? Pero obtengo un descuento cuando compro una caja. ¿Qué te parece? Bien, ¿eh?

—No lo sé —dijo Hugo—. Sabe al salario de una semana.

Luego, seguro de que Alexi estaba mirando, vertió el líquido ámbar, sintiendo todavía el resquemor ahumado de su sabor penetrante.

—¡Ey! ¡Ey! —Alexi gritó, saltando de su asiento, casi volcando la mesa al ver el whisky derramado—. ¿Qué planeabas hacer? ¿Recogerlo con las palmas de las manos? ¿Beberlo del suelo a lengüetazos?

—Para los orishas —dijo Hugo. Volvió a poner el vaso sobre la mesa e hizo la señal de la cruz.

Alexi hizo algunos comentarios desafortunados sobre los orishas y los muñecos vudú, recurriendo a todos los estereotipos mal informados que uno esperaría de un hombre así. Luego dejó su vaso, y solo entonces el abogado se inclinó para hablar sobre el primer encuentro que había tenido con un espíritu.

Entonces, Hugo escuchó atentamente, no como un hombre tratando de entender algo, sino como uno que examina una playa con un detector de metales, sin darse cuenta de la puesta de sol y la manada de delfines bordeando la orilla. En su afán por resolver el caso, Hugo se replegó en su trabajo. Se imaginó a sí mismo como una máquina, sondeando los unos y los ceros entre toda la mierda que hablaba Alexi, recogiendo y apuntando solo aquellos detalles que más tarde le serían útiles. No había necesidad de hacerse amigo del hombre, de verlo como algo más que una cara en el banco de la parada de autobús. Todo lo que necesitaba eran suficientes detalles para hilvanar una historia convincente. Solo la historia correcta, bien contada, ayudaría a resolver la situación.

SEGÚN ALEXI, el primer encuentro sobrenatural ocurrió el día en que las muestras de suelo del sitio regresaron limpias. Alexi condujo hasta su propiedad después de la corte, justo a tiempo para alcanzar a ver cómo la retroexcavadora empezaba a abrir los fosos para los futuros cimientos. Pero cuando ya se apagaban los últimos rescoldos del día, los trabajadores se detuvieron casi a punto de completar el proyecto, y esto no le cayó nada bien. De hecho, cuando le confesó todo esto a Hugo, le dijo:

—¿Te imaginas qué clase de abogado sería si dejo de trabajar solo porque la jornada laboral terminó? Te diré por qué hicieron ese trabajo a medias —Alexi usó uno de sus dedos para frotarse la piel en una porción del antebrazo.

Hugo estaba confundido al principio, hasta que se dio cuenta de que se refería al color de la piel de los obreros. Por qué Alexi se sintió cómodo haciendo ese gesto frente a Hugo era una incógnita. Lo cierto, y lo que había quedado claramente establecido, era que le molestaba aquel color de piel. Era racista. Por supuesto que lo era.

—Ni siquiera afrocubano o negro o indio. Y los haitianos son lo peor. Estoy ahorrándome dinero con ellos, pero ¿hasta qué punto?

Escuchar la historia de Alexi era difícil. Hugo apenas podía respirar. Pero como era un oyente dotado, pudo usar su imaginación para encontrar consuelo en todo lo que Alexi no había contado. Imaginó a los trabajadores metidos en sus autos, preparándose para unirse al flujo infinito del tráfico de Miami. Era una imagen reconfortante, compañeros de trabajo de camino a casa después de un día de trabajo honesto. Cómo quería Hugo estar en uno de esos autos, alejándose de Alexi y su parcela de tierra desolada —su deuda tan solo una tormenta eléctrica pasajera en el horizonte, dirigiéndose a otra parte.

—Deberíamos mantenernos enfocados —dijo Hugo—. ¿Qué pasa con el espíritu? ¿Puedes llegar a esa parte?

Alexi dijo que salió de su camioneta, exasperado como un miembro de alto rango del comité de Chucha[10]. En su relato, notó que en su lote había una bandada de loros de Florida, graznando como locos. Estos loros suelen calmarse cuando alguien entra en su entorno. Son animales brillantes, plenamente conscientes del peligro que traen los humanos. Pero cuando Alexi salió de su camioneta, los loros no parecieron encontrarlo amenazante. Continuaron graznando mientras él avanzaba a trompicones hacia el foso recién excavado. Hugo casi podía imaginárselo: Alexi contoneándose sobre su parcela de tierra.

—¿Lo inspeccionaste? —preguntó Hugo—. ¿El foso?

—Lo hice. Pensé que habían comenzado a construir mi piscina primero.

---

[10] "la chucha comité" en el original. Chuncha es un personaje animado de la televisión cubana, una mujer de la tercera edad, cederista destacada. Los CDR, Comités de Defensa Revolucionaria, se crearon como instituciones vecinales de vigilancia y control colectivo. N. del. E.

—¿La piscina? ¿Por qué la piscina?

—No sé.

—Entonces, estás inspeccionando el foso —dijo Hugo—. ¿Y qué pasa entonces?

—Me acerqué demasiado y me caí.

Una extraña expresión apareció en el rostro de Alexi. Era como si estuviera viviendo la secuela de una pesadilla. A duras penas quería hablar de ello, pero el whisky escocés le dio coraje y, finalmente, describió el encuentro con el mayor detalle que había ofrecido hasta ahora. Contó vívidamente cómo sentía estar hasta los tobillos hundido en el barro, tropezando con pedazos de piedra. Estaba lloviendo, y allí frente a él había otro rostro: el mismísimo diablo. Cenizo. Hinchado. Los labios agrietados. Desnudo. Vulgar. La boca muy abierta, un solo diente. Una pequeña lápida, torcida en la línea de las encías. Alexi forcejeó con el barro para alejarse del demonio, pero con cada paso se hundía más. La criatura aulló, o eso le pareció. Caminó con dificultad hacia él, con los ojos rojos como carbones encendidos y Alexi trataba frenéticamente de salir. Arañaba el suelo al borde del foso, buscando una roca o raíz, cualquier cosa firmemente anclada a la tierra de la que aferrarse. Pero la criatura lo agarró por el tobillo y lo arrastró de vuelta al foso, quemándolo. Y en este punto, Alexi pensó que podría despertar —seguramente la figura demoníaca salía de su imaginación— pero no había forma de despertar de la pesadilla. Tronó. Seguidamente cayó una lluvia ligera. Alexi podía sentir su tobillo en carne viva y quemado. Cojeó desesperadamente hasta el otro borde del pozo, tratando de salir de nuevo. Podía oír a la criatura ardiendo detrás de él, cada gota de lluvia burbujeando sobre su cadáver. Cuando al fin pudo escapar, ya sin aliento, recobró instintivamente su compostura de leguleyo y dijo, sin rodeos: "Soy abogado. Está en mi propiedad. Váyase o llamo a la policía." Para su sorpresa, la táctica funcionó. El demonio salió del foso y abandonó el lugar. Alexi solo se sintió a salvo cuando los loros, que se habían quedado en silencio en el momento en que apareció el demonio, se aventuraron a salir de los pinos, graznando enloquecidos bajo la lluvia.

Pero fue otro detalle lo que despertó el interés de Hugo. Cuando Alexi describió la partida del demonio, notó que la criatura había caído en un violento ataque de tos con flema. Y al escucharlo describir esta tos, Hugo recordó las minas, la condición que infectaba a los jóvenes mineros, especialmente a aquellos que habían trabajado más tiempo. Fue un pensamiento fugaz, uno que Hugo no tuvo tiempo de contemplar a fondo. Necesitaba reflexionar sobre la historia de Alexi, no sobre la suya.

—Entonces, ¿adónde fue la aparición? —preguntó Hugo.

Alexis se encogió de hombros.

—¡No sé! Traté de encontrarlo de nuevo.

Envalentonado, Alexi miró hacia la línea del bosque ahora a oscuras. Se acercó. Nada. Nadie. De repente, no estaba seguro de si se lo había imaginado todo, excepto que estaba cubierto de barro, y cuando se subió la pata del pantalón y examinó su tobillo (probablemente bajo la linterna de su teléfono móvil), pudo ver la quemadura que dejaron los dedos abrasadores de la criatura. "Incluso entonces, no quería creer lo que estaba pasando", confesó Alexi.

—De hecho, no lo creía.

Llegó al punto de preguntarse si algún gas tóxico le habría causado una alucinación.

—Pero hiciste que analizaran el suelo —dijo Hugo.

Alexis asintió.

—Pero tú conoces a "esa" clase de trabajadores —dijo, refiriéndose nuevamente al color de la piel.

—Entonces, la criatura se fue. ¿Qué hiciste después? —preguntó Hugo.

Alexi explicó que regresó a su vehículo, encendió las luces largas y escudriñó la línea de árboles a lo lejos. Nada. Esperó, pensando que el intruso podría ver los faros del auto y regresar, pero como se hacía muy tarde, abandonó su búsqueda y condujo hasta su casa más pequeña (de un millón de dólares), donde su familia ya dormía. Subió las escaleras de puntillas, se desvistió, se metió en sus sábanas de seda y empezó a buscar en la pantalla de su teléfono.

—Esta —dijo—, fue la primera vez que busqué en Google tu botánica. Sabía de ella porque a mi contadora, Gloria, le gusta toda esa mierda. De hecho, me había recomendado que bendijera la tierra antes de construir sobre ella. Tal vez debí hacerlo.

Y dicho esto, Alexi se frotó los ojos y miró hacia el lugar de su propiedad donde la criatura se había rendido, como si fuera a manifestarse de repente.

Pasaría un año antes de que Alexi llamara a Lourdes. Mientras tanto, desestimó el incidente. O lo intentó. Pero aquello lo obsesionaba a tal punto que dejó de ir a supervisar a sus constructores. Claudia le enviaría tableros de imágenes en Pinterest —varias piezas de muebles, combinaciones de colores, telas— pero la idea de esa criatura vagando por su casa en la noche, arrastrando sus extremidades por el suelo mientras dormían, le hizo considerar la posibilidad de abandonar por completo el proyecto de construcción. Lo peor fue que con el tiempo comenzó a darse cuenta de que reconocía el rostro de la criatura.

—¿De quién era la cara? —preguntó Hugo.

Alexi se negó a responder.

—Todavía la veo algunas noches. Ella está tratando de advertirme.

—¿Advertirte? ¿Acerca de qué?

—No sé. No tengo con quien hablar. Claudia piensa que estoy loco. Pero la veo. Incluso huelo su piel quemada. ¿No la hueles ahora? Hasta hoy, siempre la huelo —dijo, aspirando un tufillo en el aire—. ¿A quién estoy engañando? Eres el experto. Probablemente ya sabías esto.

Hugo asintió lentamente, como si en verdad poseyera tales poderes, y justo en ese instante, antes de que Hugo pudiera responder, Dulce saltó al regazo de Alexi. "¿Puedo coger un pedazo de queso?". Él le ofreció su asiento y un pequeño plato.

A PETICIÓN DE HUGO, él y Alexi se dispusieron a inspeccionar la propiedad.

—No creo que me persiga un solo fantasma, —dijo Alexi, desabrochándose un botón de la camisa y peinándose los vellos de los brazos hacia atrás con las uñas—. Creo que es toda una congregación de ellos. Si tal cosa existe.

Qué palabra tan extraña, pensó Hugo, "congregación", como si estos llamados espíritus realmente se reunieran para perseguir una causa común. Hugo sintió pena por él, un hombre adulto que todavía creía en fantasmas. Mientras Alexi describía la "congregación", Hugo escuchaba atentamente, recogiendo piedras, oliéndolas y alejando a Alexi cada vez más de la comodidad de la terraza junto a la piscina.

¿Qué estaba haciendo Hugo? Era arte y algo de improvisación. Esperaba provocar confusión. Esto era algo que Lourdes le había enseñado sin proponérselo. "Lo divino nunca es tan interesante como el espectáculo", diría, y aunque Hugo no seguía del todo su razonamiento, sí que entendía el sentimiento. Necesitaba recordar a sus clientes que el mundo es un lugar místico, aunque no lo creyera. Así que ideó técnicas como esta para trastocar los acontecimientos ordinarios de la vida cotidiana. Y su truco funcionó. Alexi, a quien no le gustaba caminar sobre la hierba con sus sandalias de cuero, lo siguió de mala gana, claramente perturbado por aquella expedición improvisada por el césped.

Alexi tardó un tiempo en responder al comportamiento excéntrico de Hugo. A su favor hay que decir que observó las extrañas prácticas de recolección de rocas de Hugo con mucho respeto, pero cuando este le entregó un puñado para que lo sostuviera, dijo:

—Oye. No quiero ser el pesado aquí. Pero ¿qué estás haciendo exactamente?

—¡Por favor! Sostén esto —dijo Hugo.

—Preferiría no hacerlo… Vaya. Está bien.

—Piedritas.

—Seguro. Como quieras llamarlas.

—Déjame explicarte —dijo Hugo— cómo voy a desalojar a tus inquilinos sobrenaturales. Porque hay muchos.

Más de lo que estoy acostumbrado a ver. Tienes razón, Alexi. Es una congregación —Hugo tuvo que desviar la vista hacia las nubes y quedarse mirando fijamente por un momento, para reprimir la carcajada que crecía de su interior—. La mayoría de mis clientes quiere saber cuánto tiempo lleva todo esto y, francamente, lleva el tiempo que sea necesario. Pero, y lo digo sabiendo que hay excepciones, por lo general tres visitas son suficientes.

—Entonces, dos más —dijo Alexi, sosteniendo las rocas en sus manos.

—No exactamente. Piensa en el día de hoy como una consulta inicial. Necesito saber a lo que me enfrento.

—¿Ya lo sabes?

—Todavía no —dijo Hugo, sondeando la propiedad—. Voy a necesitar aprender más sobre tu pasado, tu historia, para ver si hay esqueletos en el armario, por así decirlo.

—No tengo nada que ocultar —exclamó Alexi con orgullo.

—Bien. Porque ahora también tendré que realizar una investigación exhaustiva de ti, la casa, tu familia. Todo.

—Con gusto.

—Finalmente, tendré que aprender más sobre tu futuro.

—¿Futuro? Bueno, ahí no puedo ayudarte. ¿Cómo haría eso?

—No necesito saber el futuro. Solo necesito saber tus aspiraciones.

—Ah —dijo Alexi—. Te ahorraré el trabajo. Hacer montañas de dinero.

Caminaron hasta el borde de la propiedad: una cerca de malla separaba el césped de la acera. Hugo pasó los dedos por la parte superior de la cerca y tarareó una canción para sí. Luego se volvió bruscamente hacia Alexi.

—Una cosa más. Tienes que confiar en mí. Hasta el final.

Alexi casi se rio.

—No confío en nadie —dijo, devolviendo las rocas—. No te ofendas.

—Si quieres que este problema desaparezca, tienes que hacerlo. Puedo pedirte que hagas algo que no entiendes, y es posible que no tengas tiempo para cuestionarlo. Tendrás que actuar como te digo.

—Estoy dispuesto a probar cualquier cosa, dentro de lo razonable —respondió.

—Incluso sin serlo —replicó Hugo—. A los espíritus no les importa tu razón.

—Entiendo. Bueno. Lo que digas. Solo asegúrate de que funcione.

Esto era lo que Hugo esperaba escuchar. Aun así, en su línea de trabajo, había aprendido que una cosa era que alguien dijera que "probaría cualquier cosa", y otra cosa completamente diferente era que esa persona realmente lo llevara a cabo. Con el tiempo, Hugo había desarrollado algunas estrategias para probar el compromiso de sus clientes. Deshacerse de un espíritu, o hacerle creer a alguien que su hogar está limpio, requiere un acto sagrado: un sacrificio a Eleguá, podría decir Lourdes. Por lo general, esto implica el derramamiento de sangre: cortarle la cabeza a un gallo, presionar un cuchillo contra la palma de la mano de una persona o, para aquellos que no pueden soportar la sangre, un pinchazo. Solo a través del sacrificio Eleguá permite el paso a lo divino. El acto sacrificial también es importante de otras maneras. Es un gesto simbólico que abre un agujero en la forma en que las personas viven sus vidas. Es un puente entre lo cotidiano y lo sobrenatural. Hugo cree que solo el sacrificio lleva a la curación. Para que alguien se sienta salvado, debe renunciar a algo.

—¿Has plantado arbustos en tu propiedad? —Hugo preguntó, escaneando el lote.

—¿Arbustos? ¿Como arbustos? —dijo Alexi—. Teníamos el lote despejado cuando construimos la casa. Cada planta y árbol ha sido seleccionado.

—Muéstrame. Llévame a cualquiera de tus diseños de paisajismo. Alexi llevó a Hugo al frente de la casa, a unos helechos que caían en cascada a lo largo del camino de entrada, rodeando una magnífica fuente que parecía de bronce, con tres leones escupiendo como pieza central. Fue un arreglo encantador para alguien tan vulgar como él y, claramente, la joya del perfil paisajista de Alexi. Cinco luces de jardín, escondidas entre los helechos, iluminaban la fuente, y en tal proximidad, Hugo podía oler el agua ligeramente clorada que siempre le recordaba a los parques acuáticos cubiertos. Sin permiso, Hugo caminó entre los helechos, con cuidado de no tropezar con ninguno de los cables eléctricos. Se arrodilló en la vegetación, cavando en la tierra con sus propias manos. Llegó al extremo de arrancar frondas y helechos avestruz, arrojándolas al camino de entrada. Se sintió mal haciéndolo, arruinando un pedazo de jardín perfectamente hermoso, y podía sentir la frustración de Alexi. Claro, al principio, Alexi miró pasivamente, como si todo estuviera bien y normal en el mundo, pero después de un rato, cuando su creciente confusión y molestia ya no pudo contenerse, gritó: "¡Qué demonios! ¿Estás jugando conmigo?"

Hugo hizo una pausa, miró hacia arriba, como si dijera: "Suéltalo ya. ¿Qué pasa?".

—¿Qué le estás haciendo a mis plantas?

Hugo se sentó en los helechos.

—Sentí algo cuando llegué por primera vez. ¿Lo has sentido aquí?

Alexi miró su reloj.

—No. ¡Nada en los helechos!

—Cierra los ojos —le indicó Hugo—. Si puedes relajarte, puedes ser capaz de sentirlo.

Entonces, Alexi cerró los ojos. Se quedó allí, esperando algo. Un minuto después, dijo:

—No sé qué se supone que debo estar buscando. ¿Puedes darme un poco más de información?

—Acércate a mí —le dijo Hugo—. Pero mantén los ojos cerrados. ¡Sí! Cerca. Ensúciate los pies. No es para tanto. Bueno. Ahora abre lentamente los ojos. ¿Ves lo que quiero decir?

—No realmente —respondió Alexi—. Me parece que estamos arruinando mis plantas.

—Prueba esto. Ayúdame con esto solamente. Pon tus manos en el suelo y busca algo que no pertenezca. Probablemente será una pequeña caja de madera, o una docena de conchas de cauri.

—¿Quieres que cave con mis manos?

—Sí. Siente hasta las raíces.

—¿Por qué habría algo aquí?

—¿Ya estás dudando? Te pedí que confiaras en mí.

A regañadientes, Alexi obedeció. Se dobló por la cintura, gimiendo, en una mala posición. Claramente, nunca había realizado un día de trabajo duro en su vida. En las minas, incluso los niños aprendieron a doblar las rodillas. Nunca la espalda. Mientras Alexi luchaba por buscar entre los arbustos y la tierra, mientras luchaba por respirar, Hugo pasó a la siguiente fase. Metió la mano en su cartera y delicadamente plantó una pequeña bolsa de yute en el suelo. Lourdes se la había regalado, prellenada con plumas y trece dientes de perro.

Una vez que estuvo seguro de que estaba en lo profundo de la base de la planta, gritó:

—¡Jesucristo! ¡Ven mira!

Alexi se acercó cojeando y se arrodilló a su lado. Con un palo pequeño, Hugo empujó la bolsa de yute del suelo.

—Una maldición —gritó—. Alguien definitivamente te está haciendo daño.

Alexi intentó alcanzarla, pero Hugo le apartó la mano con un manotazo.

—¡Eres estúpido! No la toques.

—¿Qué sé yo?

—Tenemos que romper la maldición antes de que puedas tocarla.

—¿Cómo rompemos la maldición? —preguntó.

—Tendrás que orinarla, por supuesto.

—¿Orinar?

—Orinar.

—Lárgate de aquí —dijo Alexi—. Soy abogado. Absolutamente no. Secará la planta.

Pero entonces algo cambió. Como el buen cliente en el que estaba aprendiendo a convertirse, se encogió de hombros, se bajó la cremallera y dijo:

—Bien. Si funciona —y desenredó su pequeña y arrugada polla de abogado de lo profundo de sus pantalones cortos y dejó escapar un flujo constante en ese mismo lugar, acre y vinculante.

Verlo hacer esto, parecía para Hugo como una pequeña reparación. Menor, sí, pero podía sentir que la retribución tomaba forma. Mejor aún, como si el universo estuviera en armonía con la estratagema de Hugo, una de las vecinas de Alexi pasó paseando a su perro, y dos de sus hijos pequeños estaban patinando a su lado. Alexi ya estaba en la mitad del chorro y Hugo se dio cuenta de que quería detenerse. Su vecina saludó con la mano, aparentemente amistosa y le dijo: "¡Hola, Alexi! ¿Cómo está Claudia? Sabes…" Y luego dejó de hablar. Cayó en cuenta antes de que pudiera proteger a sus hijos, que ya se estaban riendo. Alexi terminó y gritó: "¡Lo siento! Lo siento mucho". Pero la mujer ya le había dado la espalda y estaba apartando a sus hijos.

Alexi se subió la cremallera y empujó a Hugo.

—¡Parecía un idiota!

—A los espíritus —dijo Hugo—, no les importa tu vanidad.

—Pero a mí sí, —dijo.

—No querrás enojarlos más, ¿verdad?

Alexi asintió; estaba tratando de tener un buen espíritu deportista, y Hugo, para disipar la tensión, lo felicitó por una buena orina, como si fuera un niño.

—Pero hazme un favor —le dijo Hugo—. No me vuelvas a empujar. Entiendo que estés frustrado, pero te pido un respeto básico.

—Sí. Tienes razón. Lo lamento.

—Gracias —dijo Hugo—. Ahora, por favor, lleva la bolsa de esta manera. Sígueme.

Hugo abrió su baúl, sacó un gran cuenco metálico, ennegrecido por el fuego. Lo tiró en el camino de entrada; hizo un gran sonido metálico y giró hasta que se asentó.

—Vierte el contenido en el recipiente. Hazlo con cuidado, asegurándote de que los artículos no caigan al suelo. Deben aterrizar en el cuenco.

Alexi cumplió. Los dientes de perro castañetearon y, cuando se asentaron, Hugo les echó líquido para encendedores y prendió fuego al contenido. Había imbuido los dientes con sulfato de cobre, por lo que se quemaron de color verde, y esto claramente impresionó a Alexi, quien preguntó: "¿Ves lo que está pasando?"

Hugo cantó una canción para Yemayá. Fue en yoruba. Lourdes le había enseñado la canción y él no sabía lo que significaba, solo que estaba destinada a la diosa del agua. Mientras cantaba, canalizó la pasión de Lourdes. Pronunció las palabras como si realmente fueran para Yemayá, y lo hizo, escéptico y todo, porque realizar el ritual de otra manera sería una falta de respeto a Lourdes. Extrajo un vial de su bolsa, lo levantó ceremoniosamente y luego vertió su contenido en el cuenco hasta que las llamas se extinguieron y el humo envolvió las cenizas.

—La maldición está rota.

—¿Eso es todo?

—Eso es todo. Esto no es Hollywood. No hay efectos especiales.

Alexi se rio.

—Entonces, ¿fue esa pequeña bolsa la causa de mi aparición?

—No siempre es tan fácil —dijo Hugo—. Todavía hay mucha energía oscura en esta casa. Recuerda lo que dije. Tendré que visitarte tres veces para limpiar tu casa por completo. Y —Hugo se inclinó hacia Alexi y susurró—, dijiste que saldarías mi deuda si podía hacer esto, ¿no es así?

—Sí. Sí. Es una cosa simple.

¿Simple? ¿De veras? Que lo nombrara de esa forma molestó a Hugo de una manera que no entendía del todo, y estaba a punto de seguir adelante, pero descubrió que no podía. Porque estaba pensando en Meli, en cómo siempre había sentido que tal vez a ella le molestaba lo profundamente endeudado que se había vuelto. Tenía que preguntar.

—¿De veras? ¿Simple?

—Sí.

—Sabes —dijo Hugo—, para estar seguro, lo necesitaré por escrito.

—Seguro. Por supuesto. Déjame cavar un poco más… Simplemente no puedo creerlo —dijo—. Estaba maldito. ¿Crees que fueron los haitianos? Esos jodidos haitianos.

Alexi se metió más en su jardín y procedió a patear la tierra. Cavó alrededor durante unos minutos, arrancando sus helechos de raíz, preparado para arrancarlo todo, claramente convencido de que había más bolsas del maleficio enterradas en el terreno.

Hugo quería reír. Le producía un gran placer ver al abogado de rodillas buscando magia en la tierra. De hecho, aunque no quería admitirlo, Hugo lo compadecía.

—¿Debería usar un palo? —preguntó Alexi, limpiándose las manos sucias en su camisa de lino.

—Está bien. Puedes parar. Lo encontramos. No hay más.

—Sé que se supone que no debo tocar las bolsas del maleficio. ¿Tal vez pueda usar una pala? Más rápido."

—Alexi, realmente no siento nada más aquí. Creo que puedes parar ahora.

Alexi no estaba convencido. Cavó más, y Hugo se dio cuenta de que no había nada que pudiera decir para convencer al hombre de que no había más maldiciones. Si no fuera por Claudia corriendo por el camino de entrada después de su trote, deteniéndose al ver a su esposo destruyendo los últimos helechos y preguntando: "¿Quién está cuidando a Dulce?", Alexi probablemente habría continuado toda la noche.

5

CLAUDIA CORRIÓ HACIA la piscina sin cercar con una velocidad y una agilidad que Hugo no creía que ella poseyera. ¿Dulce se había caído en la piscina? Lo había pensado y, al hacerlo, pudo imaginárselo: esa dulce niña, boca abajo, un ángel flotante. El dolor y el terror, el funeral y el entierro, y las largas noches de Alexi deambulando por la propiedad, pala en mano, tratando de desenterrar más pequeñas maldiciones. ¡Y Hugo! El arrepentimiento que cargaría, habiendo sido tan miope que había dejado que su venganza contribuyera a tal negligencia paternal.

Hugo agarró el viejo rosario de su hermano. Siempre lo usaba en su muñeca, con suficientes vueltas para que no se moviera. No era un artículo voluminoso, y rara vez le prestaba atención, pero ahora estaba apretando una de las cuentas como para protegerse, incluso rezando a los orishas. Cómo adoraba ese pequeño artefacto de su pasado, la textura de su cuero deshilachado y el olor de la piedra y la tierra. Este hilo, que ahora se estaba deshaciendo, era todo lo que Hugo había conservado cuando partió para los Estados Unidos para siempre. Lo había protegido entonces, todos esos años atrás, y ahora Hugo esperaba que protegiera a Dulce.

—¡Ella no está en la piscina! —Claudia gritó—. ¡Dios mío, Alexi! ¿Dónde está ella?

Alexi respondió a la súplica de su esposa tropezando con algo en el césped y cayendo de cabeza sobre la hierba. Cuando cayó, su camisa de lino abotonada subió hasta su rostro, mostrando su barriga en forma de barril. Claudia entró en su casa. Mientras Alexi luchaba por ponerse de pie, Hugo no sabía qué hacer. Podía escuchar a Claudia gritando el nombre de Dulce, y en ese breve momento caótico, sintió que era parte de su círculo íntimo, no de la familia, sino de algo más. Esta obligación moral de proteger a Dulce, su hija, surgió dentro de él, y para su sorpresa, Hugo también procedió a buscar, gritando: "¡Dulce! Todo el mundo está preocupado. ¿Dónde te escondes?" Alexi se unió a él, y con la llegada del anochecer, podrían haber parecido libélulas recorriendo el jardín, persiguiendo un mosquito tras otro.

Buscaron en todos los lugares en los que se les ocurrió buscar: debajo de los autos, en los rincones más difíciles de alcanzar del garaje e incluso en cada uno de los gabinetes de la cocina al aire libre. Pero Dulce no estaba en ninguna parte.

En lugar de continuar con la búsqueda o tomarse un momento para reagruparse y considerar un nuevo curso de acción, Alexi agarró la camisa de Hugo, lo acercó a él y dijo:

—¿Nosotros causamos esto?

—¿Qué? —preguntó Hugo, desviando la mirada.

—¿Cuándo rompimos la maldición? ¿Fue este el costo?

—Nosotros no hicimos esto —dijo Hugo.

—¿Enfadamos a los espíritus? ¿Se han llevado a mi hija?

—Ey. ¡Ey! —dijo Hugo—. No me toques.

Alexi lo empujó contra la pared y gritó entre lágrimas:

—¡Se la llevó! ¡Él se la llevó!

Fue entonces cuando Claudia salió milagrosamente de la casa con Dulce. "Está a salvo".

Alexi abandonó su rabia y la camisa de Hugo, corrió hacia su hija y la abrazó con agresividad, sin dejar de llorar.

—Bueno, ya está bien. La estás asfixiando —dijo Claudia, acariciando la cabeza de Dulce—. ¿Puedes ir a recoger los juguetes que dejaste en el patio, mi niña?

Vieron a Dulce salir corriendo al patio, ajena al terror que había causado. Claudia se derrumbó en una silla, pinchó una rebanada de queso, pero pareció pensárselo mejor, y dijo: "Tremendo lío hicieron ustedes dos con los helechos. ¿De veras? ¿Esto es lo que hiciste, babalao? ¿Los helechos?

—No te preocupes —le dijo Alexi—. Haré que venga la gente de jardinería…

—Crees que estarán disponibles… Vamos a celebrar la Navidad, por el amor de Dios.

—Haré que valga la pena.

—Y Emily, la vecina de la calle, me envió un mensaje de texto. ¿Estabas orinando en el patio? ¿En los helechos?

—Mi amor… —dijo Alexis sonriendo.

—¡Meando! En el patio —y levantó las manos al cielo— ¡Jesucristo!

—Estábamos tratando de… —dijo Hugo.

Claudia interrumpió:

—¿Y bien? ¿Solucionaste el problema? ¿Has enviado a los fantasmas a empacar?

—Estoy seguro de que podré ayudarlo con los espíritus —comentó Hugo.

—Oh. Espíritus. Pensé que era una congregación —dijo Claudia riendo—. ¿Cuál es?

—No lo ofendas —dijo Alexi—. Él es nuestro invitado, y es un hombre espiritual.

—Con todo respeto —protestó Hugo, señalando con el dedo a Alexi—, me acabas de atacar.

—No lo puedo creer —exclamó Claudia—. ¡Alexi!

—Me empujó contra la puerta corrediza de vidrio —dijo Hugo—. Debo irme.

Alexi miró hacia el suelo de piedra, pateó una abeja carpintera muerta.

—¡Son estos demonios! Me están volviendo loco. Lo siento, Hugo. Pero, ¿sabías, Claudia, que hace un momento encontramos…?

—Por favor —dijo ella, interrumpiéndolo—. Por favor. Tranquilicémonos. Es casi la hora de la cena. ¿Te gustaría unirte a nosotros, Hugo? Deberíamos alimentarte antes de que te vayas. Tenemos churrasco en el menú.

No era así como Hugo quería pasar la velada. Se alisó la túnica, miró su teléfono. Sin mensajes de texto. Sin llamadas telefónicas. Incluso si pasaba la noche solo, como solía hacer, estaría feliz de comer su ensalada de atún con frijoles blancos en paz y terminar la noche con un poco de televisión. Pero luego Alexi agregó:

—Si te quedas, me dará algo de tiempo para redactar nuestro acuerdo. Cancelación total de la deuda, ¿verdad?

Alexi pasó a limpiar la mesa: la fuente, los vasos. Y Hugo, para ayudar, recogió los utensilios, la charcutería sobrante, y dijo:

—¡La cena suena muy bien! ¡Gracias!

DESPUÉS DE SU DUCHA, Claudia arrojó un mantel de lino limpio sobre una mesa al aire libre y puso los platos. Dulce ayudó con los utensilios. Hugo se sentó en el bar al aire libre, bebiendo una cerveza y mirando a Alexi marinar los filetes de falda. "Siri, reproduce mi Patio Beats Playlist 2", dijo Alexi. Luego, con las manos hundidas en la carne, dijo:

—Tuve a Alexa por un tiempo. No funciona con alguien que tenga mi nombre" —dijo, y se rio profundamente—. Claudia solía gritarme: "¿Qué demonios pasa, Alexi?", y Alexa salía en mi defensa con frases como: "Perdón, no puedo entenderte en este momento". Y la vez, te lo juro, que Claudia me acusa de soltarme uno, ¿sabes lo que dice Alexa? Dice: "Si eres el negador, debes ser el proveedor".

Alexi se rio mucho con esa historia, y Hugo también. Realmente, no fue tan malo ser un invitado en la casa de los Ramírez, incluso si los eventos del día habían sido extraños. Y mientras Hugo estaba sentado, disfrutando del placer de que otros le prepararan la comida, se dio cuenta de que se había olvidado por completo de sus deudas. ¿Era así como sería estar libre de deudas? Terminó su cerveza y se sirvió otra. Luego, él y Alexi encendieron la parrilla y cocinaron los bistecs. Claudia le dio los toques finales a una ensalada de col rizada, fresca de una granja de la ciudad de Florida, y pronto estuvieron todos sentados a la mesa, con algunos temas de los 90 sonando suavemente en el trasfondo, y el sonido del tráfico amortiguado y lejano.

Dulce se sentó a la mesa con un catálogo de Target, marcando los juguetes que esperaba que Santa le trajera. Claudia la estaba ayudando cuando Alexi la interrumpió para dar las gracias. Dulce, conociendo el ritual, guardó su catálogo, boca abajo, y levantó su bebida. Hugo siguió su ejemplo, y Alexi dijo:

—Bendícenos a nosotros y a esta abundancia que hemos recibido a través de Cristo. Amén.

Todos repitieron: "Amén", y justo cuando Hugo levantaba el tenedor y el cuchillo, Alexi dijo:

—Bueno, no todos los días tenemos a un hombre tan espiritual en nuestra mesa —y sonrió, sosteniendo su bebida—. ¿Te gustaría agregar algo, Hugo?

No quería. Nunca había sido alguien que diera las gracias, pero sintiéndose bien y un poco ebrio, y viendo las luces navideñas de los vecinos balanceándose con la brisa de las palmeras, dijo:

—Claro —y levantó su bebida y dijo—: A una familia hermosa y amable. Y a ti también, Alexi.

Claudia soltó una buena carcajada.

Dulce tiró de la blusa de su mamá. "¿Que es tan gracioso?"

Y Alexi entrechocó las copas con Hugo y dijo: "Tienes sentido del humor, ¿no?".

Así que comieron y la comida fue abundante. La carne tenía un sabor maravilloso. Con cada bocado, Hugo podía sentir el hierro y el aceite yendo directamente a su torrente sanguíneo. ¿Cuándo fue la última vez que había comido de esta manera? Había bebido tanto y se sentía tan cómodo en el patio que se sirvió tres raciones generosas. Dulce, que no pudo quedarse quieta ni siquiera durante el primer plato, eventualmente tomó su catálogo de juguetes y se acostó en el borde del patio para completar aún más su lista. Pareció, por un momento, que Alexi iba a regañarla, pero Claudia levantó la mano y le dijo: "Déjala en paz".

Cuando terminó la cena, Hugo se ofreció como voluntario para ayudar a limpiar la mesa, pero Alexi y Claudia insistieron en que se relajara y disfrutara el resto de su bebida. Pero en lugar de sentarse a la mesa, se arrodilló y se sentó en el piso de piedra, junto a Dulce. Rara vez estaba cerca de los niños.

—Hola. ¿Encontraste algo genial?

—Sí —dijo ella, tímidamente. Ella no hizo contacto visual y hojeó el libro.

—¿Tienes un juguete favorito?

Ante esta pregunta, Dulce sonrió ampliamente, ganándose el cariño de Hugo con los dientes frontales que le faltaban, y se volvió incontrolablemente hacia su juguete favorito, rompiendo una página del catálogo en el proceso. Señaló la Barbie Dreamhouse.

—Realmente me gusta esto. Quiero una. Voy a pedírsela a Santa. Hasta a Rocío le gusta. Ella me dice: "Pero, Dulce, "ya" vives en una gran casa gigante de ensueño". ¡Es muy graciosa!

—¡Guau! Qué juguete tan genial. ¿Crees que Santa lo traerá?

—¡Sí! Él lo traerá. Soy buena. Soy una niña buena.

—¿Qué quiere Rocío de Santa? —preguntó Hugo.

Dulce se rio.

—Tonto. Santa no le traería nada.

—¿Por qué no?

—Ella no es una niña. Es una anciana.

—¿Una mujer mayor? ¿Como tu abuela?

—¡No! —Dulce gritó, ahora exasperada—. Ella es la anciana en las paredes.

—Oh —Hugo sonrió, aunque el comentario de Dulce lo sobresaltó—. ¿Así que ella es tu amiga?

—Sí, lo es… Es tan buena. Dice que ya vivo en una casa de ensueño. ¿No es así?

—Seguro que sí —dijo. Se puso de pie y estiró las piernas con un paseo alrededor de la piscina. "Qué imaginación tan salvaje", pensó. De tal padre, tal hija. Todo le recordaba a su propia juventud, a esos días en Omaha cuando pasaba las calurosas y solitarias tardes de verano jugando con su hermano en el jardín, o fingiendo hacerlo. Santiago, el hombre que lo crio, se enojaría mucho, pero a Hugo le encantaba usar su imaginación. Qué mejor manera de mantener viva la memoria de su hermano.

85

AL FINAL de la noche, con Claudia y Dulce durmiendo en el piso de arriba, Alexi llevó a Hugo a su estudio privado.

—Sí. Sí —dijo, empujando la puerta para abrirla—. Todavía tenemos asuntos que atender. Por favor, siéntate.

Así lo hizo Hugo, en una silla de cuero marrón frente a un lujoso escritorio de oficina moderno. El estudio era bastante pequeño para una mansión así, por lo que Alexi tuvo que deslizarse contra la pared para ponerse detrás del escritorio. Tal vez, en algún momento, la habitación había sido diseñada para servir como una especie de cuarto de servicio. No había ventanas, ¡y la decoración! No se parecía en nada al resto de la casa. Era algo así como una fraternidad universitaria vomitiva del único tipo, el tipo clichetero que Hugo había visto en la televisión. Estaba claro que Alexi había reclamado esta habitación como suya. En la pared, justo detrás de su escritorio, colgaba uno de sus viejos anuncios de bancos de autobuses. Verlo ahí —el viejo Alexi, impoluto— le dio a Hugo ganas de hablar de Meli.

—Esos anuncios —dijo—. Recuerdo cuando estaban en todas partes. Han pasado muchos años.

—Sí, lo estaban —dijo Alexi con orgullo—. Fueron una creación de mi amiga Gloria. Dijo que todo se le ocurrió en una visión. Y mira. No creo en esas cosas. Pero funcionó, ¿no?

—Y ahora conozco la historia detrás del banco del autobús —dijo Hugo.

—Bueno. Mira aquí —e hizo girar el monitor de su computadora y dirigió la atención de Hugo a algún tipo de base de datos.

Hugo podía ver los nombres de muchas, muchas personas, junto con los totales de sus deudas, y estaba asombrado por el volumen total: decenas de miles de deudores, si no más. ¿Cuántos millones de dólares habían vendido empresas de tarjetas de crédito u hospitales a empresas como la de Alexi? Mientras Alexi se desplazaba en busca del perfil de deuda de Hugo, la relación que habían desarrollado se disolvió lentamente.

—Aquí está —dijo Alexi, haciendo clic en voz alta—. Hugo Contreras, $68,173.15. ¿Está correcto?

Hugo asintió.

—Eso es mucho dinero —comentó Alexi—. Déjame ver aquí. Casi todo médico.

—Mira, he estado pagando durante una década. Embargas mi salario —dijo Hugo.

—Sí. Lo veo aquí. $515 al mes. Tengo curiosidad. ¿Por qué no te declaraste en bancarrota?

—Casi lo hago respondió Hugo—. Pero no se sentía bien. Se sentía…

—¿En serio? Yo lo hubiera hecho —dijo y sonrió—. En tu lugar, por supuesto."

—Se sentía como una infidelidad.

—Déjame ver qué puedo hacer.

Alexi volteó la pantalla hacia él y procedió a tocar las teclas. Hugo no sabía lo que estaba pasando y temía que Alexi, al ver cuánto debía, se retractara de su oferta. Hugo no creía que sus servicios valieran casi $70,000 en condonación de deuda.

Todo parecía demasiado bueno para ser verdad hasta que la impresora de Alexi escupió un contrato.

—Bueno. Explicaré estos términos —dijo.

Hugo asintió y se inclinó para leer el documento, siguiendo la punta del bolígrafo de Alexi como referencia. Era un documento oblicuo, repleto de cláusulas y condiciones. Mierda de abogado. Cuando Alexi procedió a revisar las condiciones, Hugo se puso nervioso. No entendía ni una palabra de lo que salía de la boca de Alexi. Sumergido en el idioma, interrumpió y dijo:

—Mira, no tenemos que leerlo todo. Solo necesito saber que, si me ocupo de esta aparición por ti, no te deberé nada. La deuda será cancelada, ¿verdad?

Alexi pareció procesar lo que Hugo había dicho y luego asintió.

—Sí. Será cancelada, pero necesito saber que la aparición ha terminado. La carga de proporcionar esa prueba recae en ti.

—Entonces, tengo que arreglar la aparición. Demostrarte que lo arreglé.

—Sí.

—Entonces estoy libre de deudas.

—Entonces estás libre de deudas.

—¿Qué te impide afirmar que no ha terminado?

—Hugo. Hugo. La confianza va en ambos sentidos. Solo arréglalo, ¿de acuerdo?

✹

DESPUÉS DE FIRMAR EL documento y asegurar el retenedor, Hugo fue escoltado a su auto. Una vez afuera, sintió que había olvidado algo. Revisando su cuaderno, recordó.

—Oh. Dijiste algo antes. Dijiste que sabías quién era el espíritu que encontraste en el pozo.

—Así es.

—¿Me puedes dar más detalles? Esta información podría ser muy útil.

—No sé si significaría mucho para ti —dijo—. Pero era el rostro de una mujer contra la que había ganado un juicio. De hecho, fue la primera persona a la que mi bufete de abogados cobró. Era tan buena haciendo sus pagos a tiempo. Solía enviar pequeños cheques escritos a mano, aunque podría haber pagado en línea o por teléfono, o podría haber hecho que su pago fuera deducido automáticamente, pero insistió en pagar con cheque. ¿Lo puedes creer? Siempre podía identificar sus sobres en el correo

89

porque eran rosados y tenían rositas en el borde. Escribía su nombre bonito y grande en la parte superior izquierda del sobre. Es trágico lo que le pasó. Su casa se quemó, en medio de la noche, y los bomberos encontraron sus restos al día siguiente.

—Dios. Eso es terrible.

—Lo sé. Ella era una dama tan agradable. Su patrimonio nunca cubrió sus deudas.

—¿Cómo sabes que era ella? —preguntó Hugo.

—Creo que reconocería a mi primer deudor.

—Pero dijiste que ella estaba quemada y hecha cenizas.

—Mira. Era Rocío Gutiérrez. Estoy seguro de ello.

¡Rocío! ¿La amiga imaginaria de Dulce? De repente, Hugo ya no tenía ganas de estar en casa de Alexi. Pensó que podía sentir el espectro. No. No. Dulce debe haber escuchado a su padre decir ese nombre, racionalizó. No había nada que temer. Demonios, espíritus, hombres lobo, todos podían explicarse.

—¿Cuándo puedo esperar tener noticias tuyas? —preguntó Alexis.

—Mañana—respondió Hugo—. Tendré que hacer un recorrido por tu casa.

—No te molestes con una cita. Solo ven aquí. En cualquier momento después de la cena. ¿Ocho de la noche?

—Excelente. Entonces mañana. Arreglaremos todo esto antes de que te des cuenta.

—Eso espero —dijo Alexi y le estrechó la mano.

Y cuando Hugo dio marcha atrás para salir de la propiedad, no pudo evitar sentir que faltaba algo. ¿Qué era? Tenía el anticipo, el contrato, y se sentía nutrido y de buen humor. No fue hasta más tarde, mientras conducía a casa, que se dio cuenta de que ninguna de las luces exteriores de Alexi se había encendido. Mientras estaba en la carretera oscura, algo completamente extraño comenzó a agitarse en él. Tenía la sensación de que alguien estaba en el auto con él. ¿Rocío? Tal vez estaba asustado. Escuchar las divagaciones paranoicas de sus clientes tendía a poner nervioso a Hugo. Por supuesto que no había nadie con él. Incluso cuando inclinó el espejo retrovisor hacia atrás solo para comprobarlo, no se sorprendió al ver que estaba completamente solo. Pero la sensación persistió y, finalmente, se detuvo en el lado de la carretera, debajo de un enorme paso elevado, e inspeccionó bien el auto, solo para estar seguro. Es que Hugo quería que hubiera alguien. Quería a Meli. Él deseaba un hijo. Odiaba estar solo en el mundo, y parado allí mientras los autos pasaban, casi llora. Se sentía absurdo. Estaba de luto por la familia que nunca había tenido. Le molestaba que Alexi hiciera desfilar a su hermosa esposa e hija ante sus ojos, una familia desperdiciada en un hombre así.

Hugo imaginó cómo sería su propia hija, cómo en los días de escuela saldría corriendo a esperar el autobús con todos los niños de los vecinos, linda con su uniforme escolar, y cómo lo abrazaría, agarrada de su cuello, para despedirse. Podía imaginarse llevándola a la botánica de Lourdes. Lourdes solía dar chambelonas a los niños y Hugo podía imaginarse a su hija recorriendo la tienda saboreando su chambelona. Soñó con las mañanas de Navidad, con su hijita corriendo hacia la sala, emocionada porque Santa había llegado, se había portado bien. Cómo deseaba recrear la magia que Santiago le había regalado en aquellas frías mañanas. Y mientras le daba vida en su imaginación a esta niña inexistente, se sintió muy triste por el mundo que ella nunca conocería y la vida que él nunca tendría. Entonces, volvió a su auto y se alejó, medio imaginando que, si miraba por el espejo retrovisor, la vería debajo del paso elevado. Y cuando miró hacia atrás, tuvo que frotarse los ojos y sacudir la cabeza porque juró que la vio, aunque cuando volvió a mirar, no había nadie allí.

6

COMO LA MAYORÍA DE LAS PERSONAS de su generación, Meli y Hugo jodieron "mucho" antes de conocerse, razón por la cual, cuando se pusieron serios por primera vez, visitaron Planned Parenthood y se hicieron pruebas para detectar todas las enfermedades de transmisión sexual registradas. Quedaron asombrados cuando la enfermera regresó con dos certificados de salud impecables. Era un milagro, creían, salir ilesos de su promiscuidad. Para celebrar, fueron al McDonald's de la calle 125. Meli pidió un McRib; Hugo pidió una comida de nueve piezas de Chicken McNuggets y un Oreo McFlurry de vainilla para compartir.

Cuando estuvieron sentados y a la mitad de su comida, Meli espetó: "¡Ni siquiera el herpes! Somos muy afortunados". El café, en ese día en particular, estaba inusualmente tranquilo. Había hablado tan alto que el cajero/gerente había escuchado sus comentarios y estaba horrorizado. En unos asientos más lejanos, una mujer joven que intentaba que sus dos hijos comieran su comida, le lanzó a Hugo una mirada como diciendo: "Estoy con mis hijos. ¿Te importaría no hablar de herpes?".

—Cariño —dijo Hugo—, no tan alto, ¿de acuerdo?

—Por favor —respondió, chupándose los dientes—. Aquí nadie habla inglés.

—¿Por qué tienes que decir cosas así? Suenas como tu tía.

—¡Escúchame! ¿Y si hubiera tenido algo? —ella preguntó. Mordió su McRib y asintió con la cabeza—. ¿Hubieras…? —dijo, y dio otro mordisco, rompiendo el contacto visual con Hugo.

—¿Hubiera…?

—¿Hubieras seguido conmigo si tuviera una ETS?

—Sí, por supuesto —dijo Hugo.

—Bueno, te patearía el trasero —dijo Meli, y lo pateó debajo de la mesa y se rio, y como eso no fue suficiente, le arrojó un par de papas fritas y dijo—: Perdedor.

Luego tiró un poco más, casi derramando el McFlurry. Hugo no apreció su broma en absoluto.

—Si alguna vez coges algo —agregó—, ahora sabré que es porque me estás haciendo trampa.

—¡Meli! Yo nunca lo haría.

El cajero/gerente se acercó y dijo: "Si no puede ser respetuoso aquí, necesitaré que se vayan. Este es un establecimiento familiar". Cuando se alejó, Meli estalló en carcajadas. La forma en que se iluminó, con la cabeza en alto, aparentemente confiada, aterrorizó a Hugo. ¿No estaba en lo más mínimo preocupada de que los echaran? Aun así, amaba la forma en que Meli siempre podía, sin vergüenza, ser ella misma.

Mientras el cajero/gerente atendía a los nuevos clientes, Meli tomó su Sharpie rojo y etiquetó "Meli & Hugo 4 life" en los asientos de plástico, con cuidado de no llamar mucho la atención. Hizo un corazón con la o en "Hugo".

—Ahora tú —dijo, entregándole el Sharpie—. ¿O no me amas de por vida?

—¡Meli! Estás loca.

Él no era del tipo rebelde. Ya se destacaba, y odiaba hacer cualquier cosa que llamara aún más la atención sobre sí mismo. Tal vez fue porque había pasado seis años sintiéndose como la única persona morena en Omaha. Incluso cuando llegó a Miami, Hugo no fue reconocido como boliviano sino como indio. Cualquiera de América del Sur y Central lo era. Lo sintió intensamente alrededor de la familia de Meli, la forma en que su tía podía decir tan casualmente cosas como: "Niña, tienes que mejorar la raza", como si él no estuviera allí en su sofá, "el indio", como le gustaba a Lena llamarlo. Dio un sorbo a su refresco, nervioso, y luego agarró el marcador y dibujó un pequeño corazón sobre la i en "Meli", aunque en su prisa parecía más una gota.

—Te amo, Meli —dijo—. Estás a punto de hacer que nos echen de McDonald's, pero prefiero estar aquí contigo que en cualquier otro lugar.

—¡Ay, Hugo! Siempre dices cosas tan bonitas. ¿Nunca tienes nada malo que decir?

Meli tenía razón. Hugo tenía un don para decir cosas bonitas. Meses antes de su boda, estaban dando paseos nocturnos por su vecindario, soñando con ser dueños de una casa y tratando de sudar las libras. Meli quería adelgazar su cintura; Hugo quería entrar en sus pantalones. Habían estado fantaseando con la riqueza y el éxito y con volver a la escuela, y de alguna manera Meli comenzó a quejarse de su control de la natalidad. Tal vez fue porque había llovido, y por eso el barrio estaba infestado de jejenes, pero Meli estaba de mal humor. En el trabajo, había leído un artículo de *clickbait* sobre una mujer cuyo medicamento anticonceptivo la había vuelto alérgica a la carne roja; también resultó en un embarazo no deseado.

Meli trabajaba a tiempo parcial en la tienda Banana Republic y, para empeorar las cosas, Priscilla, una de sus compañeras de trabajo, le había dicho a Meli que los anticonceptivos provocan coágulos de sangre y aneurismas cerebrales, peores que las vacunas. Hugo pudo ver que Meli estaba abrumada. Estaba convencida de que su control de la natalidad la estaba matando. Estaba convencida de que iba a quedar embarazada, aunque tuvieran cuidado. Ella no quería ser mamá. Ella no quería ser tía. A juzgar por su comportamiento, por su paso acelerado y la forma en que balanceaba los brazos incontrolablemente, sin siquiera mirar a ambos lados antes de cruzar las calles, Hugo pudo ver que Meli estaba angustiada. Antes de que pudiera hablar mucho sobre el control de la natalidad, Hugo la detuvo. Estaban en el camino de la entrada de un desconocido, y era claro que el tipo en la camioneta estaba esperando que pasaran para poder irse. Hugo tomó las manos de Meli entre las suyas y le dijo: "Te haré una vasectomía". Incluso se arrodilló como si le estuviera proponiendo matrimonio de nuevo. Esto, pensó, era rebelde, pero hizo que la familia de ella lo resintiera aún más, por ser menos hombre.

Fue un procedimiento costoso, pero Hugo lo hizo de todos modos. Después, se quejó de que se sintió como una patada en los huevos

—Pero no te sientes más sexy ahora —dijo Meli—, como de una manera súper progresiva. Quiero decir, creo que eres más sexy ahora. ¿Cuántos tipos harían eso?

—No sé si "sexy" es la palabra correcta —dijo Hugo, con una bolsa de hielo entre las piernas.

—Pero mira. Mira. Ahora podemos follar cuando queramos sin miedo a enfermedades o niños pequeños monstruosos. No sé tú, pero yo diría que esta es una gran victoria en nuestra relación.

—Lo es.

—Pero no te vayas a acostar por ahí ahora. No lo jodas.

—¡Meli! —dijo Hugo—. No puedo creer que siquiera pienses eso.

—Muy bien. ¿Qué tal si "lo hacemos" ahora mismo? —dijo, frotándose la longitud de él, excitándolo de modo que dolía. Tal vez Hugo se arrepintió de la vasectomía, pero aunque quisiera tener hijos, no podían permitírselos, así que, en privado, llegó a aceptar su posición en la vida, el estudio en el que probablemente vivirían siempre, el auto de mierda que probablemente tendrían hasta que se le cayera el motor, y los trabajos sin futuro a los que siempre se aferrarían. No era una vida lujosa, pero tampoco era exactamente mala. Fueron felices por un tiempo. Entonces Hugo la traicionó. Algo despertó en él que no pudo controlar. Ella nunca se enteró, pero él podía trazar sus problemas a esa transgresión original, la única aparición real que jamás había conocido. Y ahora, aunque Hugo no creía en lo espiritual, empezaba a preguntarse si Meli, muerta, sabía lo que había hecho. Una vez, en un sueño, entró en el dormitorio del estudio, sin aliento. Llevaba el vestido esmeralda con el que la habían enterrado, cubierta de suciedad. Cuando recobró el aliento, se sentó al lado de la cama y le dijo: "De por vida, ¿eh? Eres una mierda, Hugo".

SEGUNDA PARTE

LA FIESTA DE NOCHEBUENA DE LOS RAMÍREZ

7

HUGO AGARRÓ CON TORPEZA su llave y su aplicación de linterna, y cuando estaba listo para entrar a su pequeña casa, algo terriblemente familiar llamó su atención. Tal vez la brisa le había traído la fragancia de algunas flores de jazmín cercanas. Sí, pensó. Una brisa casual. Así que tocó el pomo de la puerta y, sintiendo la piel fría y húmeda de ella en las yemas de los dedos, retiró la mano con fuerza, como si acabará de quemarse con una sartén aún caliente. La recordaba tal como era *ese* día, rígida, con la boca abierta, los ojos muy abiertos, una sola mosca doméstica sondeando sus lágrimas. Fue una visión tan impactante. Sintió, en ese momento, que Meli estaba realmente allí: un cadáver ambulante, de regreso de la tumba, respirando en su cuello. Podía *sentir* su presencia. Notas de jazmín y pachulí florecieron en su porche delantero, pero había más. Algo en los alrededores se estaba descomponiendo: un dulce aroma rico en hierro, una cálida suavidad.

El día que murió, las sábanas blancas estaban tan carmesí que la sangre parecía aceite de palma roja. Hugo siguió frotando sus dedos en él, apenas capaz de creer lo que veía. Pronto las hormigas de azúcar la encontraron y se arremolinaron. No pudo evitar que se alimentaran. Le tomó semanas reconocer completamente lo que había ocurrido en su dormitorio, y cuando lo hizo, lloró y lloró hasta que bloqueó el incidente. Entonces, cuando pensaba en Meli, comenzaba lo más lejos posible del incidente: el día que se conocieron. Un encuentro casual en una discoteca. Un paseo por la playa, seguido de una cena en una cafetería nocturna. Meli estaba asombrada de que él hubiera estado solo en una discoteca, y él se sentía especial, que ella dejara a sus amigos para estar con él. Esos eran los días, al principio de su noviazgo, a los que quería aferrarse. No como terminó todo. Con el tiempo, Hugo borró los recuerdos desagradables y los reemplazó solo con recuerdos felices, hasta que Meli se convirtió en una versión idílica de lo que realmente había sido.

Pero esa noche, al tocar el pomo de la puerta, que sintió tan frío como la carne de su cuerpo —y al recordar la expresión osificada de Meli, cómo había intentado y fallado, muchas veces, cerrarle la boca antes de que llegaran los paramédicos— sintió una oleada de remordimiento recorrer su cuerpo, y juró, allí de pie, que en realidad podía sentir las manos de Meli acariciando su espalda, como había hecho tantas veces en el calor de su pequeño dormitorio, con la pantalla del televisor iluminando la habitación.

Hugo no quería darse la vuelta. ¿Qué pasaría si él lo hiciera y ella no estuviera allí? ¿Encontraría alguna vez la fuerza para dejar de buscarla? ¿Y si, peor aún, se giraba y ella estaba realmente allí?

Un auto pasó lentamente. Las sombras salpicaron la pared. Era suficiente distracción para calmar sus nervios. Después de eso, se rio entre dientes, y aunque estaba nervioso, se volvió hacia ella, o lo que fuera que había causado tal inquietud en él. No había nadie allí, por supuesto. Hugo sabía mejor que creer en apariciones. Meli estaba muerta. Entró en su casa y cerró la puerta.

TODO ESTABA COMO lo había dejado: la única taza de café en el escurridor, el vaso de agua medio vacío en la mesa de la cocina, el correo sin abrir en la papelera. Todos menos la silla, la silla de Meli. La del rincón del desayuno, en el que no se había sentado desde que ella falleció. Estaba empujada contra la pared.

¿Había hecho eso, raspado la pared? No lo sabía. Tal vez en la prisa por llegar al trabajo a tiempo, se había topado con la silla por accidente, aunque esto parecía poco probable. No era el tipo de persona que fuera tan negligente.

Parecía el tipo de cosas que haría Meli. De hecho, ver la silla chocando contra la pared hizo que algo se levantara en lo más profundo de Hugo. Sintió unas ganas vigorizantes de quejarse, de gritar: "¡Coño, Meli! Sé más consciente. ¿Por qué tienes que estropear la pared todo el tiempo?".

Casi podía escuchar su respuesta: "Estás actuando como si fuéramos dueños del lugar".

Algo más llamó su atención. En su mesa, había un catálogo de Pottery Barn dirigido a ella. Sí. A pesar de que ella había fallecido, las corporaciones seguían enviando esos catálogos. Por lo general, los tiraba a la basura de inmediato. No era el tipo de persona que se preocupaba por los muebles. A Hugo le importaba poco si una mesa estaba hecha de nogal o de fibra de densidad media. No tenía preferencia entre el algodón o el poliéster, por lo que lo tomó por sorpresa cuando se encontró no solo sosteniendo el catálogo abierto sino también hojeándolo, pasando de un gabinete moderno a uno más rústico con madera oscura y hierro. Esto, pensó, admirando el armario adornado, se vería genial en la sala. Casi podía imaginarse a Meli asintiendo con aprobación.

Qué extraño, tener repentinamente la necesidad de arreglar el lugar, tal vez comprar ropa de cama nueva, un juego de platos y utensilios que combinaran, algunas obras de arte. ¿Pero por qué? Nunca organizaba fiestas. No recibía a nadie. Todas estas cosas estaban en el ámbito de Meli, pero sintiendo el contrato de Alexi en el bolsillo del pantalón, pensó: "¿Sabes qué? Quizás haga algo con el lugar. Si puedo hacer este trabajo, tal vez tenga suficiente dinero para derrochar, y ¿por qué no?" Quería gastar dinero. El pensamiento lo contagió. No podía soportarlo, la necesidad de una transacción. Sabía que todavía estaba conectado a la máquina de Alexi. El próximo cheque de pago, su salario sería embargado, y frustrado por esta realidad, arrojó el catálogo a la basura. "¿Qué estoy pensando? ¿A quién le importa?". Y aunque estaba solo, podía imaginarse a Meli corriendo hacia el dormitorio, decepcionada por su frugalidad.

Fue en este estado de confusión que Hugo se cambió a su viejo pijama y se fue a dormir. Ni siquiera encendió el televisor. Estaba demasiado cansado. Yacía en la cama, en una habitación que podría haber sido confundida con una tumba. Esperó a que su endeudamiento subiera a la cama con él, y se volvió hacia él como si fuera a acurrucarse. "Lo siento", susurró. "Lo siento tanto". En la oscuridad, sintió el peso de su pierna. Sintió su mano tocar su cara, o tal vez eso era simplemente su agotamiento, haciendo más lento su ritmo cardíaco, profundizando su respiración, hasta que se calmó y estuvo completamente dormido.

LA NOCHE HABRÍA terminado aquí, pero Hugo se despertó a las 12:07 a. m. por un dolor de estómago. Debe ser la comida, pensó, demasiado pesada. Intentó beber agua, pero eso solo lo hizo sentir peor. Eventualmente, se agachó sobre el inodoro y se obligó a vomitar su cena. Mientras lo hacía, pudo escuchar un trueno a lo lejos, solo otra tormenta de la Florida, y había algo más, una voz inquietantemente familiar que atravesaba la pared como un susurro. "¿Estás bien, hombre?"

Hugo respondió diciendo que estaba bien. Solo algo que comió que no le sentó bien. Agradeció a la voz su preocupación e insistió en que fuera quien fuera no se preocupara. Él estaría bien. También se disculpó por despertarlos y reiteró que probablemente sonó mucho peor de lo que era.

—No seas un depre.

—¿Depre? ¿Quién habla? —gritó Hugo.

No hubo respuesta.

—¿Puedes oírme? ¿Quién está hablando?

En su estado, a medio camino entre el cansancio y los empujones para despertarse, Hugo creía que estaba imaginando cosas. "Esa voz", pensó. "Conozco esa voz". Y entonces cayó en la cuenta. Esas palabras. Eran algo que Santiago había dicho una vez. Pero eso fue hace mucho tiempo, en algún lugar entre Córdoba y Apizaco. Habían comido frijoles pintos enlatados en la cena y Hugo los había vomitado en las vías del tren. Fue una situación desafortunada. Se estaban quedando sin comida y dinero en efectivo. El viaje a los Estados Unidos estaba demostrando ser peligroso.

Santiago, probablemente frustrado o abrumado por el viaje, tomó un palo y pinchó todos los pedazos de comida vomitados, como si algo fuera recuperable. Y mientras hacía esto, había dicho: "Joder, hombre. No seas un depre". Le limpió la boca a Hugo con un trapo, le ofreció un poco de agua y le ordenó: "Hay que seguir". En ese entonces, Hugo no había decidido si podía confiar en él. Era un extraño, un hombre blanco que simplemente pagaba una deuda con el verdadero padre de Hugo, y ¿quién podría decir que Santiago no lo abandonaría por completo?

Pero cuando recordaba a Santiago, o Santi, como llegó a llamarlo, indiferente y pinchando el vómito con un palo, y cuando recordaba la dureza de la tierra, y el agotamiento, tantos días caminando por las vías, hambriento, ardiendo bajo el sol, llorando porque había dejado a todos los que alguna vez había amado, cuando la inmensidad de su pasado lo atravesó, tuvo que sentarse al borde de su cama. Fue entonces, mirando a una pared en blanco, que se preguntó, por primera vez en su vida adulta, ¿Cómo he viajado tan lejos de casa? Y había algo más que se movía en la oscuridad, con el ligero repiqueteo de la lluvia en el techo, el trueno retumbante de su juventud, al principio silencioso pero luego realmente comenzando, y mientras la tormenta rugía, yacía en su cama, cerró sus ojos, y justo así, sintió que algo agarraba su mano y lo tiraba de la cama hacia la oscuridad. "¿Eres tú, Meli?" preguntó. Estaba soñando, pensó. ¿De qué otra manera podría ser transportado desde su dormitorio a una carretera en una montaña sin nada alrededor excepto un refugio de piedra que protege contra el sol abrasador?

❧

DESDE EL CAMINO DE LA MONTAÑA, Hugo podía ver la gran extensión de una ciudad, un lugar desordenado, una pintura modernista salpicada de grava y terracota: tantas líneas y cuestas y calles bulliciosas apiñadas en una región de un valle. Contempló los tejados remendados, el humo que se elevaba, los campanarios, tan diferentes de los letreros de comida rápida y las vallas publicitarias esparcidas por cada pulgada de Miami-Dade. La ciudad colonial parecía de otra época. Hugo se preguntó si tal vez había visto un panorama en algún protector de pantalla o en algún programa de televisión. ¿Marvel había filmado uno de sus éxitos de taquilla aquí? ¿Michael Bahía? Casi podía imaginarse a los Decepticons haciendo llover acero y fuego infernal sobre todo. De esta forma, la ciudad no era más que una aparición descartable. Hugo no sentía afinidad con ella; no recordaba nada de su casa.

No de inmediato, al menos. Le tomó algún tiempo mientras vagaba por el aire delgado en oxígeno para sentir los dolores familiares de su infancia, el sabor metálico en su lengua, el mareo. Vio la piedra y los cantos rodados en las pendientes, milagrosamente sostenidos en su lugar, y la yareta, floreciente, tan verde y globular a lo largo del camino. Él había estado aquí antes. Estaba seguro de ello. Cuando se agachó y pasó los dedos, con cautela, por las muchas flores frescas de la yareta, el rostro de su hermano mayor apareció en su mente. Recordó haber corrido descalzo montaña abajo, sintiendo el calor en las piedras. En los días calurosos, recordó un juego que jugaba, cuando él y su hermano corrían rocas por las pendientes. A veces, cuando terminaban, ponían los pies en las flores de la yareta y se recostaban en la montaña seca y miraban pasar las nubes: "a los Estados Unidos", le encantaba decir a su hermano. "Como nosotros. ¡Algún día cabalgaremos esas nubes hasta Miami!".

Esos días interminables y serpenteantes eran de hace mucho tiempo, tan perdidos en los recuerdos de Hugo que se sorprendió de poder excavarlos. "¡Víctor!", gritó, medio esperando ver a su hermano salir corriendo del camino, joven, larguirucho, con una mata de pelo cubriéndole los ojos. Recordó la pequeña tira de pelusa de melocotón en el labio superior de su hermano, el mechón de un bigote, que parecía, entonces, profundamente maduro. Y recordó la forma en que Víctor siempre usaba sus suéteres sueltos, las mangas demasiado largas y agitándose torpemente. Y aunque habían pasado los años, quería volver a ser el hermano pequeño de Víctor, recorrer ese camino de montaña con él una vez más. Pero su hermano no estaba allí. Cuando Hugo lo llamó, su voz solo fue respondida por el viento y las sombras de las nubes que se deslizaban por el paisaje montañoso del desierto, y por el recuerdo de Víctor en un ataúd.

Hugo siguió el camino de la montaña, y aunque habían pasado más de treinta años desde que sintió la tiza de piedra en los labios, todo estaba volviendo a él. Podría haber caminado por los caminos con los ojos vendados y encontrado su hogar. Allí estaba, una estructura de piedra anidada entre dos robles del desierto desgastados y estériles. Colocados en una de las ramas del roble, una variedad de recipientes de plástico de tres galones, que Hugo y Víctor usarían para llevar agua a la montaña. En el piso había pedazos de madera y cartón que habían recolectado durante su infancia y con los que jugaban. Junto a la puerta estaban ordenadamente apiladas las cestas de la madrina, todas larguiruchas y deshilachadas, que ella hacía con ramitas y hierba silvestre. Era una casa azotada por la pobreza, una herencia de una de las muchas compañías mineras a las que había estado afiliada su madrina. Las empresas mineras a menudo cuidaban de las viudas. Su madrina, que apenas podía subir la pendiente sin quedarse sin aliento, era una "guardia de seguridad" en los libros: una mujer encargada de evitar que los ladrones entraran en las minas.

La empresa le había dado un rifle, que guardaba debajo de la cama junto a una caja de balas.

Para Hugo, ella era lo más parecido a una madre. Era "madrina" en público, pero en casa era "Mima", y quería mucho a sus hijos. Y al verla en casa, el humo subiendo por el tubo de la estufa, Hugo apresuró el paso, más rápido, hasta echar a correr. ¿Por qué la había dejado?

Cuando Hugo, finalmente, empujó la puerta, vio a Mima allí, de pie junto a la estufa de leña, revolviendo una olla de estofado. Había plumas en un cubo de hojalata. ¡Estaba cocinando codornices!

"¡Mima!" gritó. "¡Mima! ¿Eres realmente tú?". Estaba vestida con una falda roja larga, un chal de color canela alrededor de sus hombros, su cabello oscuro pesado y largo hasta la cintura. A su lado había una tabla de cortar, unos manojos de hierbas. Hugo se acomodó a su lado y dijo: "Hola, madrina. ¿No me reconoces? Soy yo. Hugo". Ella no lo reconoció. "Debo estar soñando". Se consoló con este pensamiento, se sentó en una pila de leña cerca de la estufa y lo asimiló todo: el olor del guiso de codorniz, lo último de la luz del día, el ajo entretejido colgando sobre la estufa. Cuando la sopa estuvo lista, Mima puso la mesa y, como el sol se estaba poniendo, encendió una vela y se sentó, esperando pacientemente.

Seguramente estaba esperando a que los chicos llegaran a casa. Pero a medida que avanzaba la noche, se hizo dolorosamente claro para Hugo que no vendría nadie. Mima bendijo, como siempre, y luego comió, y cuando terminó, cuando hubo sorbido el último sorbo de sopa, apartó su plato de huesos, arrojó la cuchara y miró por la ventana mientras el aire de la montaña llenaba el hogar.

Hugo se sintió como si fuera su culpa. Debería haber estado allí. Se arrodilló a su lado, le acarició la mejilla. "Mima", susurró, "por favor, no llores. Estoy aquí. Siempre he estado aquí". Pero también sabía que eso era mentira. Él no había estado allí. Se había ido a Estados Unidos a los nueve años, había comenzado una nueva vida y lo había olvidado. Había enterrado su vida en la montaña bajo la indiferencia y las experiencias mezquinas en la escuela o con Santi, o en la botánica. Había vivido su vida como si nunca hubiera tenido ningún origen.

Mima estaba angustiada. Se cubrió la cara con las manos y aulló mientras la llama de la vela que había encendido bailaba salvajemente, como la vela de una bruja, luchando contra todos los demonios de la noche.

A Hugo le dolía que no pudiera hacer nada para aliviar su dolor. Quería irse. Quería despertar de su pesadilla. "¡Sácame de aquí!" gritó, pero ¿quién lo escucharía? ¿Quién lo había llevado allí para empezar? Y mientras intentaba, en vano, despertarse a sí mismo, notó que algo empezaba a parecer extraño. En el rincón donde él y Víctor siempre habían dormido, faltaba todo: sus juguetes, ropa, útiles escolares. "Mima, ¿qué hiciste con nuestras cosas?", preguntó.

En cierto modo, se estaba hablando a sí mismo. Había llegado a un acuerdo con la lógica de su sueño, por lo que se sobresaltó cuando, al volverse para mirar a su madrina, vio que ella lo miraba fijamente. Sostenía una botella de Coca-Cola llena de flores silvestres, que Hugo le había dejado el día que se fue.

"Jesucristo", dijo Hugo. "Me asustaste. ¿Entonces puedes verme?". Y cuando dijo esto, escuchó voces afuera, y sintió un fuego abrasador, y vio siete demonios, todos cenicientos y ardientes, escabullirse en la casa por todas las aberturas. Eran bestias, de pie sobre cuatro patas con colas largas y pesadas que se agitaban. Algunos se arrastraron a través de la puerta. Uno entró por la ventana. Otro se escondió debajo de la estufa. Uno se deslizó a su lado, tomó su mano, un toque que registró al instante: su deuda. Y en un instante, descendieron sobre ella, sin piedad, y se alimentaron de ella. Mordieron y trituraron sus huesos y le desgarraron la piel hasta que no quedó nada excepto la botella de Coca-Cola rodando por el suelo. Y cuando terminaron, después de jadear y lamerse las garras, se volvieron hacia Hugo, y abrieron la boca y chillaron con tal intensidad que Hugo cayó hacia atrás, atravesó la pared y se metió en su propia cama, a miles de millas y décadas de distancia. Para entonces, la tormenta había amainado.

Hugo se levantó de un salto de la cama y encendió las luces.

Eran poco más de las tres de la mañana; el aire acondicionado estaba ronroneando.

Y ahora Hugo no podía volver a la cama. Para tranquilizarse, cogió el contrato de Alexi, lo desdobló y procedió a leer la letra pequeña. Palabras como *caveat emptor* y "fuerza mayor" y todas las tonterías habituales de los abogados hacían que el documento fuera tan obtuso, como si Alexi lo hubiera diseñado para ocultar tantas lagunas y extravagancias como fuera posible. Era un documento seco, pero no lo distrajo como esperaba. Ni siquiera lo estaba leyendo realmente. Claro, estaba siguiendo las letras, deteniéndose en cada punto, incluso releyendo líneas, pero no podía quitarse el sabor metálico de la boca. Todavía podía sentir la tiza en los labios, oler la sopa de su madrina. Deseó haberle escrito, enviado postales o llamado el día que se graduó de la escuela secundaria. La idea había cruzado por su mente antes, y ciertamente había noches en las que recordaría su voz brusca, la forma en que los arropaba a él y a su hermano por la noche, contándoles historias del diablo en la montaña. Se preguntó si su madrina aún estaría viva. Y le preocupaba lo que encontraría si realmente fuera a buscar.

CUANDO HUGO Y MELI se mudaron por primera vez a un estudio, se suponía que sería algo temporal. Iban a reconstruir su vida, y luego tal vez incluso comprar su propio pequeño hogar en algún lugar en los confines de West Kendall. Era agosto, y debido a que el estudio aún no tenía aire acondicionado, ni siquiera una unidad de pared, decidieron sentarse por las noches en el estrecho corredor cubierto de hierba entre su casa y la cerca ranurada de los vecinos. Embadurnándose con repelente de insectos y tratando de aprovechar cualquier brisa fresca que la noche pudiera brindarles, Meli se inclinó y le dijo: "Quiero saber algo. ¿Por qué nunca hablas de tu mamá? Ni siquiera sé su nombre".

Los cocuyos encendieron sus luces verdes a su alrededor. Eran hermosos desde lejos, aunque de cerca parecían pequeñas cucarachas. Hugo no entendía por qué la gente en Miami estaba tan cautivada con ellos. Rompían sus abdómenes si se asustaban, lo que hacía un horrible crujido. Meli los odiaba especialmente. Con uno trepando por su pierna, Hugo dijo:

—No la recuerdo.

—Tiene que haber algo —dijo—. ¿Tal vez un sonido? ¿Una sensación?

—No me gusta hablar de estas cosas. Realmente no me gusta.

Meli tomó un sorbo de su jugo. Se recostó en su silla y no insistió más en el tema. Ella lo respetaba. Pero esa noche no encontraron nada más que discutir, así que observaron a los cocuyos hurgando en la buganvilla enredada de los vecinos hasta que Hugo dijo:

—Sabes, hay algo. Mi hermano solía hablar de ella. Creo que tal vez tenía tres años cuando ella nos dejó.

Ella le acarició el brazo.

—¿Por qué se fue?

—Simplemente lo hizo.

—¿Y tu padre?

—Mira, Meli, esto es lo que sé de mi madre. Era mestiza y más oscura que nosotros.

—¿Mestiza?

—Sí. Sabes. Como una raza mixta.

—Claro. Lo sabía.

—Víctor decía que ella siempre usaba su cabello trenzado. También decía que nos cantaba en quechua. Esto fue antes de que viviéramos con Mima. Víctor me contaba que primero vivíamos en un departamento junto a la iglesia con otras tres mujeres, y en las mañanas, cuando yo lloraba por leche, ella me alimentaba y cantaba, y luego yo dormía, envuelto en su vieja manta de bebé. Recordaba la manta porque le daba celos… y … eso es todo lo que tengo. No hablábamos de eso.

Mientras Hugo hablaba, buscó a tientas su rosario, apretando las cuentas y sintiendo cómo se desmoronaban. Meli apenas se dio cuenta, o fingió no hacerlo.

—¿Quechua? —Meli dijo—. ¿Recuerdas algún quechua?

Hugo negó con la cabeza.

—Un segundo —dijo Meli. Entró, y volvió con su computadora portátil: un dispositivo realmente desastroso, le faltaban teclas, y la pantalla estaba rajada. Lo encendió, navegó a YouTube y escribió "Ketcha Bolivia Lullaby".

—¿Te importa? —ella preguntó—. Quiero escuchar cómo podría haber sonado.

—Seguro. Adelante —dijo Hugo. Terminó su cerveza y tomó su mano.

Cuando sonó la canción, Hugo esperaba que algo se agitara en él. No es que no se conmoviera; la canción y la melodía eran hermosas, pero no reconoció nada de eso, y al darse cuenta de lo lejos que estaba su infancia de él, apoyó la cabeza en el hombro de Meli, lamentando la pérdida de todo lo que había dejado atrás, toda una infancia olvidada u oscurecida. En verdad, pensar en esos años de su vida siempre lo ponía melancólico, así que prefería no hacerlo. Era algo que había practicado durante tanto tiempo que llegó a creer, en realidad, que todos sus recuerdos se habían perdido, hasta el punto de que cuando los extraños le pedían que hablara más sobre su origen boliviano, decía: "Ojalá pudiera. Tengo ese pesar. No puedo recordar nada de mi vida antes de los nueve años". La mayor parte del tiempo, realmente creía esta mentira. Había construido un muro entre su pasado y su presente. Se protegía a sí mismo.

Hugo dobló el contrato de Alexi, lo dejó a un lado y abrió su navegador web. Escribió "quechua" y luego dejó que YouTube lo guiara por este interminable "a continuación" de material curado artificialmente. Observó, con atención, no porque tuviera nostalgia y quisiera recuperar la juventud. No. El lenguaje le recordó a Meli y la noche que le tocó la canción de cuna. En ese entonces, pensó que ella estaba tratando de averiguar qué tipo de madre sería. Sospechaba que estaba embarazada porque la había visto de pie frente al espejo del baño, sosteniéndose la barriga y empujándola hacia fuera. Todavía no sabía que ella no tenía ningún interés en ser madre. Al verla balancearse bajo la luz brillante del tocador, imaginó la posibilidad de una familia. Al escuchar ahora la canción de cuna, recordó ese sentimiento y deseó haberse esforzado más en decirle a Meli lo que ella quería saber.

A LAS 3:45 a. m., el teléfono de Hugo se le cayó de la mano y lo golpeó en la cara. Cuando volvió en sí, estaba en las escaleras de la Iglesia de San Lorenzo en Potosí. Debe haber sido la hora pico de la mañana. Los niños en edad escolar corrían por la acera, agrupados en grupos. Sus uniformes (pantalones azul marino, camisas abotonadas y chaquetas de punto de color borgoña) eran idénticos a los que él había usado. Hizo que Hugo sintiera nostalgia por su propia escuela y por los paseos que él y su hermano daban cada mañana, exhaustos porque habían trabajado en las minas la noche anterior.

En Potosí, no era raro que los niños pequeños obtuvieran ingresos de esta manera. Algunos trabajaban en el cementerio local, manteniendo los altares. Otros lavaban autos o limpiaban mesas en pequeños cafés o bares. Pero la mayoría de los niños trabajaban en la montaña. Sus pequeños cuerpos podían navegar con mayor facilidad por los estrechos pasillos y, mientras tuvieran menos de quince años, eran mano de obra barata.

En ese momento, Hugo escuchó que la puerta de una tienda se abría de golpe y vio a dos niños salir corriendo. Cruzaron corriendo la calle, sorteando el tráfico que se aproximaba, hasta llegar a los escalones de la iglesia, donde se detuvieron. Uno de ellos abrió una botella de Coca-Cola y salpicó por todas partes. El otro tenía una caja de alfajores. Llevaba uno a su boca, lamiendo el dulce de leche que sobresalía de la galleta. "¡Hola, Hugo! No los lamas a todos. Eso es grosero." Fue desorientador al principio, pero Hugo se dio cuenta de que estaba presenciando un momento de su propia infancia.

Habiendo escuchado la voz de su hermano, tan clara y radiante de vida, bajó corriendo los escalones y dijo: "¡Víctor! ¡Víctor! ¿Eres realmente tú?". Como antes, Hugo no pudo participar. Él estaba allí, presente pero de alguna manera ausente, como si estuviera viendo el evento desarrollarse en una pantalla de cine.

Observó a su hermano agitar el refresco. Hugo conocía este día. Se habían saltado la escuela y habían tomado parte de su salario para comprar bocadillos en una tienda. Fue el día en que Víctor confesó que planeaba irse a América. Las minas lo estaban matando; estaban matando a todos. Víctor le había escrito a su padre, pidiéndole dinero para ir al norte. Estaba convencido de que su padre lo apoyaría.

—Si tenemos la oportunidad —dijo—, tenemos que aprovecharla.

—Pero, ¿y si nuestra madre regresa?

—Hermano, necesito que vengas conmigo. Imagínate. Nos dirigiremos al norte. Veremos el mundo, y habrá Coca-Cola en todas partes. Escuché que en los Estados Unidos hay ciudades enteras que pasan Coca-Cola por las tuberías —dijo Víctor—. Podrías ir a una fuente de agua, presionar el botón y beber Coca-Cola recién sacada de la tubería. ¿Te imaginas vivir allí?

—Estás mintiendo. Eso no puede ser real.

Víctor sonrió.

—Bueno. Tal vez no. Pero prométeme algo.

—¿Qué?

—Si nuestro padre me apoya y envía el dinero, te irás conmigo.

—¿Y qué hay de Mima?

—No seas tan mierda —dijo Víctor. Agarró al joven Hugo y apretó.

Un policía los llamó y corrieron por las escaleras, dejando atrás la botella vacía de Coca-Cola. Hugo los persiguió por la calle hasta un callejón. Cuando cruzó el callejón, oliendo la suciedad y la podredumbre de un cubo de basura, cayó en un pozo. Al principio, Hugo creyó que había vuelto a su estudio, en la cama, pero luego vio una fila de lámparas parpadeando y escuchó a la gente arrastrándose por los pasadizos rocosos, arrastrando sus taladros detrás de ellos, y supo exactamente dónde estaba.

AFUERA DE LA MONTAÑA, los hijos son de Dios. Cuando lloran y se regocijan y disfrutan de la luz del sol, están disfrutando del cielo. Pero en las minas, los niños son propiedad de El Tío. Él puede ser misericordioso. Protege a los que le traen ofrendas, a los que no lloran ni se quejan, a los que son productivos, a los que trabajarán hasta el crepúsculo aunque haya escuela al día siguiente. Es su montaña. Los mineros han sabido esto durante siglos. Entrar en la montaña roja es entrar en la Gehenna y escuchar a los hijos del rey arder en las hogueras. Puedes escucharlos llorar. En las minas, nada es sagrado. Los muros, destrozados durante siglos, pueden tragarse a los hombres enteros. En un momento, un minero se arrodilla para atar sus cordones, y al siguiente, se han ido, digeridos por las piedras y la oscuridad y la quietud impenetrable.

En la montaña, cada mina tiene un templo para El Tío. Por lo general, hay una estatua de su semejanza cubierta de cuentas y ofrendas. A los pies del tótem hay botellas de plástico, paquetes de cigarrillos, cualquier cosa. Los mineros comienzan su turno compartiendo una comida con El Tío y solicitando salvoconducto. Cuando Hugo era un niño trabajador de las minas, él y Víctor también hacían ofrendas. No tenían mucho para dar: un soldado de juguete, una pelota de béisbol gastada, una bolsa de huesos. Estaban comprometidos a mantener el lado bueno de El Tío. Cuando se trataba de compartir una comida, sus opciones eran escasas: un chicle, una botella de agua, un cigarro a medio fumar. Habían escuchado historias terribles de otros niños, niños que afirmaban haber visto a El Tío vagando por las minas, comiendo niños traviesos que habían olvidado sus ofrendas. El mismo Víctor juró que una vez había visto a El Tío descender sobre un hombre, una bola de fuego que atravesó al minero, extinguiendo su vida en un repentino estallido de luz.

Así que siempre oraban por un paso seguro a través del infierno. Y era un infierno. No la versión del *Infierno* de Dante. No había políticos bolivianos torturados. No había una excursión. Este infierno tenía un aire colonial, una herida infligida a la montaña por los españoles en el siglo XVI. En medio del auge de la plata en España, los colonizadores esclavizaron a la población indígena y la usaron para saturar la montaña con mercurio. El mercurio les ayudó a separar la plata del mineral. Era un líquido hermoso, fresco al tacto y, como muchas cosas hermosas, era mortal.

Cuando los ojos de Hugo se acostumbraron a la oscuridad, pudo verlo todo. La montaña era su historia, las escaleras desvencijadas como nidos de arañas sobre la tierra, las antorchas en todas direcciones. Podía ver el humo saliendo de los pozos de la mina, pintando el cielo de negro, y las personas esclavizadas arrastrando carretadas de mineral empapado en mercurio, vistiendo nada en absoluto, su piel oscura sangrando y ennegrecida por las puntas de las llamas. Podía ver a los esclavos sacándose los dientes, tirando de su cabello, trabajando desnudos porque siempre hacía mucho calor, un ardor que no se iba, incluso con la brisa fresca de la tarde. En su visión pudo ver a algunos parados inmóviles, mirando a la nada. Los españoles armados hacían cumplir la mita, usando lanzas y cualquier cosa que pudiera derribar a un hombre. Había muertos amontonados. Había montones de huesos tan grandes como las mismas carabelas de los colonizadores. La plata se cargó en los barcos, los barcos que financiarían la Revolución Industrial, la esclavitud y el mundo como se conoce hoy.

Y aunque Hugo sabía, solo por la historia, que la plata se dirigía a España, no vio la plata descargada en Europa. No podía ver España. Lo que vio fue Hialeah Gardens, hileras de fábricas y talleres industriales, y allí, a lo lejos, la pequeña mansión bien cuidada de Alexi, el largo camino de entrada, la ridícula fuente, y Alexi, el propio abogado, vestido como un rey español, sentado. en una silla de jardín, fumando un tabaco y viendo a sus esclavos construir su casa, un ladrillo de plata a la vez. Había una estatua de El Tío justo ahí al lado de él, y tenía lentes de sol, una camisa abotonada de manga corta. Y había un pozo en el patio trasero de Alexi, no una piscina, y cuando estas malditas almas habían descargado su plata ganada con tanto esfuerzo, vagaron por el patio como pequeños pájaros tontos, agitando los brazos y cayendo en un pozo de cuerpos. ¿Y quién estaba allí, descargando plata a los pies de Alexi? Su hermano, Víctor, o una versión de su hermano, esclavizado para siempre por el diablo.

EL DÍA QUE VÍCTOR murió, habían ido a ver al Tío, como solían hacer, pero Víctor pidió algo. Apretó la mano de Hugo y dijo: "Tío. Ayúdame a mí y a mi hermano a llegar a Estados Unidos. Ya no queremos vivir esta vida. Ya no queremos trabajar en las minas. Siempre te traemos cosas buenas. Por favor ayúdanos." Se quitó el rosario y lo puso ante el altar. Qué limpio se veía entonces, las cuentas de cuero engrasadas, el crucifijo aún intacto. "No le des eso", dijo Hugo.

En otra parte de la montaña, la dinamita estalló, haciendo que todo retumbara.

—Es lo que tengo para dar, hermano.

—Pero era de nuestra madre.

—Y es por eso que lo estoy ofreciendo —dijo Víctor.

Al mirar el rostro estoico de El Tío, Hugo juró que había visto al diablo parpadear. Víctor se rio de la observación; dijo que solo eran las sombras jugando una mala pasada, pero la visión asustó a Hugo lo suficiente como para sugerirle a su hermano que no trabajaran ese día, y aquí está la tragedia: Víctor no escuchó. Al cabo de una hora, mientras avanzaba por la mina, Víctor perdió el equilibrio. Se metió en un agujero. Cuando resbaló, alcanzó una carretilla y tiró de ella sobre él. Parecía que todo el zinc del mundo llenaba el pozo en el que había caído Víctor. Hugo vio a los mineros cavar. Vio a los mineros bajar y arrastrar el cuerpo de su hermano. Vio el rostro de su hermano, ceniciento, sus facciones irreconocibles. Después de eso, no volvió a ver el cuerpo hasta que lo vistieron para el funeral.

La cooperativa minera pagó el evento. Se celebró una misa en la Iglesia de San Lorenzo, aunque Hugo no se sentó. Le satisfizo saber que contó con una buena asistencia, incluso si en su mayoría eran políticos que estaban allí para tomarse una foto. Seguramente dijeron algunas palabras bonitas sobre la reforma laboral. ¿Qué le importaba a Hugo? Él era un niño. Se sentó en los escalones, bebiendo una Coca-Cola, enojado. Solo le había pedido a El Tío que los mantuviera a él y a su hermano juntos. Cómo quería destrozar esa estatua de El Tío, entrar a la mina con un taladro y ponérselo justo en la cara de diablo, taladrar hasta que todo su cuerpo carmesí no fuera más que polvo y rocas en el fondo de algún túnel de mierda.

¿Y dónde, se preguntó, estaba su padre, el maldito cobarde? El hombre blanco que se había aprovechado de su madre y había dejado que él y su hermano se las arreglaran solos. ¡Dónde estaba él!

Mientras Hugo se afligía y se atormentaba en su ira, un extraño se sentó a su lado. Era un hombre alto, con una nariz larga, y dedos largos y delgados. Iba bien vestido y Hugo sospechó que era español. El hombre le ofreció un cigarrillo Marlboro. Hugo lo rechazó con un gesto de la mano.

—Lamento lo de tu hermano.

Hugo no respondió. No estaba de humor para compañía. ¿Y por qué este extraño estaba hablando con alguien como él? Hasta donde Hugo podía recordar, esta era la primera vez que un hombre blanco se interesaba por él. Pensó que podría estar en problemas, pero en el dolor apenas le importaba.

"Hugo, mi nombre es Santiago", dijo el hombre. Llevaba una camisa blanca impecable y una chaqueta *bomber* negra, un paquete de cigarrillos sobresaliendo del bolsillo en el pecho. Palmeó la espalda de Hugo y le dijo: "Debes estar pasando por el día más horrible". Luego sacó una carta de detrás del paquete de cigarrillos, la desdobló y se la entregó a Hugo.

—Tu padre me dio esto. Dijo que te encontrara. ¿La reconoces?

Hugo se alejó.

—¿Puedes leer?

Hugo asintió y miró la carta, reconociendo la caligrafía de Víctor.

"¿Entonces ahora solo somos nosotros? En este largo viaje a los Estados Unidos de América". Cuando Santiago dijo "Estados Unidos", sonrió, casi con sarcasmo, y empujó juguetonamente a Hugo.

—Señor. No lo conozco —dijo Hugo.

Mima salió de la iglesia. Saludó al español y luego susurró:

—Es hora —se lamió los dedos y arregló el cabello de Hugo—. Tienes que despedirte de Víctor.

—Señora —dijo Santiago—, lo necesito por un momento.

—Pues. Un segundito —respondió con cautela, retirándose a la ceremonia.

—Quiero presentar mis respetos —dijo Hugo.

—Seguro. Entra en la iglesia. Pero mañana te vas conmigo.

—No. No voy a ir a ninguna parte con usted —dijo Hugo.

—¡Escucha! —advirtió Santiago, agarrando la mano de Hugo—. No voy a dejar que mueras como tu hermano. Toma, toma un puto cigarrillo —y empujó la caja de Marlboro en la cara de Hugo—. Toma uno.

Hugo no quería fumar, pero tenía miedo de decirle que no al español, así que se lo fumó de todos modos. Santiago lo ayudó a encenderlo y fumaron frente a la iglesia mientras los feligreses cantaban himnos. "Perdona que te haya gritado", dijo Santiago, y luego no dijeron nada más.

Cuando las nubes bloquearon el sol y fueron agraciados con una sombra momentánea, Hugo miró a este extraño a su lado. Santiago debe haberlo encontrado incómodo, un niño mirándolo mientras intentaba disfrutar de un cigarrillo. Santiago hizo una mueca, sacando la lengua y cruzando los ojos, y Hugo se rio. Era un atisbo de una vida por venir, y Hugo sabía que tenía que irse con él. Si no era por un futuro, por lo menos para honrar los deseos de su hermano fallecido.

PERO NO SABÍA qué decirle a Mima, así que no le dijo nada. La noche antes de partir, no pudo dormir. Antes del amanecer, se lavó la cara en una palangana y luego se dirigió a la mina para pensar.

La mina aún estaba vacía. Con la lámpara rota de su hermano parpadeando, entró y recorrió los pasadizos huecos hasta que encontró a El Tío dormido en un santuario frío y silencioso. Había una pequeña roca con la que Hugo solía golpear la cara del diablo. Siguió golpeando la cara de El Tío hasta que no hubo rasgos distintivos. Luego pateó las ofrendas y, solo para fastidiar al demonio de la montaña, buscó entre las ofrendas y sacó el rosario de su hermano. Podía sentirlo entonces, algo en la habitación con él. Pero él no tenía miedo. El Tío, creía, no tenía derecho a algo tan precioso, así que Hugo deslizó el rosario en su muñeca; luego le dio vueltas una y otra vez hasta que parecía un brazalete, y se fue para siempre. Se sintió valiente ese día, aun conociendo las historias de los que habían enojado a El Tío. Eran solo historias. Había sido un tonto al creerles.

Hugo caminó a casa al amanecer. En el camino, recogió flores silvestres. Tenía la fantasía de que llegaría a casa y encontraría a Mima despierta, y que le explicaría todo: Santiago acercándose a él en la iglesia, la carta de Víctor, nuevas oportunidades en los Estados Unidos. Incluso pensó que tal vez Mima, al escuchar la historia, hiciera las maletas y viniera también.

Cuando él llegó, ella aún dormía, todavía con su vestido funerario oscuro. ¿A quién estaba engañando? Mima nunca se iría. ¿Y podría incluso sobrevivir a tal migración a Estados Unidos? No podía dejar que el español esperara más, así que le dio un beso en la frente y le susurró adiós. Puso las flores en una pequeña botella de vidrio, tomó su bolso y en los suaves tonos del amanecer partió al encuentro de Santiago.

Hugo despertó en su estudio con el canto de los pájaros y con el recuerdo de su madrina agarrando una almohada. Estaba sudando. Se sentó y se tambaleó hasta la cocina, donde la silla de Meli estaba, de nuevo, contra la pared, y los catálogos que había tirado a la basura estaban de nuevo sobre la mesa. Algo no estaba bien.

8

HUGO NO ESTABA completamente despierto. En su viaje a la botánica, podía sentir el agotamiento en su cuello. El amanecer, que hacía resplandecer la carretera y el tráfico con esos deslumbrantes tonos de flamencos del sur de Florida, no despertó en lo más mínimo sus sentidos, ni tampoco la bandada de ibis que se deslizaba sobre las interminables hileras de fábricas. Este era el típico viaje matutino de Hugo, una larga caminata por Palmetto Expressway, pasando por el antiguo centro comercial, los mayoristas orientados hacia el frente y los muchos edificios comerciales en forma de caja.

Debería haberse centrado en la carretera, pero su mente estaba en otra parte, en su infancia. Los sueños habían despertado recuerdos dolorosos. Aunque vio la señal de salida de NW 103rd Street más adelante y sabía que tendría que incorporarse a la salida para llegar a tiempo al trabajo, tardó demasiado en actuar. Miró en el espejo lateral. Había suficiente espacio para confluir con seguridad. Pero el tráfico engendra desesperación, y un conductor inquieto se incorporó primero. Ella aceleró a un ritmo tan excesivo que Hugo ni siquiera se dio cuenta. Cuando hizo clic en su señal de doblar, con cautela, la conductora de la camioneta tocó la bocina con rabia, lo que sobresaltó a Hugo de regreso a su carril. Luego, la conductora, en un ataque de agresión, procedió a impedir que Hugo se incorporara. Parecía vengativa. Cuando redujo la velocidad para ponerse detrás de ella, ella redujo la velocidad. Cuando él aceleró, ella también aceleró. Y como ella no lo dejaba entrar en el carril, Hugo se dio cuenta de que definitivamente llegaría tarde al trabajo.

Los autos llenaron el espacio disponible en el carril de salida, y Hugo, con la señal de doblar todavía encendida, trató de encontrar otros autos que le mostraran algo de empatía, una apariencia de humanidad matutina, pero nadie lo miró. Tal vez los residentes del edificio de apartamentos con vista a la autopista empatizaron, bebiendo su café. Pero todos los conductores interesados en llegar a tiempo al trabajo fingieron que Hugo no estaba allí, y cuando estaba claro que tendría que tomar la siguiente salida, bajó las ventanillas, se detuvo al lado del camión y gritó: "¡Gracias, estúpido!"

La mujer de la camioneta se echó a reír y movió no uno, sino dos dedos medios hacia atrás. Incluso la niña en el asiento trasero bajó la ventanilla y, desde el asiento elevado y todo, hizo un gesto con el dedo medio. En ese instante, Hugo no vio gente. Vio montones de maquinaria: acero, plástico y vidrio. Se desvió hacia la camioneta, como si sugiriera, "te chocaré". Cómo quería hacerlo, para hacerse valer. La mujer le gritó: "Muy bien, maldito indio", por lo que Hugo pisó los frenos. Sacó su dedo medio lo más alto que pudo. Cuando ella salió de la autopista, él tocó la bocina y golpeó con más fuerza. El camión también tocó la bocina. Y entonces, la prueba había terminado. Hugo no tenía a nadie a quien dirigir su ira, así que se calmó, o lo intentó. Un nuevo sentimiento lo envolvió: la vergüenza de ser tan beligerante, tan rencoroso. Podía sentir la mirada de todos esos viajeros madrugadores, así que se adelantó y trató de dejar ese momento atrás. ¿Pero a quién estaba engañando? Su hostilidad no podía ser desplazada. Había estado allí, recordó, desde el día en que tomó la roca y aplastó la cara del demonio de la montaña, e incluso si quería buscar la paz, sabía que la ira era demasiado agradable. Lo hacía sentir poderoso, capaz. ¿Por qué recoger los pedazos de su vida cuando podría enfocar su atención en algo y destrozarlo? "Sí, recordó. Por eso tomé el caso de Alexi".

LLEGÓ A LA botánica treinta minutos tarde. Había carritos de compras esparcidos por todo el estacionamiento.

Antes de que pudiera estacionar su auto, tuvo que juntarlos y hacerlos rodar hasta la hierba. El sonido que hacían esos carros traqueteando por el pavimento le dio a Hugo tal dolor de cabeza. Podía sentir el agotamiento extendiéndose desde su cuello hasta detrás de sus ojos y en la parte posterior de su cráneo. Lo peor era que los escaparates de la botánica reflejaban el sol naciente, por lo que ni siquiera podía ver a Lourdes allí, juzgándolo, probablemente de pie con las manos en las caderas. Cuando se acercó a la botánica, lo que vio fue a sí mismo, desaliñado y con aspecto de viejo, no anciano sino de mediana edad. No recordaba tener bolsas tan prominentes debajo de los ojos. Hubo un tiempo en que él y Meli eran jóvenes. Pero como dice el refrán, su reflejo asustó su alma.

En su mano, tenía el dinero del anticipo de Alexi. Si Lourdes empezaba a gritar, él podría mostrarle el cheque y calmarla. Pero la tardanza era algo que la hacía explotar: al parecer, su hermana había llegado tarde a los muelles durante el Mariel y perdió el barco. Los empleados de Lourdes podían fallarle de muchas maneras inconmensurables, pero si llegaban tarde, ella los consideraba "basura encendida", como le gustaba decir. De hecho, la única vez que Hugo realmente llegó tarde al trabajo (problemas con el auto), ella se enojó tanto que lo hizo salir y limpiar cada una de las jaulas de los pollos, una tarea tan desagradable. Y ella amenazó: "Haces un hábito de esto, Hugo, y no te quiero más en la tienda". Parecía duro, pero a su favor había visto a Lourdes despedir a otros empleados por llegar tarde. Tres en total. Y con esto en mente, entró en la botánica, sin saber qué cara tendría ella ese día, y medio esperando pasar una tarde limpiando jaulas de pollo sucias.

Pero Lourdes no se molestó de inmediato. Ni siquiera lo estaba esperando junto a la puerta. Estaba trapeando el piso, bailando descalza "Aquellos Ojos Verdes" de Bebo Valdés. Toda la tienda olía a cítricos. Fue una limpieza que hizo que Hugo se sintiera más despierto, lleno de energía. También había una sensación de alegría en la botánica. Lourdes estaba en su traje de señora de la limpieza, y se veía tan ridícula en él. El atuendo siempre hacía sonreír a Hugo. A lo largo del mostrador, colocó una hilera de luces navideñas, pegadas con cinta adhesiva al vidrio. "Buenos días, jefa. ¿Puedo ayudarte con eso?"

"¡Oye! El piso está mojado", gritó, apoyándose en su trapeador y señalando. "No entres con los pies sucios. Quédate ahí", dijo, mientras continuaba pasando el trapeador. Esto era extraño, pensó Hugo. Por lo general, él era el que trapeaba. Ni que decir que no sabía qué producto de limpieza estaba usando. Siempre había usado Fabuloso. Pero este aroma cítrico, era nuevo, y debajo de su aroma astringente, podía detectar algo más, rastros de humo de tabaco.

—Lourdes, ¿tuviste una fiesta o algo por el estilo?

—No" —respondió ella—. "No, no la tuve. Y si hice una fiesta y no te invité, ¿qué te importa? ¿Por qué tengo que invitarte a todo? —le dijo mientras sonreía, claramente burlándose de él, y luego añadió—: "No creas que no veo lo que está pasando aquí. ¡Llegas tarde, Hugo! Lo sabes mejor que nadie.

Todavía estaba en el umbral, la puerta abierta de par en par. Podía sentir el sol en su espalda y el aire acondicionado de la tienda escapando a su lado. Mientras estaba parado allí, bloqueando la entrada, una mujer le dio un golpecito en el hombro como si fuera a entrar. "¡Hola, chica!" gritó Lourdes. "¿Cómo estás? Mira. Sólo dame un segundo. El piso está mojado." Entonces, la mujer se quedó allí con Hugo, y después de unos minutos, apareció alguien más, y luego otra persona, y para las 9:15 a. m., se estaba formando una fila y el piso aún estaba reluciente. "Diles que serán cinco minutos, Hugo", gritó Lourdes, y así lo hizo, pero eso no fue suficiente para la multitud. Un hombre se alejó, frustrado. Una mujer joven que había estado mirando su teléfono todo el tiempo se mordió los dientes y dijo: "¡Increíble, hermano! Tengo que volver después del trabajo". Cuando habían pasado diez minutos, un cliente preguntó: "¿Podemos entrar ahora?". Lourdes, que estaba sentada en un taburete viendo cómo se secaba el piso, dijo: "Todavía no". En ese momento, todos los clientes se fueron. Seguro que algunos volverían, pero Hugo sabía que esa no era forma de llevar un negocio. Y cuando el último de los clientes se fue, Lourdes pareció aliviada.

—¿Cómo te fue con el abogado?

—Bien —dijo Hugo—. Tengo el anticipo y tengo programado ver a Alexi nuevamente esta noche.

Lourdes asintió.

—¿Y levantará su extremo del tabaco? ¿Cancelará tu deuda?

—Lo tengo por escrito —dijo, sacando el contrato y desplegándolo.

Lourdes asintió. Luego se levantó del taburete y caminó hacia Hugo, con cuidado de pisar solo las secciones secas del piso. Tomó el contrato, y lo leyó. Su reacción fue inesperada. Parecía molesta y a Hugo le preocupaba haber hecho algo para ofenderla. O, peor aún, que Lourdes lamentaba su benevolencia y que querría algún tipo de compensación si Alexi cancelaba su deuda. Era solo un pensamiento, una semilla de descontento. Por lo que Hugo había visto, Lourdes nunca había hecho un escándalo por sus finanzas, pero aún así, él no podía solucionar este sentimiento persistente, como si tal vez ella quisiera una parte mayor.

—Tengo que decirte algo —dijo ella—. Y no quiero que te lo tomes a mal. Pero no creo que debas ir esta noche.

—¿Qué? ¿Por qué dices eso?

—Porque, Hugo, tengo un muy mal presentimiento sobre esta aparición.

—¿Un presentimiento?

—Mira, Hugo. Sé que no crees en esto...

—Entonces, déjame adivinar. ¿Quieres hacerte cargo del caso?

Lourdes asintió.

—En primer lugar —dijo—, cuando estoy hablando, me dejas terminar lo que estoy diciendo. No soy una chica de la calle, ¿de acuerdo? Y sí. Creo que debería ser el punto de contacto.

—¿Quieres el dinero, eh?

—¡Hugo! No seas tan comemierda.

Lo que Hugo hizo a continuación fue muy poco característico de él. Tal vez fue algo de esa ira residual, sobrante del incidente de tráfico, o tal vez simplemente estaba cansado de estar endeudado. En cualquier caso, entró en la tienda, con los zapatos sucios y todo, se acercó directamente a la caja registradora y dejó el anticipo. En realidad, no lo dejó en absoluto. Porque cuando entró a la tienda, su ritmo cardíaco aumentó y comenzó a respirar con dificultad. Lourdes le advirtió: "¡El piso!", pero a Hugo no le importó y, de hecho, frotó las suelas de sus zapatos contra el suelo solo para fastidiarla, tomó el sobre, lo levantó por encima de su cabeza y lo arrojó de golpe sobre el mostrador. Mientras hacía esto, podía sentir su hostilidad endureciéndose en su pecho y extendiéndose a través de su cuerpo y luego fuera de su cuerpo, en el suelo, los estantes e incluso en la misma Lourdes; una hostilidad que parecía cubrir el mundo entero. Y viendo como toda la tienda se pintaba de su rabia, dijo: "¡Mételo en el culo!" y, al insultarla, sintió algo más. Tuvo deseos de seguirla insultando, de enterrarla con blasfemias. Podía sentir esta ira, todas las formas en que estaba perdiendo el control: el temblor de su pierna, su respiración exasperada. Y Lourdes, que estaba en el lado receptor de su insulto, tomó el dinero, lo levantó y dijo: "¡Oh, en serio! ¿Qué era lo que querías que hiciera con esto?

Pero antes de que Hugo pudiera responder, ella se echó a reír. Se rio tan fuerte que hizo que Hugo se sintiera menos tenso.

—¡Hugo! Nunca te he oído usar ese lenguaje —lo cual era cierto. Él nunca lo había hecho. ¿Por qué ahora? Y cuando él estuvo tranquilo y se disculpó, le dijo—: Yo no soy la mala persona aquí. Y esto no me lo voy a meter por el culo —dijo entre risas—. Ven aquí, amigo boliviano —le tomó las manos y se las frotó con aceite de cítricos—. Trata de relajarte, está bien.

Hugo respiró profundamente.

—Dime, ¿qué te pasa?

—Es solo que estoy tan cerca de estar libre de eso. Necesito esto, Lourdes.

—¿Y?

—Lamento haberte hablado de esa manera. Pero necesito ver que esto se acaba.

—Lo entiendo —dijo ella, soltando sus manos. Un cliente entró y comenzó a echar un vistazo—. Pero tengo que advertirte —continuó Lourdes—. Esta aparición es un poco diferente. Estás acostumbrado a las cosas pequeñas, Hugo. Y hay una razón por la que este abogado está tan desesperado. Debes saberlo."

—Disculpe —dijo el patrón—. Usted tiene alguna…

—No ves que estoy en medio de algo —gritó Lourdes, y justo así, el cliente salió de la tienda. Pero a Lourdes no pareció importarle. Cerró la puerta principal, luego volvió a tomar la mano de Hugo y le dijo:

—Escucha. Escúchame. Tuve una visión anoche. Estuve en la botánica a altas horas de la noche, excepto que se veía diferente. Los estantes habían desaparecido y en el centro había una piedra blanca.

Lourdes hizo una pausa como si esto significara algo para Hugo. Estaba completamente perplejo.

—Sobre la piedra había un diablo fumando un cigarro, buscándote.

Ante esto, Hugo se sorprendió.

—Ah… Sí. Eso es. Conoces a este demonio, ¿verdad?

—Por favor —dijo Hugo—.Termina la historia.

—Su piel estaba roja. Llevaba miles de collares de cuentas y en su cabeza tenía cuernos. Nunca he tenido una visión como esa, Hugo. ¿Y sabes lo que el diablo quería? No me vas a creer, pero el diablo dijo: "Dime, Lourdes. ¿Cómo me hago abogado en los EE. UU.?".

—Ahora estás bromeando conmigo —dijo Hugo.

—No. Vino a mí para pedirme consejo. ¡Qué sé yo de cómo hacerse abogado!

—¿Qué le dijiste?

—Yo no ayudo a los demonios. Eso le dije.

—No te creo.

—¿Por qué un diablo te estaría buscando? —preguntó Lourdes.

—Bueno —dijo Hugo—. Los sueños no siempre tienen que ser presagios.

—¡Ay, Hugo! Sabes que significa algo.

—Me duele la cabeza, está bien —dijo Hugo.

—Mencionó que estás en deuda con él.

—Entonces él es Alexi. Eso lo explica, ¿no?

—Bien. Quieres guardar secretos. ¡Muy bien!

—Si no te importa, deberíamos abrir ya. ¿O estás tratando de rechazar a todos nuestros clientes?

Hugo abrió la tienda él mismo, le hizo señas a un cliente para que entrara y procedió a trabajar como si nada hubiera pasado. Pero ahora estaba asustado. ¿Cómo lo habría sabido Lourdes? No tenía ningún sentido y, francamente, Hugo no tenía el espacio mental para tales pensamientos. Lo que quería, simplemente, era acabar con el caso Alexi.

Así que no le contó nada a Lourdes de su sueño ni de El Tío. Su visión, por conmovedora que fuera, fue eclipsada por su remordimiento. Se arrepintió de su enfado y se quedó pensando en ello.

CUANDO MELI se estaba recuperando de su cirugía, no se había alimentado bien. Hugo estaba preocupado por ella, pero también estaba preocupado por sus finanzas y un poco abrumado por toda la limpieza y la sangre, y la administración de su atención posquirúrgica. Aunque Lourdes le había dado tiempo libre para cuidar a Meli, no se sentía como tiempo libre. Había pasado de un trabajo agitado a otro, y eso era mucho para Hugo. Claro, había días en que algunos de los amigos de Meli traían guisos u ollas llenas de arroz y frijoles, y esto ayudó, excepto que ella apenas comía. Cada vez que Hugo le traía un tazón de algo saludable, ella simplemente se sentaba en la cama, cuchara en mano, paralizada por la televisión.

Entonces, Hugo decidió que le haría una sopa de pollo. ¿De dónde vino este deseo, quién sabe? No era como si la sopa de pollo con fideos fuera un elemento básico de su dieta. Cuando era joven y se estaba enfermando con gripe, no era como si Santiago le hubiera hecho una olla de sopa. Probablemente Hugo había llegado a asociar la sopa con la curación de la televisión. Los recuerdos de Joey de *Friends* sentado al otro lado de la mesa frente a un niño pequeño, estropeando sus líneas en un comercial, lo hicieron reír. "Sopa. Quiero decir, sopa de fideos", recitó. A Meli, que probablemente amaba a *Friends* más que cualquier otro programa, le encantaría la broma. Y, lo que es más importante, tendría una comida decente y se sentiría mucho mejor.

Pero hacer sopa de pollo con fideos desde cero era un compromiso. Primero, hizo un viaje al supermercado, pero esos pollos eran demasiado caros. "¿Por qué pagar mucho dinero por un pollo, pensó, cuando podría comprar uno fresco en la botánica?" Así que eso es lo que hizo. Lourdes pensó que su plan era tan loco que le dio el pollo directamente y le dijo: "Estos no son realmente para comer, pero supongo que tú puedes. ¿Dónde lo vas a poner? ¿Tienes una jaula?" No la tenía, así que lo tomó en sus manos. Era claro, que Hugo no había pensado bien su plan. Lo supo casi de inmediato cuando, mientras intentaba navegar por el Palmetto Expressway, su futura cena seguía cloqueando y batiendo sus alas salvajemente desde el asiento trasero hasta el asiento delantero, dejando plumas flotando por todas partes. Debería haberlo puesto en el maletero. Bueno, pensó. La próxima vez. También estaba el tema de matar al pollo. Esto lo había hecho muchas veces con los clientes, y por lo general cometía el acto con tijeras de jardinería. Sonaba violento, claro, pero Hugo se había vuelto bastante hábil para aplicar la cantidad justa de fuerza. No quería que la cabeza del pollo se desprendiera parcialmente. Tenía que ser humano. Por lo general, el cliente sujetaba el pollo con firmeza y Hugo le cortaba la cabeza. Era realmente, en su mente, una operación de dos personas. Como no podía, en buena conciencia, pedirle a Meli que hiciera el trabajo, decidió intentarlo él mismo, persiguiendo a la gallina por el patio lateral con unas tijeras abiertas. Esto no funcionó. Frustrado y rebosante de una nueva idea, Hugo procedió a colocar la cabeza del pollo sobre un trozo de piedra y usó otra piedra para golpearle la cabeza. Esto, pensó, seguramente mataría al pollo, solo que no lo hizo. Empeoró las cosas. Tal vez no había golpeado al pollo lo suficientemente fuerte. Ahora el pollo corría por el patio lateral todo raro, con excremento saliendo de sus ojos, y realmente estaba comenzando a hacer ruido. "En caso de duda, pensó Hugo, YouTube". Deseaba haberse conectado antes. En un video, un hombre sostuvo a un pollo por la cabeza hasta que estuvo relajado y "dormido", y luego le partió el cuello con un gesto repentino y violento. ¡Hugo lo probó y funcionó de inmediato! Estaba tan complacido con el video instructivo que dejó un comentario a continuación: "¡El mejor video para matar pollos!"

Ahora estaba el asunto de desplumar y limpiar el pollo, momento en el que Hugo comenzó a preguntarse si, de hecho, debería haber comprado un pollo entero. ¿Todo este trabajo valió un ahorro de $15.48? El video sugirió hervir una olla de agua caliente antes de desplumar, y así lo hizo. Dejó el pollo muerto sobre una piedra, hizo hervir bien la olla. "Mi amor, ¿qué estás haciendo?" gritó Meli desde el dormitorio. Hugo sonrió. "Estoy preparando la cena, mi amor". Estaba tan emocionado de finalmente estar cocinando algo de sustancia para ella. Cuando llevó la olla de agua caliente al patio, se sorprendió al ver a un gato pateando el pollo muerto, mordiéndolo. Dejó caer la olla, casi quemándose, y ahuyentó al gato. "¡Maldito gato!" Pero después de una breve inspección, concluyó que el gato en realidad no había hecho demasiado daño. Solo había masticado el intestino del pollo. Entonces, continuó con su plan, mojando el pollo en la olla durante unos segundos, por lo menos, y luego sacándolo para desplumarlo. La olla era bastante pequeña, por lo que Hugo hizo lo mejor que pudo.

El gato observó todo el tiempo.

Las plumas salieron con bastante facilidad. Entonces Hugo tomó las menudencias y las entrañas y se las arrojó al gato, sintiéndose bastante satisfecho. El gato estaba emocionado, con la cola bien alta en el aire. Y Hugo vio a la criatura devorar los intestinos y el corazón. Para entonces, había estado trabajando en este proyecto durante al menos una hora, por lo que era hora de preparar la sopa. Troceó los ingredientes, siguiendo una receta de una gringa llamada Rachael Ray, que le pareció bastante simpática, y después de cuatro horas de trabajo, la sopa estuvo lista.

No solo estaba lista, olía increíble. El caldo solo bastaría para revitalizar a Meli; iría directo a sus huesos. Y estaba especialmente orgulloso porque había encontrado una razón para usar el eneldo de su jardín de hierbas.

Cuando se lo ofreció a Meli, que estaba en la cama viendo la televisión, ella tomó un sorbo y dejó la sopa. No le dijo "gracias'. Ni comentó sobre el sabor de la sopa. Estaba tan embelesada con la televisión que apenas se dio cuenta. Y Hugo, decepcionado por esta reacción, entró en la cocina. Intentó no pensar demasiado en ello. Estaba enferma, después de todo. Entonces, lavó los platos, y mientras lo hacía, miró alrededor del estudio. Meli había dejado su ropa en el suelo junto al dormitorio; había estado allí durante días. Había catálogos abiertos y esparcidos por toda su mesa. La basura estaba a rebosar. En la parte trasera, todavía había una olla sucia, unas tijeras de podar ensangrentadas y una bolsa llena de plumas y patas de pollo ensangrentadas y, si el gato no lo había alcanzado, un cuello y una cabeza de pollo. Hugo se sintió sucio. Estaba tan cansado. Una apretada bola de resentimiento se formó dentro de él. Fue sorprendente al principio, sentir tanto resentimiento hacia ella. Y pensó: "Cálmate. Solo dile cómo te sientes". Así que entró en el dormitorio y le dijo: "¿Ni siquiera vas a decir nada?" Ella estaba un poco sorprendida por su franqueza, y le respondió: "Oh. Estaba muy buena, mi amor. De veras." Pero eso no hizo que Hugo se sintiera mejor. Estaba enfadado.

Y en ese momento, cuando justo había hecho algo amable por su esposa, Hugo dijo: "Empiezo a tenerte rencor".

Meli pausó la televisión y miró a Hugo, desconcertada. Con más tiempo, podría haber preguntado: "¿Por qué dices eso?". Pero ella no respondió. Parecía sorprendida. Y Hugo, sabiendo que se había pasado de la raya, que había dicho algo hiriente y reprobable, se exasperó y añadió: "Ya no sé si podré hacer esto".

—Estoy un poco confundida.

—Claro que lo estás.

—¿Qué se supone que significa eso? —Meli preguntó.

—Basta —gritó—. Tengo cosas que hacer.

—¡No! Lo que dijiste… Espero que no estés diciendo que quieres dejarme.

Eso no era lo que Hugo había querido decir, pero dijo:

—Eres como tu familia, ¿sabes?

—¡Sí! ¿Y cómo exactamente?

—Desagradecida. *Snob*. Esperas que el mundo te atienda.

—Eres malo —dijo—. Me acaban de operar.

—Siempre es algo, ¿eh?

Meli lloró, y aunque Hugo sabía que debía detener su diatriba de inmediato, no pudo. Su hostilidad se había apoderado de él. Meli tomó la taza de sopa en sus manos, tomó un sorbo y dijo:

—Realmente te aprecio, Hugo. Tú lo sabes. Simplemente no puedo creer lo que dijiste. ¿Lo dices en serio?

—¿Bien? ¿Te gusta o qué?

—¿Todavía estamos hablando de la sopa?

—Hago todo. ¡Todo! —gritó, y agarró su ropa del suelo, la hizo una bola y se la arrojó—. ¿Te dolería recoger tus cosas?

—En realidad, sí. Dolería, imbécil. ¿O te olvidaste? ¡Tuve una cirugía!

Y después de ese comentario, Hugo procedió a gritar y tirar cosas, haciendo todavía más desastres. Llegó al extremo de tomar toda la sopa de pollo que había preparado y tirarla por el desagüe. Al hacerlo, olvidó sacar los trozos de pollo, huesos y fideos, y como no tenían un triturador de basura, obstruyó el fregadero. Tuvo que sacar todo del fregadero con sus manos, y la inutilidad de tanto esfuerzo —de haber desperdiciado un pollo— lo enfureció.

Hugo estaba tan molesto que hizo una maleta y amenazó con irse, y en esta fase de la discusión, Meli, que acababa de someterse a una cirugía, se puso de pie, en contra de las órdenes del médico, se acercó a Hugo y le suplicó: "Por favor, no lo hagas. No seas así. Por favor, Hugo. Estás haciendo esto mucho peor". Y al ver a Meli con tanto dolor, llorando, la hostilidad de Hugo se disolvió y se sentó en una silla del comedor contemplando todo el daño que había hecho, a su hogar y a su relación. "Jesucristo", dijo.

—Está bien, Hugo. Bueno. Ven a la cama conmigo. Acuéstate conmigo.

—Pero tengo que limpiar el desorden… las plumas y esa mierda.

—¿El qué? ¿De qué estás hablando? Ven a la cama, ¿ok?

Entonces, lo hizo. El gato podría quedarse con todas las sobras, pensó. En la cama, él la abrazó, sintiendo tanta pena por cómo había sucedido todo. ¿Por qué había estado tan enojado? Él no lo sabía. *Se suponía que las cosas iban a estar bien hoy.* Hugo le prometió que nunca volvería a actuar de esa manera y le preocupaba haber roto algo irremplazable en su relación. La abrazó y rezó para que siempre estuvieran juntos. Rezó para que ella pudiera perdonarlo. Cuando ella murió, tres semanas después, no pudo evitar preguntarse si su episodio de gritos había contribuido a sus complicaciones. No tenía forma de saberlo. Lo que sabía era que odiaba al monstruo que había en él, esa ira inextinguible. Y habiéndose olvidado de la bolsa de plumas, fue solo después de su funeral que lo encontró todo: la cabeza de pollo en descomposición y las plumas esparcidas por su pequeño patio lateral. Y poco después de ese sombrío descubrimiento, Hugo se sentó en su mesa, revisó su correo y encontró la carta de Alexi. "Collect", decía. "Pero ella está muerta", había susurrado Hugo, y lo susurró una y otra vez hasta que pudo sentir el nudo de hostilidad en su pecho como un arma cargada buscando a alguien a quien apuntar.

9

DESPUÉS DEL TRABAJO, HUGO tenía una hora para matar antes de su encuentro con Alexi. Se desvió de las calles principales y condujo a través de los tranquilos barrios residenciales, que parecían estacionamientos pequeños y sin control: autos sobre aceras y césped, autos apretujados en sus espacios, relucientes y nuevos. Dos días hasta Nochebuena. El sur de la Florida estaba en luces, y Hugo quería resentirlo.

Las festividades le recordaban a Meli, la forma en que fetichizaba la nieve, cómo todos los años después del Día de Acción de Gracias, llegaba a rociar pintura color nieve y purpurina en el interior de sus ventanas. Él pensó que era un desperdicio, a $5 por lata, pero como ella nunca había visto la nieve, y porque deseaba desesperadamente una Navidad blanca, Hugo no le dio mucha importancia, ni tampoco empañaba su estado de ánimo con historias de sus propios inviernos paleando nieve, sintiendo el frío cortar a través de sus guantes.

Este sueño de un sur de la Florida nevado, de niños patinando sobre hielo en un pantano helado y carámbanos colgando de hojas de palma y caimanes con gorros de Papá Noel, intrigó mucho a Hugo, y descubrió que desde que había perdido a Meli, él, también anhelaba una blanca Navidad. En esta época del año, cada vez que Hugo pensaba en la nieve, recordaba a Meli en pijama, sentada junto a la ventana en Nochebuena, la forma en que miraba las nubes de tormenta y revisaba su aplicación meteorológica y decía:

—Podría ocurrir. ¿Te imaginas, Hugo, si de verdad nevara en Miami? ¡Eso sería sorprendente!

—Meli —decía—. Sería un desastre. ¿Quién salaría los caminos? ¿Palearía los paseos?

Pero sería lindo. Aunque Hugo había estado de mal humor todo el día, algo sobre conducir por la ciudad y ver barrios enteros llenos de decoraciones le levantó el ánimo. Qué conmovedor fue ver a los niños afuera, zumbando de alegría mientras ayudaban a sus padres a colocar luces en las palmeras. A veces, Hugo se detenía en un semáforo y allí, a su lado, brillando a través de la ventana de alguien, veía un árbol de Navidad. Hugo también quería celebrar la fiesta, un árbol junto a la ventana, el resplandor de las agujas de los pinos. Tal vez esta Navidad sacaría las viejas decoraciones de Meli: el muñeco de nieve iluminado que compraron en CVS; las tarjetas de Navidad que se habían escrito a lo largo de los años; las velas rojas y los candelabros con temática de Papá Noel que Meli había heredado de su madre. Llegó a revisar su billetera para ver si tenía suficiente para comprar latas de nieve en aerosol. Mientras Hugo se perdía en estas fantasías, descubrió que en sus divagaciones había viajado hasta Hialeah Gardens, a unas pocas cuadras de la mansión embrujada de Alexi.

DURANTE SU ÚLTIMA visita, Hugo no había apreciado del todo la extravagancia navideña de Alexi; las decoraciones exteriores no habían sido enchufadas. Pero ahora, mientras entraba en su camino de entrada, era imposible mirar hacia otro lado. Para empezar, había una nacimiento de tamaño natural en la esquina occidental del lote, y no de la variedad inflable. Los transeúntes podían, acertadamente, mirar a través de la verja de hierro de Alexi y ver al Niño Jesús en el pesebre. Las columnas de la casa de Alexi estaban envueltas en hileras de luces blancas y del techo colgaban luces de carámbanos, que se encendían y apagaban de manera que parecía que estuvieran goteando. Mickey y Minnie inflables cantaban villancicos bajo un poste de luz, junto con Scrooge McDuck. El lugar rezumaba Navidad, hasta los copos de nieve que se proyectaban en la pared.

Hugo, que había quedado fascinado con las pintorescas decoraciones de otros barrios, ahora se sintió ofendido por la exhibición de Alexi. "Se tiró el pedo más alto", decía Lourdes, y era verdad. Incluso su cartel de: "Todas las vidas importan" tenía una elegante exhibición de luces navideñas azules alrededor de sus bordes.

Recorriendo el camino de entrada, Hugo no sabía qué lo ofendió exactamente, o por qué. Nunca había visto un adorno navideño inflable que pidiera que le pegaran un puñetazo en la cara. La mansión se le apareció, tal como se le había aparecido en sus pesadillas, hecha de plata. Toda la casa parecía cubierta con ella. ¿Y cómo podía Hugo contemplar tanta grandeza y no pensar en su patria? Este era el problema del mundo, razonó, gente como Alexi acumulando riqueza, ¿y para *esto*?

Una vez más, Hugo, que no era realmente un babalao, ni siquiera intentó buscar las vibraciones demoníacas de la casa. Después de haber estado en el auto durante bastante tiempo, estiró los brazos y los dedos y chasqueó los labios, saboreando el tinte metálico familiar del sector industrial cercano. "¿Cuál es mi ángulo aquí?". pensó, abriendo su baúl y hojeando sus "herramientas del oficio": una bolsa de salvia blanca para difuminar, acompañada de una concha de abulón y una pluma de pavo real; un amuleto de ojo que todo lo ve; una ampolla de agua bendita, una ampolla para los orishas; polvo de azufre; una docena de brazaletes del mal de ojo (para distribuir); una bolsa pequeña de huesos de pollo; devocionales específicamente dedicados a desechar el mal; un recipiente a granel de sal rosa; un encendedor de cigarros; y polvo ritual de vesta (para el efecto).

A los ojos de sus clientes, tales artefactos pueden parecer imbuidos de poderes sobrenaturales, pero Hugo sabía más. Él era quien los desempaquetaba en el almacén de la botánica. Él era quien verificaba que el envío coincidiera con el pedido, y era quien almacenaba y hacía el inventario. Estos extraños pequeños objetos no fueron hechos en el santuario de algún santero; fueron hechos en China. Si los suministros se agotaban, Lourdes podía hacer fácilmente otro pedido en línea y *voilà*: más producto.

Pero Hugo también conocía el encanto de tales artefactos. Cuando Meli estaba enferma, él también recurría a ellos. Algo acerca de encender una vela curativa lo hacía sentir que tenía el control. No es que importara. La muerte se llevó a Meli de todos modos, y al final, toda la mierda botánica se fue a la basura, probablemente a esa montaña gigante de basura que se cernía sobre la propiedad de Alexi. Aún así, Hugo conocía el poder duradero de un objeto sagrado, razón por la cual siempre usaba al menos un objeto de su escondite. Esta noche, decidió distribuir las pulseras del mal de ojo, una para cada miembro de la familia.

Pero las pulseras del mal de ojo no serían suficientes. Hugo necesitaba encontrar una manera de hacer *creer* a Alexi que la aparición estaba bajo control. Al ver todas las luces navideñas, el exceso de todo, Hugo de repente supo

lo que tenía que hacer. ¡Las luces! Por supuesto. ¡Las luces!
No se trataba solo de Navidad. También eran la forma de
Alexi de honrar a sus padres, de mostrarles que su exilio
de Cuba había valido la pena porque ahora Alexi podía
vivir una vida mejor que la de ellos, tener la libertad de
decorar. ¡Las luces! Eran su afirmación de todo lo que era
posible en Estados Unidos.

Hugo sospechó que esta aparición en Hialeah Gardens
no era más que un abogado cubanoamericano de segunda
generación que intentaba lidiar con una falla moral. Por
eso había visto a Rocío, la primera mujer que le había cobrado. ¡Por supuesto! Tenía sentido. Justo cuando Alexi se
estaba mudando a la casa de sus sueños, justo cuando estaba realizando uno de sus objetivos de vida, se dio cuenta
de que había lastimado a personas en el camino, personas
como Rocío, a quien le habían embargado el salario hasta
su muerte. "¡Sí! ¡Sí! pensó Hugo. Esto puede funcionar".
Entonces, lo que Hugo necesitaba hacer era despertar por
completo este conflicto moral en Alexi: hacer que el precio
del trabajo de Alexi fuera tan doloroso que lo destrozara.
Y entonces, y solo entonces, Hugo podría ayudarlo a sanar.
¿Cómo haría eso? Ayudándolo a creer que su trabajo era
noble, que las personas a las que cobraba merecían su ruina
financiera. Alexi tendría que pensar en ellos como peces en
un estanque. Ni siquiera peces. Gusanos, esperando a ser
carnadas. Fue un descubrimiento extraño: para ayudar a

Alexi y, por lo tanto, liquidar su deuda, Hugo tendría que enseñarle a Alexi a no volver a sentir ningún remordimiento hacia un deudor. Tendría que expulsar no al demonio de la casa, sino al ser humano del deudor, con lo que el deudor volvería a ser nada más que un mero número en un informe.

⁂

ALEXI DEBIÓ HABER notado que Hugo acechaba la propiedad. La puerta gigante de la McMansion se abrió y, mientras el abogado salía a tientas, vestido exactamente con el mismo atuendo que el día anterior, su hija se dirigió directamente a la ráfaga de luces navideñas. La pequeña Dulce ya estaba en su camisón de Princesa Disney, que era tan largo que se arrastraba por el suelo. "¡Hola, Hugo!" gritó, y luego bailó en los copos de nieve del proyector, descalza.

—Ser un niño —dijo Alexi, estrechando la mano de Hugo—. Eso es una bendición.

—Casi no reconocí el lugar —comentó Hugo—. Te gusta la Navidad, ¿eh?

—¿A quién no? —le respondió Alexi, radiante de orgullo—. Es mi época favorita del año.

—¡La mía también! —gritó Dulce—. ¡Luces de Navidad! ¡Luces de Navidad! —y mientras repetía este estribillo una y otra vez, Alexi se arrodilló a su lado y le susurró algo al oído, y al momento dijo—: Buenas noches —y corrió hacia adentro. Hugo y Alexi la siguieron.

—Me gusta poder hacer esto, ¿sabes? —dijo Alexi, cerrando la puerta detrás de Hugo—. Mis padres nunca decoraron mucho.

—¿Ah, de verdad?

—Sí. Cuando vienes de Cuba sin nada, derrochar en decoración no parece tan sensato. No me estoy quejando —añadió—. Tomaron buenas decisiones financieras. Esta es una prueba, ¿no?

—Son muchas decoraciones. ¡Me alegro por ti! —dijo Hugo—. Deberíamos empezar, ¿no?

Pero Alexi no se movió más allá del vestíbulo. Fue especialmente incómodo porque Hugo, que había llegado a sentirse muy bienvenido en la residencia de los Ramírez, ahora se sentía mal. La verdad era que esperaba que lo invitaran a cenar una vez más.

—¿Estás bien? —preguntó Hugo—. ¿Pasó algo más?

—Quiero hablar de ayer —dijo Alexi, cambiando su peso de una pierna a la otra. Probablemente esa era la forma en que se comportaba en la corte, jugueteando con sus manos y los botones de su camisa—. Porque lo he estado pensando —dijo—. He estado pensando, específicamente, en la bolsa del maleficio.

Hugo tenía una idea de hacia dónde iba la conversación. Alexi estaba teniendo sus dudas. Este tipo de cosas pasaba a veces. Los clientes se arrepentían. Cuando mencionó la bolsa del maleficio, hizo una pausa como si esperara que Hugo revelara algo incriminatorio, pero Hugo, que no era nuevo en su línea de negocios, sabía exactamente cómo responder.

—Es una bolsa de *wanga*. No es una bolsa del maleficio. *Wanga. W-a-n-g-a.*

—Perdona. ¿Qué es eso?

—Dijiste una bolsa del maleficio, pero lo que encontramos fue una bolsa *wanga*.

—Sí —dijo—. Bueno, he estado pensando. Hace poco planté esos helechos.

—Muy bien.

—No, no entiendes. Lo hicimos nosotros. Claudia y Dulce hicieron el trabajo ellas mismas.

—Una buena actividad familiar.

—Lo fue —dijo Alexi—. Entonces, puedes ver por qué podría sospechar un poco sobre los eventos de ayer.

—¿Qué quieres decir? Por favor, dijo Hugo—. Dime lo que tienes en tu mente.

—Que ni yo, ni Claudia, ni Dulce plantamos esa bolsa del maleficio… esa cosa de *wanga*.

—Espero que no —dijo Hugo, sonriendo—. ¿Por qué lo harías? —y después de un momento de silencio incómodo, agregó—: Oh. Oh. Ya veo. ¿Me estás acusando de plantar la bolsa?

—Mira. Solo estoy preguntando —dijo Alexi.

—Tu teoría sobre los haitianos no funciona, ¿entonces tengo que ser yo ahora?

—Claudia piensa que todo fue una locura. Ella no cree que eres lo que dices.

—Sé que puede ser impactante para aquellos que no creen.

—Sabes, ella recibió una llamada de Emily y los niños, los vecinos de la calle, sobre mí orinando. Es vergonzoso. Y ahora, me pregunto: ¿Algo de esto es legítimo?

—Esto me decepciona — dijo Hugo—. Tú fuiste el que me llamó. Incluso con mis dudas, vine aquí para ayudarte a ti y a tu familia. Estoy aquí esta noche. Si no quieres ayuda…

—Bueno. Está bien —dijo Alexi, ahora con la cabeza baja—. ¿Pero quién pudo haberlo hecho?

—Quieres la respuesta, pero todavía no la tengo.

—Si no fueron los haitianos, ¿entonces quiénes?

—No lo sé, mi amigo —dijo Hugo, estrechándole la mano—. ¿Conoces a alguien que pueda saber qué es una bolsa de *wanga*?

—No. Nadie.

—¿Quién te recomendó nuestra botánica?

—Mi empleada Gloria. ¡Pero no puede ser!

—¿Quién?

—Gloria. Ella es una de mis empleadas desde hace mucho tiempo. Pero ella es prácticamente de la familia.

—Entonces dudo que sea ella —dijo Hugo—. Ahora, ¿no deberíamos encontrar un lugar para sentarnos? Si vamos a averiguar qué hay detrás de estos extraños sucesos tuyos, tendré que saber más.

—Me gustaría saber quién plantó esa bolsa allí —dijo Alexi—. ¿Quién hace algo así?

—Bueno —respondió Hugo, sonriendo—. Por lo general, es alguien a quien has perjudicado. Pero llegaremos a eso.

Y con esas palabras, pasó junto a Alexi, tomando el control de la conversación una vez más.

HUGO NO LO HABRÍA admitido, pero estaba emocionado de recorrer más de la propiedad de Alexi. A juzgar por el gran área de la piscina y la majestuosa entrada, sospechaba que el resto de la casa de Alexi era bastante lujosa, las cosas por las que Meli se habría vuelto loca. Pero caminar a través de la sala de estar y entrar en la sala fue una gran decepción. Claramente, el dinero no podía comprar estilo. Algo había salido mal en la decoración interior, una batalla librada entre la estética moderna y la neoclásica. A Hugo le pareció como si estuviera caminando por una sala de exhibición de IKEA. El tamaño de las habitaciones hacía que la casa se sintiera *más* como los recintos de un zoológico que como un lugar para criar una familia. Pero para estar seguros, había algo de calidez: un grandioso árbol de Navidad alto en la sala de estar, adornado con luces blancas y cientos de adornos plateados y dorados. Era un árbol vestido para adultos, no para Dulce. No había personajes de dibujos animados. Ni colores brillantes. Ni un trencito debajo. Era probable que Alexi hubiera sacado esta cosa de un catálogo, ya hecho, y tras una inspección más cercana, Hugo confirmó que sí. Era un árbol falso. Claro que tenía que ser así, en una casa como esta.

¿Su sala? Imperdonable. Un lugar frío, frío, exacerbado por los techos altos y la sucia pecera de gran tamaño. Hugo pudo ver, con solo mirar, un pequeño tiburón dando vueltas alrededor del tanque. Algo tan cruel. Alexi probablemente lo había comprado para hacer una afirmación de su carácter, y he aquí, que cuando pasaron el tanque, golpeó el vidrio y dijo: "Ves el tiburón". Tan infantil.

Un sofá seccional bajo, de cuero blanco y de gran tamaño era el mueble dominante de la sala. Tenía clavijas de metal a modo de patas, como si él mismo lo hubiera ensamblado de una caja. Y el sofá estaba teniendo una crisis de identidad. ¿Era elegante y moderno, como sugería su marco general, o era barroco, como sugerían los reposabrazos curvos con tachuelas plateadas? No parecía cómodo en lo más mínimo. Estaba sobre una alfombra peluda color rosa. Como mesa de café, tenían una otomana igualmente grande, también blanca. Y sobre la otomana, una bandeja con corales cerebro plateados como decoración.

—¿Sientes algo hoy? —preguntó Alexi, señalando a su sala—. ¿Algún espíritu?

Lo único sobrenatural que sintió Hugo al caminar por la residencia fue cómo los muebles y la decoración parecían sacarle la calidez y el alma. La casa estaba vacía. Hugo incluso podía oír sus pasos resonando a lo lejos en sus extremos vacíos de travertino. Tan falso. Hugo se sentía como si estuviera dentro de la idea de un hogar y no de un hogar en sí. Incluso las paredes, no eran simplemente blancas sino planas, mate, con una mano de pintura barata. Parecía tiza. Y en las paredes, estaban esas pinturas cubanas de mal gusto que la gente vende en los festivales. A la derecha de Hugo, una pintura de un lagarto verde, con su papada en forma de fresa completamente extendida, ¡sí, lagartos! A su izquierda, una carretilla llena de mangos, una playa, palmeras, por supuesto, la rústica pintura cubana. Y frente a él, un retrato gigante de un joven Elián González, enmarcado por nubes, donde al parecer su madre y unos delfines le sonreían desde el cielo. Claramente, Alexi era uno de *esos* cubanos. Él mismo no era un exiliado, pero sus padres sí lo eran, y Alexi había llegado a comprender su cubanidad abrazando su exilio a un nivel emocional, desprovisto de un contexto histórico importante. Este fue el caso de tantos de los cubanos privilegiados. Hugo estaba tan ofendido por el arte de Alexi, que pensó: "¡No busques más! ¡Tomas el dinero de todos, luego lo usas para decorar tu casa así! ¡Caso resuelto! Estás obsesionado por tu imperdonable mal gusto".

Quizás todos los problemas del mundo se podían reducirse a esto: la forma en que Alexi se sentía tan orgulloso de su decoración, ajeno a la sensibilidad ofendida de Hugo. Si la gente ni siquiera podía ponerse de acuerdo sobre las cosas que hacen que una casa sea estéticamente agradable, ¿qué esperanza podía haber? Los artefactos que habitaban la casa de Alexi parecían, para Hugo, nada más que capital cultural. ¿A Alexi realmente le gustaban los tiburones? ¿Había dejado Elián un impacto tan profundo en la vida de Alexi como para merecer un retrato tan grande? ¿O eran estas cosas, todas estas cosas, solo una forma de Alexi mostrar su lugar en su comunidad?

—Bonitas pinturas —dijo Hugo, acercándose a la colección como si fuera un museo.

—¡Gracias! —respondió Alexi—. ¿Realmente te gustan?

—Sí. Son… tan coloridas.

—Mucha gente no lo sabe, pero yo mismo las pinté —Y viéndolo acercarse al lagarto verde, para mirar de cerca los trazos, los grumos de pintura esparcidos descuidadamente, esparcidos aquí y allá con pedazos de un pincel desgastado, Hugo sintió pena por él. Se preguntó cómo un hombre como Alexi podría encontrar tiempo para pintar. Entre su empresa y su familia, había logrado mantener vivo el sueño, y darse cuenta de esto hizo que Hugo lo odiara mucho menos. ¡Sí! En algún universo paralelo, Alexi podría haber sido pintor, vendiendo sus atrocidades en festivales locales, no persiguiendo deudas.

Qué triste que el único elemento verdaderamente habitado de la sala fuera una pequeña Rapunzel Disney Princess tendida en el seccional, con el rostro garabateado en negro con crayones y el cabello ahora áspero. Hugo alargó la mano para tocar la muñequita, pero Alexi la agarró, se disculpó por el "insufrible" reguero de su hija y la tiró a un lado, en una canasta de mimbre llena de sus juguetes. "Sentémonos".

—Sí. Por supuesto —dijo Hugo, sentándose en el sofá agresivamente rígido. *¿Este es un sofá de rocas?* Alexi también se sentó, levantando las piernas en el seccional y poniéndose realmente cómodo. Fue en ese momento cuando Hugo se quitó el bolso y lo dejó sobre el sofá—. ¿Te importa? —preguntó.

Alexi pateó sus piernas y se inclinó, justo cuando Hugo reveló el contenido de su bolso. Hugo colocó algunas cosas en la pequeña bandeja de metal: una vela, un frasco de agua, su encendedor y las pulseras. Hugo también reunió su libreta y un bolígrafo azul, para llevar cuenta de su conversación. Luego, sintiendo que la curiosidad de Alexi estaba completamente picada, cerró el bolso y lo colocó a sus pies y fuera de la vista.

—Me gustaría… —comenzó a decir Hugo.

—Espera —dijo Alexi—. ¿Planeas quemar la vela en la bandeja? Un segundo. —Trajo un posavasos de porcelana y colocó la vela encima—. Claudia me mataría si la bandeja se arruinara".

—Está perfectamente bien —dijo Hugo, encendiendo la vela. —Empecemos entonces. Esta vela es para el orisha Eleguá, que es el orisha de los caminos, y a quien honramos aquí hoy. Eleguá nos protegerá, en el lapso de nuestra conversación, del mal. Invitemos a esta protección. —En ese momento, Hugo cerró los ojos y recitó una oración—: "A ti, Eleguá, por favor aleja este mal de este hombre y su familia. Protégelos cuando estén despiertos y cuando estén dormidos. Acepta mi oración. Y por favor bendice a este hombre, a su familia, a su hogar y a nuestro trabajo, expulsando el mal".

—Sí —dijo Alexi—. Amén. Gracias.

Luego, Hugo tomó las pulseras del mal de ojo, las acercó a la vela y las roció con agua bendita. Parte del agua también bendijo el travertino. Alexi lo limpió rápidamente con sus calcetines.

—Y estos —dijo Hugo—, son brazaletes que protegerán a sus portadores del mal. Tengo tres aquí.

Alexi los aceptó, riéndose.

—Bien. No estoy seguro de que sea el estilo de Claudia, pero gracias.

—Así que ahora —dijo Hugo, haciendo la señal de la cruz—, comencemos. Cuéntanos, Alexi, sobre algunos de los encuentros que has tenido en esta casa. Esto me ayudará a entender cómo proceder en esta limpieza. Necesito saber acerca de estos encuentros y, especialmente, cómo te han hecho sentir.

—Un segundo. Dijiste "comencemos" hace un momento. "Cuéntanos".

—Esta noche le hablas a Eleguá a través de mí.

—¡Ya entiendo! Dios. ¿Por dónde debo empezar? ¿Realmente tenemos que entrar en eso? ¿No puedes simplemente realizar un ritual o algo así? Sé que tienes salvia. ¿No estaría bien una mancha? Cuanto antes mejor.

—No. Esto no es una transacción, Alexi. No puedes pedir una limpieza en Amazon —Hugo se rió—. Bueno, tal vez puedas. Lo que debes de entender es que nos estamos embarcando en un proceso.

—Está bien —dijo Alexi—. Estoy tan cansado de eso. Te diré todo lo que quieras saber.

—Pues bien —dijo Hugo, preparando su bloc de notas—. Empieza aquí: ¿Qué es lo que más te ha asustado?

⁂

BAJO CIRCUNSTANCIAS DIFERENTES, Hugo pensó que podría haber sido escritor. Bueno, tal vez no un novelista, aunque ciertamente tenía una forma animada de tomar notas. Sabía cómo elegir los detalles correctos, las palabras correctas, el tipo de palabras que realmente podrían hacer que un informe cobrara vida. Y las palabras que más amaba eran las que parecían, casi, como si no pertenecieran. Tal vez fue la influencia de Santiago y la propia sensación de dislocación de Hugo. ¿Quién sabe? En esos meses, cuando él y Hugo se estaban adaptando a una nueva vida en los Estados Unidos, fueron las historias las que más lo afianzaron. Resultó que había una historia para casi cualquier cosa. Si Hugo veía ranas cerca de los estanques en la comunidad de apartamentos, había una historia sobre ellas. Si Hugo orinaba la cama, o luchaba por hacer nuevos amigos, o no quería comer ni limpiar su habitación, había historias para eso. Entonces, cuando Hugo preguntó por su madre y su padre, Santiago también contó una historia sobre eso. Era un cuento para dormir. Y en esa historia, había un niño que vivía solo en el desierto y que no sabía por qué sus padres lo habían dejado allí. Para empeorar las cosas, lo habían dejado con solo una pala de plata. ¿Qué iba a hacer? Cavó, y cavó, y después de muchos años, ¡decidió que *ya era suficiente*! Y fue en busca de sus padres. Viajó por todo el mundo, en una búsqueda para mostrarle a cada persona su pala y preguntar: *¿Eres mi madre? ¿Mi padre?* Y el niño tuvo éxito en su búsqueda —habló no solo a todos los humanos, sino a todos los animales y a todas las criaturas— pero todavía no tenía ninguna respuesta. Entonces, cuando terminó, regresó a su desierto y se sentó en una pequeña roca, se apoyó en su pala y lloró. Porque, en el peor de los casos, sus padres estaban muertos. En el mejor de los casos, los había conocido y ellos le habían mentido, lo habían abandonado. Entonces, el niño lloró, y sus lágrimas convirtieron las arenas del desierto en barro, y los animales del desierto, tan molestos por su incesante lloriqueo y duelo, construyeron un muro con el barro y lo encerraron. Pero esto tampoco fue suficiente. Porque los animales aún podían oírlo llorar. Entonces, rodaron unas rocas, le echaron al niño encima tanta arena y mena, que había una montaña entera donde una vez se había sentado llorando, de modo que cuando sus padres, algún día, regresaran para reclamarlo y disculparse, no pudieron encontrarlo. O tal vez, en aquellos días de juventud de Hugo, era así que recordaba la historia.

ALEXI EXPLICA QUE la noche de la aparición, Claudia se había quedado dormida mientras le leía a Dulce, y aunque Alexi no lo mencionó, Hugo entendió que podría haber estado frustrado, en casa y sin perspectivas de un poco de acción fuera de horario. Entonces, Alexi se extendió en la sala, con un tazón de cerezas sin hueso en su regazo y un vaso de whisky en la mano (no es que importe, pero Alexi declaró, para que conste, que había comprado las cerezas porque había leído, en una revista para hombres, que combinaban muy bien con whisky escocés y tenían "Siete beneficios para la salud que ni siquiera creerías"). Estaba en su pijama, una camiseta Hanes lisa y descolorida y unos pantalones con cordón de rombos, y le dolían las piernas por haber estado sentado tantas horas conduciendo de un juzgado a otro en lugares rústicos de la Florida. "Lugares rústicos" fue el desafortunado término que había usado Alexi, claramente ejerciendo su dominio. ¡Sí! Incluso cuando hablaba de sus apariciones, Alexi se imaginaba mejor que los demás. Hugo era muy consciente de esta postura, e hizo un recuento de la supremacía de Alexi en el bloc de notas.

El viernes por la noche, con la familia en la cama, Alexi se resignó a simplemente "relajarse", así que tomó su libro favorito, una memoria (aunque se refirió a ella como una novela) que afirmó haber leído al menos cinco veces. El libro estaba lo suficientemente desgastado y marcado como para que Hugo entendiera que la afirmación de Alexi era cierta. No era otro que *Esperando la nieve en La Habana* de Carlos Eire, que es una basura imperdonable. Hugo conocía este libro. Es porno de nostalgia cubana. Se había visto obligado a leerlo en una clase de literatura de la escuela secundaria. Su maestra, también exiliada, había encontrado el relato de

Eire tan fascinante, especialmente las lagartijas, y realmente se aferró a las preguntas y respuestas al final del libro, a la forma en que Eire proclamó tan audazmente que el inglés es el idioma de *nuestro* país. Que idiota. Para Hugo, todo el libro fue solo otro ejemplo de algunos cubanoamericanos que piensan que son lo mejor que le ha pasado a América Latina, además de los Estados Unidos y es terrible, objetivamente hablando. Hay un capítulo entero sobre el número trece. ¿A quién le importa? "Masturbatorio" es lo que me vino a la mente. Aparentemente, el tipo era un profesor de historia, probablemente algún empleado de la diversidad, que preparaba coladas para todos los estadounidenses. En cualquier caso, ese era el libro y, para colmo, Alexi procedió a leer extractos y Hugo tuvo que quitárselo de las manos, cerrarlo y decir: "Muy bonito. ¿Pero la aparición?

Alexi recordó que la noche en cuestión, estaba sorbiendo su bebida y escuchando a Michael Bublé cantar en voz baja, y justo cuando Alexi comenzaba a quedarse dormido, escuchó pasos. O eso pensó. Claudia estaba durmiendo. Tal vez Dulce se había despertado y había bajado por un vaso de leche. Pensando que esos pasos eran de su hija, siguió leyendo, bebió más whisky, hasta que, de repente, escuchó una voz que le conmovió el corazón. "¿Conmovido?" Al principio, Hugo pensó que Alexi estaba a punto de hablar sobre cómo era ser perseguido por una amante anterior, la que se había escapado. ¡No! Alexi dijo que levantó la vista de su lectura, solo una mirada, y lo que vio le hizo derramar un poco de whisky. Era su hermano, Alberto. Estaba parado allí con pantalones de lana y una camisa de seda, por dentro. "Parecía tan joven", dijo Alexi. Al ver a su hermano parado allí, agarrando un puñado de cerezas, dijo: "¿Cómo puede ser esto, Alberto? No hemos hablado en años". Pero Alberto no le prestó atención.

Lo que le pareció particularmente extraño a Alexi fue el atuendo de Alberto. Esa camisa de seda. Parecía tan familiar, hasta la gran mancha de sudor en su espalda. "Fue entonces cuando me di cuenta", dijo Alexi, "era el mismo atuendo que mi hermano había usado para la fiesta de Navidad que organizamos hace tantos años. ¡Qué tiempo! Se suponía que sería nuestra Fiesta Anual de Nochebuena de los Ramírez. Esos eran los días. Y aquí, Alexi se desvió. Narró el incidente hasta llegar a la niebla de sus días más felices. Ninguna redirección u orientación podía evitar que hablara sobre el tipo de champán que sirvieron en la fiesta, la persona a la que habían pagado para decorar su apartamento, etc. Eventualmente, Hugo tuvo que poner a un su bolígrafo y libreta, agarrar las manos de Alexi y decirle: "¡Alexi! Creo que realmente estás perdiendo el enfoque".

"Lo siento. Lo siento", dijo, con una enorme sonrisa en su cara redonda. Continuó, señalando que cuando trató de comunicarse con Alberto, su hermano se alejó, directo a las gigantescas puertas delanteras de la McMansion, y las abrió. Entraron tres de sus antiguos empleados, que habían regresado de los días de las multas de tránsito. Y al verlos entrar, afirmó haber saltado del sofá a la otomana. Hugo no le creyó, pero lo anotó de todos modos. Y desde la otomana, Alexi gritaba los nombres de sus antiguos empleados: ¡Irma! ¡Pedro! *¡Ernesto!* Estaba tan feliz de verlos de nuevo, pero eso no era todo. La fiesta recién ahora estaba comenzando. Porque entró Sonita, la exnovia de Alexi. Entraron los padres de Alexi y otros hermanos, Dios los bendiga. Entraron todo tipo de personas, algunas a las que reconoció y otras que nunca había visto en su vida. Algunos a los que había contratado cuando cambió a deudas, algunos de los que había estado feliz de despedirse. No importaba quién, verlos había puesto a Alexi de buen humor. Entró un mesero vestido todo de negro y cargando cajas de alcohol. Entró un DJ y dos mujeres vestidas como duendes navideños, para cantar villancicos y un poco más. Y un tipo empujando una máquina de churros, qué extravagancia. Alexi se había olvidado de la máquina de churros. "Coño. ¿Cómo no he llamado al del churro para otra fiesta? Estaban tan frescos". Entraron unos tipos con guayaberas, cada uno serio y con un estuche de instrumentos. Entró el cazador de caimanes, viejo y prácticamente sin camisa. Alexi no podía recordar su nombre, pero "Maldita sea", dijo, "esas eran nuestras fiestas. Un minuto, te estás enfriando. Luego, entra un cazador de caimanes cubano súper famoso".

Dentro de su casa, los invitados circulaban entre sus cosas, abriendo botellas de champán, o de vino, o de cerveza, o de tequila, y Alexi, abrumado por esta fiesta improvisada, por las conversaciones bulliciosas, saltaba de la otomana y gritaba: "¡Gente! ¿Qué está pasando aquí?". A lo que todos respondieron con villancicos, intercambio de regalos y besos bajo el muérdago. Es decir, todos estaban de tan buen humor, pero todos lo ignoraron. Nadie lo saludó. Nadie besó su mejilla. Nadie le deseó una Feliz Navidad. Aún así, estaba lleno de alegría.

Hugo podía verlo en el rostro de Alexi, solo con contar la historia, lo feliz que estaba de ver a sus amigos. Bueno, subordinados, en realidad, las personas que él había empleado. Pero Alexi debe haberlos considerado amigos. Esa fiesta de Navidad que él y Alberto habían organizado en el centro. "¡Qué tiempo!" Dijo Alexi. Habían alquilado un condominio, un apartamento de soltero, en el ático de un edificio que lleva el nombre de un grupo indígena. "¿Quién sabe quién?" Alexy se rió. "¿Quién recuerda a los perdedores?"

"Y luego", dijo Alexi, mirando a su alrededor como si tuviera miedo de que Claudia lo escuchara, "alguien apagó a Bublé y el DJ puso Spam Allstars, y entonces sí era una fiesta". Con todas esas almas alegres bailando, Alexi debió sentir despertar en él todo el peso de su nostalgia. Porque le dijo a Hugo que estar en la fiesta lo hizo preguntarse: "¿Y si nunca me hubiera casado con Claudia?".

Sonita lo encontró junto al sofá, le puso la mano en la cintura, le puso el brazo alrededor del cuello y le dijo: Alexi, te he echado mucho de menos. Y bailaron, ella con un vestido de lentejuelas, él con su camisón sucio. Él seguía preguntándole: "¿Cómo es posible todo esto?". Ella no respondió, pero lo besó, y al sentir ese beso, Alexi comentó que se sentía como si nunca se hubieran separado. Cómo se arrepintió de haber sido una mierda con ella durante un momento de necesidad. En esa visión, sosteniéndola en sus manos, estaba tan nervioso. Se sentía como un joven escolar. Amor. Todo lo que podía decir era que sentía mucho amor. Y le preocupaba intensamente que Claudia bajara la escalera y acabara con toda la maldita fiesta. "Era como si estuviera en un sueño, hombre. Y yo sabía que era parte. Y no quería que terminara. Jamás."

Con la sala llena, Alberto abrió la puerta corrediza de vidrio y gritó, trago en mano: "Pa'riba, pa'bajo, pal'centro", y luego, con una gran sonrisa, "¡pal'piscina!". La fiesta estalló en el patio trasero. Alguien encendió las luces de la piscina, la fuente multicolor. Alguien encendió los altavoces. Todos estaban en parejas, bailando, y Alexi estaba allí con Sonita, como si todavía les quedara toda la vida por delante. "Todavía soy amigo de ella en Facebook", le dijo a Hugo. "¿Quieres verlo?" A lo que Hugo respondió: "No. Continua por favor. ¿Qué pasó después?"

Alexi estaba bailando con Sonita, y ella estaba moviendo las caderas y realmente inclinándose hacia él, haciendo que se sintiera bien y excitado. Cerró los ojos, se estiró para besarla, pero entonces sucedió algo inesperado. Se cayó a la piscina. ¡No! Creía que pudo haber sido empujado. Cayó como un peso de plomo. Toda la lógica de este mundo no tenía sentido para él, la forma en que cayó, tan fuerte y rápido. Bajo el agua, podía ver más invitados, más exempleados, ¿o no lo eran? Éstos tenían otro aspecto, no estaban emperifollados para una fiesta, sino como rocas, como pedazos de pizarra y de mineral, y esta gente de roca, lo rodearon y lo agarraron, "manos que se sentían como el puto pavimento". Lo mantuvieron bajo el agua. Luego lo envolvieron con cadenas, largas cadenas. Alexi agarró sus muñecas y su cuello para indicar cómo lo habían atado las cadenas. "Y miré a sus pequeños ojos rojos. Como pequeñas bolas de fuego. ¿Cómo era posible? ¿Bajo agua? Los miré y supliqué con mis ojos. Supliqué: "déjenme ir, por favor". Pero es como si ni siquiera fueran personas. Solo rocas. Ni siquiera cosas". En la aparición, hubo un momento en que Alexi pudo sacar la cabeza del agua. Cree que lo hizo pateando frenéticamente y trepando sobre las mismas criaturas que intentaban ahogarlo. Cuando su cabeza salió a la superficie, lo que vio lo asustó. Todos los que alguna vez había amado, todos estaban parados allí en el borde de la piscina, pero rotos, cenicientos y convirtiéndose en humo, los ojos como brasas. Parecían rocas rotas, como cosas que se cargan en camiones y luego se conducen para pavimentar carreteras. Estas criaturas se estaban convirtiendo cada vez más en piedra. ¿Y quién vino al agua para empujar la cara de Alexi? Alberto, el único que no se había transformado. Su amado hermano. Palmeó el cráneo de Alexi y dijo: "Al diablo", y luego, mientras lo empujaba hacia abajo, él también se convirtió en roca. Alexi se estaba ahogando. Pero realmente ahogándose. Afirmó que no podía respirar. Pensó que moriría.

Cuando despertó en el borde de la piscina, luchando por recuperar el aliento, allí estaba Claudia abrazándolo, empapada por haberse tirado ella misma a la piscina para salvarle la vida. Cuando volvió en sí, ella le preguntó: "¿En qué diablos estabas pensando?" Dulce también estaba junto a la piscina, llorando. Fue entonces cuando Alexi dijo que se puso de pie y miró alrededor y alrededor, y vio que no había nadie más allí. ¡Nadie! Tampoco había cadenas, como una pesadilla. No sabía qué le molestaba más: que sus queridos amigos y familiares se habían ido una vez más o que, en su visión, habían tratado de ahogarlo.

Claudia lo presionó para que respondiera: "¡De veras! ¿Qué diablos está pasando, Alexi?" Y él le contó todo, menos lo de Sonita. "Ella no necesita escuchar eso, ¿de acuerdo? Eso es entre tú y yo, de hombre a hombre". Pero le contó haber visto a Alberto y lo de la fiesta. Le contó que toda la sala y el patio trasero habían sido una pista de baile, que había tanto alcohol y botellas rotas, y que esa gente de piedra había intentado ahogarlo. Incluso mencionó que era una fiesta de Nochebuena. Pero no había, por supuesto, nadie allí. Ni un alma, y cuando le reiteró a Claudia que realmente había habido una fiesta, ella envió a Dulce a su habitación, le dio una bofetada fuerte a Alexi y le dijo: "Escucha bien, ¿de acuerdo? Vas a ver a un terapeuta".

—¡Mierda! —dijo Alexi, exasperado—. Simplemente me da escalofríos cada vez que pienso en esa noche. Basta de eso. Quiero decir, ¿quién puede asegurar que esa cosas de piedra no va a venir por Dulce o Claudia también?

Hugo puso a un lado el bloc de notas. La historia le recordó algo que Lourdes había dicho una vez, cómo hasta las piedras sonríen en sueños. Hugo hizo un gesto hacia las pulseras del mal de ojo que había ofrecido, pero que todavía estaban en el sofá junto a él. "Deberías usarlas. Todos ustedes deberían usarlas".

10

ESCUCHANDO LA HISTORIA DE Alexi, Hugo estaba bastante seguro de que la aparición era el resultado de algo entre el remordimiento y ver *El cuento de Navidad de los Muppets* demasiadas veces. Este tenía que ser el caso. Aquí estaba un hombre adulto, un avaro a todas luces, aludiendo a cadenas y fantasmas. Por lo que Hugo podía decir, Claudia tenía razón. Lo que Alexi necesitaba no era una limpieza, necesitaba tiempo para hablar con un profesional. También necesitaba medicamentos. Y tal vez necesitaba dejar de leer a Carlos Eire. Esa cosa de la nostalgia realmente pudre la mente. Pero Hugo no iba a decir nada de eso. Estaba allí para hacer su trabajo, para que le perdonaran la deuda. Sentía pena por el abogado, solo un poco.

Alexi debió sentir su mal humor e incredulidad porque tomó a Hugo del brazo y le dijo: "¡No me lo estoy inventando!". Y lo condujo a otros espacios de la casa donde se habían producido las manifestaciones. En ese momento,

Hugo realmente ya no estaba prestando atención. Había obtenido lo que necesitaba, estaba bastante seguro de que ahora el bufete de abogados jugaría con cualquier solución que propusiera. Estaba recorriendo el hueco de la escalera, conteniendo un bostezo, cuando vio algo. Era una figura envuelta en blanco. La figura se alejó cuando se dio cuenta, y lo asustó mucho. Debe haber sido Dulce, pensó. Ella se estaba escabullendo para escuchar, pero percatarse de esto no lo tranquilizó.

—Sentiste algo, ¿verdad? —preguntó Alexis.

Hugo negó con la cabeza.

—Dime. Quiero saber.

—No es nada, de verdad. Es tarde. Eso es todo.

—No. Viste uno de ellos, ¿verdad? ¿Deberíamos subir? —preguntó Alexi, pero no era una pregunta. Puso su mano en la espalda de Hugo y lo guio subiendo un escalón a la vez.

Hugo ya percibía un cambio en la atmósfera. Era más fría, para empezar, y tenía un miedo irracional creciendo en él de que algo saltaría y lo asustaría, como en las películas: *¡Buum! ¡Aaah!* Hugo quería irse, pero ¿cómo iba a hacerlo, con Alexi detrás de él, empujándolo?

Arriba, había un largo pasillo y, al final, una puerta entreabierta. Se sentía como una trampa. Hugo había visto suficientes películas de terror con Meli para saberlo: si hubiera un demonio en esa casa, *esa* puerta sería el cebo.

Mejor era dar la vuelta y marcharse, olvidar el trato y todo. ¡Pero esta no era una película de miedo! O no fue hasta que Alexi también notó la puerta. "Coño", dijo. "¿Es eso? ¡Dios! ¿Ves eso? Nunca uso esa habitación". Su miedo era contagioso.

—Trata de mantener la calma —dijo Hugo, como para sí mismo—. Dime. ¿Para qué se usa la habitación?

—Por eso mismo. Para nada. Claudia quiere convertirlo en una sala de ejercicios. Es pequeña.

—Pues bien, caso cerrado. Estoy seguro de que no es nada.

Pero Alexi insistió en que Hugo abriera el camino, y así lo hizo, pasito a pasito.

Hugo podía sentir que el aire del pasillo se enfriaba. Le recordó algo; no estaba seguro de qué. ¿Alguien había dejado abierta una ventana en la habitación? No había nada más que explicara la fresca brisa terrenal que lo envolvía. A medida que se acercaba aún más, Alexi estaba casi encima de él, con la mano cautelosamente en su cintura. Se sentía tan ridículo: dos hombres adultos haciendo la conga en un salón oscuro, sin música ni nada. Más que la situación, a Hugo no le gustaba tener las manos de Alexi sobre su cuerpo.

Justo cuando Hugo estaba preparado para avanzar, la puerta del dormitorio contiguo se abrió. Emergió una figura envuelta en un chal blanco. Hugo se volvió hacia

Alexi y lo abrazó, de la misma forma en que solía volverse hacia Santi cuando visitaban los establos encantados en las granjas. Alexi gritó: "¡Sálvame, Claudia!". La figura los golpeó a ambos, encendió las luces y dijo: "¡Qué carajo! Vas a despertar a Dulce". Era Claudia, por supuesto, que debió haberse levantado cuando escuchó a Alexi y Hugo merodeando. Los hombres se rieron del incidente suavemente. Y Hugo, mucho mejor de ánimo, miró hacia la puerta que tenía delante, ahora bamboleantes. Entró en la habitación.

Aunque la luz del pasillo estaba encendida, la habitación seguía a oscuras. Como había informado Alexi, estaba completamente vacío. Una sola ventana frente a la puerta invitaba a entrar un poco de luz de luna y, como había pensado Hugo, la ventana estaba abierta. Entraba aire fresco, inusualmente frío para Miami, pero agradable. Hugo encendió las luces. Ahora podía ver que había crayones esparcidos por el suelo. Dulce debe haberse colado para colorear. De inmediato, Claudia comentó sobre el reguero de Dulce. Cerca de la puerta, y garabateados por toda la pared, había una serie de dibujitos de Dulce. Eran cosas descuidadas. Desfiguradas, apenas reconocibles, pero agradables. Que inocente, que un niño pueda ver un lienzo en cualquier cosa.

Cuando se dieron cuenta, Claudia y Alexi cambiaron de tema, y mientras discutían sobre la forma correcta de criar a su hija, Hugo se arrodilló junto a los dibujos, admirándolos, deseando haber tenido un problema así. Siguiendo sus dibujos por la pared, se encontró con algo inusual que había escrito. Al principio fue difícil distinguir las letras. La M parecía una versión muy básica de un pájaro, y la línea horizontal de la L era tan larga como la vertical. Pero entonces Hugo lo vio. Realmente lo vio. Fue imposible. Dulce había escrito "MELI" en la pared. Debajo, había dibujado flores negras y lo que parecía, al menos para Hugo, como un volcán rebosante de lava. "¿Tú dibujaste esto?" preguntó Hugo, volteándose hacia Dulce, como si ella estuviera a su lado. Pero Dulce no estaba en la habitación. Y esto inquietó a Hugo aún más porque podría haber jurado que alguien más lo estaba.

LAS FLORES NEGRAS inquietaron a Hugo. ¿Cómo podía saberlo Dulce? Mientras discutían Alexi y Claudia, Hugo vio el vestido de una mujer pasar ante sus ojos. Era un recuerdo de una de esas noches infinitamente calurosas y húmedas en Hialeah. La prisa de la tarde había terminado. Un goteo de autos pasaba a toda velocidad; la puerta principal de la botánica estaba abierta para tratar de robar la brisa ocasional. Podía oír, en el árbol de mango cercano, el parloteo de la bandada de periquitos de alas blancas del vecindario. Al prepararse para cerrar, Hugo estaba reabasteciendo los estantes. La tienda era una sauna. Su camisa echada por encima, pesada. Cuando metió la mano en una caja para sacar un puñado de votivas, alguien le tocó el hombro y dijo: "Dios mío, Hugo. no lo creo ¿Eres realmente tú?". Se puso de pie para enfrentar a la extraña, y ella lo besó en la mejilla.

Hugo no la había oído entrar en la tienda. Se sobresaltó y dio un paso atrás.

—¡Hola! No quiero ser grosero, pero ¿te conozco de algún lado? —preguntó, con un votiva en la mano.

—¡Hugo! De Hialeah High. La clase de la Sra. Spinoza. ¿No te acuerdas?

Entonces recordó, pero Jess se veía tan diferente en la escuela secundaria. Y la escuela secundaria fue hace tanto tiempo. Ni siquiera había pensado en la señora Spinoza en más de una década. Él sonrió, la abrazó.

—Sí. Sí, la clase de la Sra. Spinoza. Jess, te recuerdo. Perdóname. ¡Guau! ¿Cómo estás?

—¿Cómo estoy? ¡Dios, qué pregunta! ¿Trabajas aquí, Hugo? —Se veía tan bonita con su vestido corto de algodón. Era un vestido blanco cubierto de flores negras, demasiado formal para una visita así.

—Sí. ¿Puedo ayudarte a encontrar algo?

Ante esto, Jess sonrió. Se llevó el dedo a los labios y dijo:

—Es un poco vergonzoso.

—Tonterías —dijo Hugo, dejando las velas—. Aquí no juzgamos a nadie.

Jess se acercó más, su cuerpo ligeramente contra el de él, y dijo:

—Te ves bien, Hugo.

Quería decirle que ella también se veía bien. Sintió que debía dar un paso atrás, crear cierta distancia entre sus cuerpos. Sintió que debía mencionar a Meli. Hacía calor. Los periquitos piaban como locos. El olor a salvia era fuerte. Hugo murmuró: "Gracias", e hizo contacto visual con ella, pero esto solo hizo que él quisiera besarla: sus labios de aspecto suave, carnosos, y la intensidad de sus ojos, su sombra de ojos ligeramente brillante.

—Entonces, ¿necesitas algo?

—Mi prometido resultó ser gay —dijo—. Siento que, en este momento, hay mucha energía negativa a mi alrededor. ¿La sientes? Quiero decir, mi amiga Susie dice que lo siente, pero no es una santera.

—La siento —dijo Hugo.

Jess agarró la mano de Hugo. "No de veras. Siéntela." Jess tiró de su mano como si fuera a ponerla sobre su corazón. Hugo no pudo resistir más su atracción. Se dio cuenta de que esto no terminaría bien. Entonces, se alejó, nerviosamente, torpemente, chocando contra una vitrina de vidrio, los pequeños artefactos se tambalearon de un lado a otro, casi cayendo y estrellándose contra el suelo.

—¿Estás bien? —preguntó ella.

—Tengo justo lo que necesitas —dijo él, retirándose inmediatamente a la parte trasera de la tienda.

Salió con tres devocionales, un pequeño talismán de cuentas y una lista de instrucciones. En lugar de acercarse a ella, caminó detrás del mostrador como si fuera a llamarla. Jess, que parecía decepcionada y que claramente se sentía rechazada por Hugo, puso su bolso en el mostrador y buscó su billetera. Pagó con una tarjeta de crédito. Hugo explicó qué hacer con la mercancía. Cuando terminó, le entregó un recibo y, para suavizar las cosas, dijo:

—Espero que esto te funcione, Jess. Debes volver a la tienda en un mes y me dejas saber.

—Lo haré —dijo ella. Golpeó el mostrador con sus largas uñas—. Nos vemos en un mes.

Solo que, cuando Hugo finalmente cerró la tienda treinta minutos después, Jess estaba afuera, todavía esperando.

—Hola —dijo ella, alejándose de un puesto de periódicos y acercándose a él.

—Ey. Eres tú.

—Solo quería disculparme. Las cosas se pusieron un poco raras allí.

No quise decir eso.

—¿Raras? —dijo Hugo—. No. Es agradable verte de nuevo.

—Sabes —dijo Jess— me vendría bien un poco de ayuda para montar esas velas.

—¿Quieres que te ayude?

—Sí, son muchos pasos, y soy nueva en esto. Y realmente quiero que funcione, ¿sabes?

—Bueno, estoy seguro de que podríamos establecer un horario. ¿Cómo está tu semana?

—Hugo, vivo como a dos cuadras de distancia. Puede ser ahora mismo.

Entonces, caminaron hasta su casa, que no estaba a dos cuadras de distancia. Era más bien como a cinco. En casa de Jess, después de colocar las velas, bebieron sangría, escucharon la radio. Hugo le envió un mensaje de texto a Meli para avisarle que llegaría tarde. Cuando le dijo a Jess que tenía que irse, ella se deslizó a su lado y le puso la mano en el muslo y dijo:

—He estado pensando mucho en ti. ¡Y ahora estás aquí! ¿Sabías que en la secundaria estaba tan enamorada de ti? Muy enamorada.

Ella se inclinó y lo besó, deslizando su mano a su entrepierna.

—No —dijo Hugo—. No lo sabía.

—Dime —dijo ella—. ¿Alguna vez te enamoraste de mí?

No estaba seguro. ¡Dios! Cuando conoció a Jess, acababa de mudarse a Miami. Acababa de inscribirse en Hialeah

High. En ese entonces, todo era tan nuevo. ¿Estaba enamorado de ella? Él no respondió.

Ahora, en su sala, no protestó. Algo se había puesto en marcha y no estaba seguro de tener la voluntad de detenerlo. Cuando terminó el acto, después de que ella lo condujo a su dormitorio y después de que hicieron el amor en una habitación con velas espirituales parpadeantes, él no agradeció nada de lo sucedido. Simplemente agarró el vestido de Jess del suelo y lo puso sobre su cama. Luego se vistió, frenéticamente, y, después de lavarse la cara, dijo:

—Me tengo que ir.

—No seas así. Puedes quedarte si quieres —dijo ella—. Está bien conmigo.

—Tengo una esposa, Jess. Creo que realmente necesito irme ahora.

—¡Espera! ¿Estás casado?

Mientras Hugo se preparaba para salir, Jess tomó uno de los devocionales que le había vendido, todo tibio y lleno de cera derretida, y se lo arrojó. La cera le quemó el brazo. La vela rodó por el suelo, ensuciando y apagando la llama.

—¿Algo en tu botánica realmente funciona?

—No lo sé —dijo Hugo, haciendo una mueca—. Funciona para algunas personas. Yo mismo no lo creo.

—Deberías haberme dicho que estabas casado. ¡Me cago en mi vida!

—Lo siento —dijo Hugo, recogiendo el devocional—. Lo siento mucho.

—¡Déjalo! Vete a la mierda —dijo.

Hugo bebió lo último de su sangría y miró por última vez a Jess; luego se fue. En el camino de regreso a la botánica, se sintió mal. ¿Por qué había actuado de esa manera? Cada rasguño que Jess le había infligido, la quemadura de la cera, era evidencia de su infidelidad. Peor aún, la culpa se enconó en su interior.

Más tarde, cuando llegó a casa y se duchó y se metió en la cama, pensó que Meli seguro lo olería. Pensó que se daría la vuelta y vería los rasguños, las quemaduras, pero no lo hizo. Ella se volteó hacia él, y todo lo que dijo fue: "Te tomaste una eternidad. Te extrañé". Y cuando ella estaba dormida, recibió una notificación de Instagram. Jess lo había seguido. Él la siguió de vuelta, se desplazó a través de su *feed*. Atenuó la pantalla y se volvió hacia Meli para bloquear la vista. En los tres años restantes de la vida de Meli, nunca se enteraría de su infidelidad. Hugo lo había sepultado.

¿Cómo podía Dulce saber dibujar tal cosa?

QUIZÁS FUE SOLO una gran y gigantesca coincidencia de mierda. Claudia, ahora visiblemente molesta por la obra de arte, le dijo a Alexi: "Ya basta de cazar apariciones por esta noche, ¿no te parece?". Esta fue la señal de Hugo para irse. Pero Alexi, como el gran tonto que era, decidió que había encontrado la ocasión perfecta para hablar con Claudia sobre las pulseras del mal de ojo. Le entregó una a ella, y le explicó de qué se trataba. Pero no parecía, al menos para Hugo, que ella estuviera prestando atención a nada de eso. Por el contrario, Claudia se frotaba la cara, preparándose para pasar la noche restregando las paredes. "Lo siento", Claudia le dijo a Hugo. "Es hora de irte".

Y con eso, Alexi sacó a Hugo. Una vez que Hugo estuvo seguro de que había recogido todas sus pertenencias, dijo:

—No pienses en esto como una noche perdida. He obtenido mucha información valiosa de tu historia. Deberíamos planear otra reunión mañana. ¿Quizás mañana por la mañana?

—¿El día antes de Nochebuena? —dijo Alexi—. No creo de que sea una buena idea.

—Me preguntaste si podía acelerar esto. Creo que puedo.

—Bien. Pero Claudia se estará preparando para la fiesta. Los proveedores traerán sillas y mesas. Solo estoy pensando que tal vez deberíamos esperar hasta el año nuevo. Odiaría hacerlo, pero…

—No. Escucha. Aquí no. No en tu casa. Encontrémonos en tu bufete… —¿De veras? ¿Por qué allí?

—Todos los signos apuntan allí. Lo puedo sentir.

—Si tú lo dices —dijo Alexi, sonriendo y estrechándole la mano.

Justo cuando Hugo se preparaba para irse, Claudia salió de la casa. Sostenía su brazalete del mal de ojo en sus manos y lo agitaba sobre su cabeza. Se lo arrojó a Alexi y le dijo: "Déjame fuera de tu locura", y luego volvió a entrar. Alexi se despidió a tientas y corrió tras ella, por lo que Hugo recogió el brazalete y se lo guardó en el bolsillo. Las acciones de Claudia no le sentaron bien a él. Él mismo era un escéptico, pero la forma en que Claudia lo despidió, estaba ofendido, para ser honesto: no solo lo echaron de la casa, sino que lo desacreditaron. Deseaba haber gritado algo de vuelta. Podía sentir su animosidad aumentando. Cómo quería tomar esos cantantes de villancicos inflables de Mickey y Minnie, y arrancarlos del suelo. Demasiado dramático. En cambio, se acercó al cartel de: "Todas las vidas importan" y arrancó las luces azules de Navidad. Luego se subió a su auto y se alejó, las luces azules en el asiento a su lado. Había sido un día largo y estaba cansado, pero aún necesitaba algo de comer.

TERCERA PARTE

UNA CONGREGACIÓN DE DEUDORES

11

HUGO SE DETUVO EN La Carreta de la 87th Avenida y la Coral Way e hizo algo que no había hecho en muchos años: decidió quedarse allí a cenar. Entró en el salón brillantemente iluminado y se sintió alegre solo por hacerlo. En la estación de la anfitriona, los platos de postre rotaban dentro de un exhibidor refrigerado. ¡Sí! Esta noche, habría algo dulce, pero ¿qué elegir? Tanta azúcar caramelizada, tanta crema batida. Y mientras la anfitriona lo conducía, bastante secamente, a través del salón, el olor de las croquetas, el pan cubano recién salido del horno y el café recién hecho, lo recibió.

Desde su asiento, Hugo se sentía seguro, aunque también se sentía un poco culpable por gastar lo que representaba para él una semana de compras, en una sola salida. De camino a casa, se había vuelto ansioso por volver a su estudio. "Ansioso" no era exactamente la palabra correcta. Hugo descubrió que tenía miedo regresar a casa y comer solo, aunque sabía que esos sentimientos eran completamente irracionales. ¿Por qué? Porque haber tenido la sensación de ver el nombre de Meli garabateado dentro de la casa de los Ramírez lo sobresaltó. No tenía sentido; cuanto más pensaba en ello, más veía que empezaba a sonar como los mismos clientes a los que "asistía".

Sabía que no debía comprar abracadabras, de la misma manera que sabía que Dios estaba muerto y que el cielo era un cuento de hadas, pero nada de eso importaba. El pensamiento lo había contaminado: "¿y si vuelvo a casa y pasa algo más? ¿Qué pasa si voy a casa y me entero de que Meli me persigue?". No quería pensar en eso. Todo lo que quería era un buen sándwich cubano grande con algunas papitas fritas al lado.

Sin duda, La Carreta estaba tranquila a esa hora de la noche: demasiado tarde para los veteranos y demasiado temprano para los jóvenes que salían de los clubes, aunque en el extremo más alejado del restaurante había un grupo de universitarios que abarrotaban un cubículo. Estaban claramente agotados después de una noche de beber demasiado o quién sabe por qué. Eran tan molestos como pueden ser los jóvenes, pero Hugo agradecía las carcajadas, las risitas coquetas, las voces fuertes. Incluso desde lejos, se sentía entre su compañía.

Ese había sido él una vez con Meli a su lado. ¿A dónde se habían ido esos días?

También había otros clientes, en su mayoría personas como él, que comían solos, atraídos por las luces brillantes y la señalización de La Carreta. Qué extraño nombre. Carreta. Un transporte no mecanizado que usaban los cubanos para llevar la caña de azúcar desde los campos al central. ¿Quién había sido el genio de pensar: "sí, las plantaciones de azúcar, la servidumbre por contrato; le pondré a mi restaurante el nombre de esta cosa opresiva?". Hugo imaginó los campos; el sonido de los machetes, de la respiración agitada, todo por un poco de dulzura. Podía ver al dueño de la plantación sentado en su galería, sorbiendo espumita, despreocupado, ajeno al mundo por venir.

—Dime —dijo Bárbara, con el aire de autoridad que poseen todos los camareros cubanos.

Dejó caer el menú sobre la mesa y sonrió ampliamente, mostrando un solo diente de oro. Qué feliz estaba de verla. Admiró la pulcritud de su uniforme: el blanco limpio de su guayabera y el adorno extrañamente institucional de su pañuelo rojo oscuro, como si se dispusiera a marchar esa misma noche por la Plaza de la Revolución para escuchar uno de los discursos de Fidel Castro. Se notaba que era una mujer cuidadosa.

—¿Qué pasó el otro día, mijo? —preguntó.

—Ay. Lo siento, Bárbara. Era una cosa de trabajo. —Al darse cuenta de que se había escapado sin pagar su cuenta, sacó su billetera y revisó sus facturas. —Puedo pagarte el café. Lo siento mucho.

Bárbara tomó su billetera, la cerró y luego se la devolvió.

—¿Pagarme? Coño, Hugo. No se trata solo de dinero, ¿sabes? —Ella sonrió.

Era como de la familia, pero apenas se conocían. Bárbara ni siquiera sabía de Meli. Hugo solo se había involucrado en una pequeña charla, temeroso de revelar más.

—Bueno —dijo—. Al menos déjame ir a buscarte una cosa. Un segundo, ¿de acuerdo? —Corrió hacia el auto, emocionado, abrió el maletero y encontró el pequeño regalo que había envuelto. Cuando regresó, Bárbara estaba tan sorprendida que se sonrojó y dijo:

—Mijo, realmente no tenías que hacerlo. —Llamó a otra camarera, y dijo—: Mira, Juanita. Mira pa'esto.

Ahora todas las camareras los rodearon para ver qué había exactamente debajo del papel de regalo. Todas se estaban burlando de ella. Juanita una mujer de unos setenta años, viuda dos veces, dijo: "Parece que tienes novio", y todas se rieron, incluso Hugo. Bárbara sostuvo el regalo en su mano, admirando el envoltorio. Tiró de la pequeña cinta y luego rasgó el papel, desempacando triunfalmente una vela devocional que él había comprado para ella. La colocó sobre la mesa, justo encima del menú, y leyó la etiqueta: "Las Siete Potencias Africanas". Parecía confundida al principio, e incluso olió la vela para ver de qué se trataba. Hugo también pudo ver el desconcierto que se extendía entre las otras camareras. Una se alejó, probablemente asustada. Así pasaba a veces, la gente reaccionaba a la santería de esta manera. Hugo explicó: "Es para traerte dinero, suerte, amor y paz. Todo lo que tienes que hacer es encenderla en casa y dejarla encendida durante siete días y noches".

Bárbara se puso de pie e invitó a Hugo a hacer lo mismo, ella lo abrazó y dijo: "Gracias, amigo mío. Si lo que dices es cierto, entonces la encenderé como recomiendas y veré qué sucede". Y luego, limpiando el desorden del papel de regalo y la cinta, dijo: "¿Qué puedo traerte?".

Hugo pidió su sándwich cubano y ella se fue a encargar el pedido. Juanita se sentó a la mesa con Hugo. Ella alargó la mano y tocó la de Hugo. "Es tan bueno lo que hiciste por ella. No tienes idea de cuánto necesitaba eso. ¿Sabes qué? Te traeré una cerveza; invito yo. Ni siquiera intentes pagarla." Entonces, Hugo comió, y se tomó, no una cerveza, sino tres, y se quedó, incluso cuando Bárbara se fue, charlando con la camarera joven. Le gustaba estar en compañía de alguien nuevo; le recordaba aquellos primeros días cuando él y Meli se cortejaban. Pronto, fantaseó, en estos tiempos sería la norma. Pronto estaría fuera de las manos de Alexi. Después de una vida de frugalidad, finalmente volvería a tener una vida, y mientras se involucraba en esta fantasía, tocaba una tira de cinta adhesiva del cuero de su cabina. Fue un tic nervioso, de verdad. Cada vez que la joven camarera se acercaba, desviaba la mirada y jugueteaba con la cinta. Hasta que, en un momento de audacia ebrio, agarró y arrancó la tira, y allí, como si lo esperara toda su vida, estaba un mensaje garabateado con rotulador rojo: "Meli + Hugo 4 Life", la "o" en "Hugo" con forma de corazón. Y cuando vio el mensaje, recordó que Meli siempre escribía eso. Cómo le encantaba dejar sus nombres en todos los lugares que frecuentaban. ¿Por qué estaba mirando los garabatos de la hija de Alexi en busca de signos de Meli cuando ella había dejado tantos garabatos propios por la ciudad? Dejó de coquetear con la joven camarera y pagó la cuenta. Luego, todavía un poco borracho, condujo hasta su casa con la esperanza de que Meli estuviera allí. Cualquier señal de ella serviría.

CUANDO ENTRÓ en su lugar de estacionamiento, perdiendo la marca por unos pocos grados, se sorprendió al descubrir que las barras de hierro de su ventana estaban decoradas con una cadena de luces multicolores. Fue una cálida bienvenida. El dueño de la casa debió colocarlos. Y aunque el acto fue presuntuoso —¿cómo supo el dueño que celebraba la Navidad?— las luces iluminaron todo el porche, y esto hizo que Hugo se sintiera seguro. Junto con el aroma de pino y galletas de jengibre, casi parecía como si Hugo estuviera a punto de entrar en la casa de otra persona, no en la suya.

Cuando abrió la puerta de su estudio, saltó sorprendido y volvió a salir para asegurarse de que estaba, de hecho, en el lugar correcto (lo estaba, por supuesto). Alguien había colgado una guirnalda sobre sus ventanas, una guirnalda de verdad, hecha con agujas y piñas de pino naturales. El armario de Meli estaba abierto de par en par, la caja de sus cosas navideñas se había desparramado. En la mesa del comedor, alguien había colocado los candelabros con el tema de Papá Noel que ella tanto apreciaba. No sólo estaban dispuestos sobre la mesa, estaban encendidos, las llamas parpadeaban. Contra la pared una vez vacía, donde Hugo siempre había pensado colgar algo, estaban las tarjetas de Navidad que él y Meli se habían escrito a lo largo de los años, ensartadas y exhibidas. Debajo de ellas estaba el muñeco de nieve de plástico iluminado de Meli, enchufado a la pared. Pero lo que realmente se destacó en la sala de estar fue el brillo de un árbol de Navidad, tan grande e iluminado que Hugo no tenía idea de cómo algo así podría haber llegado a su estudio, y una chimenea justo al lado, *¿dónde diablos en su casa había eso? ¿de dónde lo habían traído?* —y ante sus cálidas llamas, su mesita de café barata vestida con un mantel con el tema de un cascabel, sobre el cual había una variedad de tazones y platos, cada uno con varios dulces y pasteles, desde bastones de caramelo hasta corteza de menta y una docena de chocolates pequeños con envoltorios coloridos. Incluso, las ventanas habían sido rociadas con los botes de nieve, o eso creía él. Cuando pasó el dedo por el panel, pudo sentir el frío que irradiaba a través del vidrio, y pudo ver las complejidades geométricas de los copos de nieve, y más allá de todo eso, juró que vio colinas cubiertas de nieve y un reno pastando en su patio lateral. En circunstancias normales, Hugo habría tenido muchas preguntas. Pero esta noche había bebido demasiado y se sentía muy tranquilo y despreocupado. ¿Era esto alguna forma de paraíso? ¿Había muerto en un accidente automovilístico de camino a casa, solo para ser transportado al paraíso? Se quitó los zapatos a patadas, se tumbó en el sofá, sintiendo el calor de la chimenea irradiar sobre él, y se durmió, escuchando el tren alrededor de la falda del árbol, sintiéndose muy bien, pensando en Meli pero solo podía ver a Juanita con su blusa desabrochada.

ESOS MESES CUIDANDO a Meli después de su operación, fueron imposibles. En el Hialeah Hospital, cuando Meli necesitaba cambiarse la gasa, fue Hugo quien la atendió. La enfermera, una mujer cubana que emigró a Miami a finales de los 90, quedó impresionada. "No conozco a muchos tipos que hagan esta clase de cosas. Tiene suerte de tenerte." Dijo esto mientras le enseñaba a limpiar las heridas de Meli con una botella exprimible. Quizás a todas las enfermeras les pareció que Hugo era un tipo serio, pero él no se sentía excepcional; porque le había hecho esto. Su infidelidad se enterraba en él, lo amargaba todo. Nada podía limpiarlo, ni el jabón exfoliante de Meli, ni un baño hirviendo. Su infidelidad era tan implacable en él que hasta la enfermera despertó su apetito sexual. Era atractiva, incluso con su bata holgada. Cuando le había enseñado a Hugo a usar la botella exprimible, le tomó la mano y se la mostró —qué acto de ternura, de dignidad humana, ser tocado—, pero Hugo ya no era capaz de pensar platónicamente; era un hombre en deuda con su inclinación sexual.

Hugo reprimió sus deseos. En su casa, tres días después de que Meli fuera dada de alta, se hizo cargo de las tareas del hogar. Hizo las compras, cocinó; incluso sacudió el polvo y trapeó. Cuando su gasa ensangrentada se acumulaba en el piso del baño, Hugo la recogía en una bolsa de CVS y luego la llevaba al contenedor de basura en la acera. Cuando el hedor de su coagulación se volvía demasiado fuerte, abría la única ventana y esperaba que el hedor se disipara o hasta que se acostumbrara y ya no pudiera olerlo. Sólo haciendo todo eso por ella sintió disiparse su infidelidad.

Cuando llegaron las facturas médicas, Hugo las guardó. Se negó a cargarla con las cuentas. Ella preguntaba: "¿Algo interesante?". Hugo sacudía la cabeza y decía: "Todo basura, cariño", y luego cerraba la puerta del baño, se sentaba en el inodoro y revisaba las facturas, esas extrañas descripciones de tratamientos y sus cifras astronómicas. Soñaba con pagarlos. En los pequeños espacios en blanco disponibles de los estados de cuentas, dibujaba sus propios planes financieros. A menudo se trataba de estrategias de cinco años, agresivas, que requerían más ingresos, menos alimentos y, en algunos casos, la quiebra. Eran delirantes, imposibles, poco realistas, pero eso no lo distrajo. En el camino, podía pensar en cualquier posibilidad. Luego tiraba de la cadena del inodoro, rompía las facturas, las lanzaba a la basura y salía del baño animado. En esos días, cuando Hugo estaba de mal humor, Meli le decía: "¿Por qué no te sientas en el retrete media hora? Eso siempre parece ponerte en un mejor estado de ánimo".

LA RECUPERACIÓN DE MELI FUE difícil, pero no se permitió la autocompasión. En la cama, deshidratada y fatigada y sin nada más que ropa interior apropiada para el periodo menstrual, rellena de gasa, señalaba el montículo algodonoso y exclamaba: "¡Diablos! Mírame, Hugo. ¡Treinta y cinco y en pañales!". A veces, pausaba cualquier programa que estuvieran viendo, tomaba su mano y le susurraba: "¿Soy yo o tienes ganas de tomar medicamentos y jugar al bingo?". Hacerse pasar por una anciana animaba a Meli. Hugo no creía que su actuación fuera graciosa, pero como la ponía de buen humor, estaba de acuerdo, excepto que a veces, ella se reía con tanta fuerza que se sentaba en la cama y se doblaba de dolor. Sentía que podía escuchar su risa desgarrando las suturas. Deseaba que dejara de hacer bromas de ancianas.

Prefería los momentos tranquilos de la mañana, cuando Meli dormía. Al menos entonces sabía que estaba sanando. Mientras tomaba té y un tazón de mango en rodajas, Hugo se sentaba junto a la ventana y observaba a los niños en la calle tan temprano, en sus bicicletas o jugando al escondite. Imaginaba a una niña sentada frente a él, terminando su cereal con leche, pero estos fantasmas de una vida no vivida se evaporaban en el momento en que Meli se incorporaba en la cama, gimiendo. Él se sentía disgustado con ella cuando se despertaba, y comenzó a desear solo una hora más cada día, a solas. *Duerme*, rezaba. *Duerme*.

COMO HUGO ERA su principal cuidador, con pocas personas confiables o parientes que pudieran ayudarlos, solicitó una licencia pagada de su trabajo en la botánica. Lourdes, que nunca había hablado de esos asuntos con él y que no tenía una política formal en los libros, le dijo: "Por supuesto, Hugo. Está ahí para ella". Aunque se estaba desmoronando, apreciaba estar en casa para Meli. No podía recordar la última vez que había tenido un descanso tan largo en su empleo. Ahora, pasaba cada momento despierto con ella. Los primeros días, Hugo se daba cuenta que de alguna manera se habían distanciado. Tantos años atrapados en el ciclo de sus vidas, ¿todavía la reconocía? Los compañeros de trabajo la llamaban y, en esas largas conversaciones, ella revelaba partes de sí misma, intereses que él ni siquiera sabía que existían. ¿La madre de Julio se estaba recuperando bien de la caída? ¿El novio de María le había propuesto matrimonio? ¿Habían preguntado los hijos de Diana por ella? ¿Cómo iba el guion de la película de Franco? ¿Seguirían existiendo los arrecifes de coral dentro de cien años? ¿Cómo sería viajar al espacio exterior? ¿Qué se podría hacer por la gente de Flint y su crisis del veneno de plomo? Hugo nunca había hablado con Meli de ninguna de estas cosas. Apenas podía recordar los nombres de sus amigos, y cuando ella terminaba la llamada y él se acostaba a su lado, ella no le compartía nada. A veces, ella prefería cosechar cultivos en algún juego basado en una aplicación antes que hablar con él. Odiaba la forma en que ella podía desaparecer en el brillo de su teléfono.

Cuando se paraba detrás de Meli en el tocador del baño y la observaba cepillarse los dientes, le parecía una persona nueva. Siempre había mantenido una fina capa de cremas o pinturas entre ellos. Empapada en sudor y sin maquillar, parecía mayor y más natural, pensó Hugo. No podía recordar la última vez que había visto las canas en su cabello, o las imperfecciones a lo largo de su mandíbula. Él masajeaba sus hombros, presionaba su nariz contra su nuca. Atrás quedaron las notas de jazmín, jacinto y pachulí. Su piel olía a sudor, a algo cálido y horriblemente almizclado. En ella podía ver el espectro de su juventud, no como algo perdido sino como algo radiante e íntimamente suyo. Y en la cama, sintió las punzadas familiares del deseo. Cuando él ponía su pierna sobre la de ella y frotaba sus labios contra su cuello, ella respondía con una risita y un suave empujón: "Por favor, Hugo. No estoy lista para esto".

Los chequeos parecían arrojar buenos resultados. Se habló de volver al trabajo. En poco tiempo, estaba de pie, deambulando por el *efficiency* por el puro placer de moverse. Ella hacía estas cosas. Cuando Hugo estaba preparando una buena bolsa de palomitas de maíz para sus citas nocturnas de Netflix, ella se acercaba sigilosamente a su lado, lo tomaba de la entrepierna y susurraba: "Tal vez pronto, mi babalao", mientras esos granos sintéticos explotaban salvajemente. Tal vez, pensó, cuando las cosas volvieran a la normalidad, podrían tomar uno de esos cruceros por el Caribe; explorar una isla llena de turistas; hacer el amor en alguna otra pequeña habitación sin ventanas, en lo profundo del crucero, escuchando el zumbido de los motores. Pero,

¿a quién estaba engañando, conjurando tales imposibilidades desde las profundidades de su choza, que era su hogar?

DESPUÉS DEL FUNERAL, Hugo tardó un tiempo en comprender que aunque había enterrado a Meli, el estudio se había convertido en su tumba. Ciertamente, él no era de los que creían en fantasmas, pero pasaban ciertas cosas, en su ausencia, que no podía explicar. Algunas tardes, juraba que podía oírla respirar profundamente en el dormitorio, como solía hacerlo cuando dormía la siesta. Algunas noches, la televisión se encendía inexplicablemente y Hugo se giraba como para mirarla y decir: "Por favor. Necesito despertarme tan temprano mañana por la mañana". No había lógica en ello. Cuando le comentó estos hechos a Lourdes, ella sugirió que, tal vez, el espíritu de Meli se había quedado con él. Por muy tranquilizadora que fuera esa idea, Hugo no creía que tal cosa fuera posible. En su mejor estimación, todos los sucesos no eran más que trucos de la mente. La respiración profunda, ¿no la había oído respirar de esa manera durante la mayor parte de su matrimonio? A veces, por la noche, la sentía meterse en la cama con él, tocarle la mano. Estos eran recuerdos. O eran sueños. Hugo apenas pensó en ellos, excepto cuando podía sentir su infidelidad hacia ella dentro de él. En esos momentos, por irracional que fuera, Hugo se sentía observado. ¿Cuánto había visto ella en él antes de morir?

EN SUS ÚLTIMOS días con Meli, Hugo empezó a sospechar que tal vez ella también le había sido infiel. Estaba particularmente celoso de las llamadas telefónicas de sus compañeros de trabajo. Esta vez, mientras ella se duchaba, él se deslizó hacia donde estaba el teléfono de ella. Esperaba ver a la *verdadera* Meli. Estaba convencido de que encontraría todo tipo de detalles incriminatorios sobre ella, que vería fotos de Franco o de quien fuera con quien Meli pasaba tiempo mientras estaba en el trabajo. Pero cuando abrió su álbum de fotos, lo que vio fueron fotos sinceras de sí mismo: Hugo, sin camisa, sosteniendo una taza de té y sonriendo. En otra, estaba dormido en el sofá. Había una de él sacando la basura; una hermosa puesta de sol en la distancia, y otra de él hablando por teléfono, probablemente con Lourdes. Al desplazarse por el álbum de fotos, se sorprendió por la gran cantidad de estas . Nunca se había dado cuenta de que ella las había estado tomando, y allí, en el álbum, se vio a sí mismo a través de sus ojos, y supo que ella lo amaba, tanto si habían hablado de arrecifes de coral como si no. Y sabía que debía haberle dicho cómo había pirateado su teléfono. Quería hacerlo, pero mientras ella se secaba y se vestía, dejó el teléfono exactamente donde ella lo había puesto. Y en lugar de decirle lo que había hecho y lo que había visto, fingió que todo era exactamente como siempre había sido.

12

BAJO EL CALOR de la decoración navideña, Hugo se quedó dormido. Sintió que alguien le acariciaba la espalda como solía hacerlo su madrina. *¿Qué sueño benévolo me ha encontrado?* Abrió los ojos para descubrir que estaba acostado sobre un estante de metal, en lo que, a juzgar por los carritos de compras, el brillo cancerígeno del piso y todas las etiquetas de precios, era un Walmart Supercenter. Cerca, había árboles de Navidad en exhibición y un tren eléctrico recorriendo una vía. Había un pasillo de comestibles con tartas y bastones de caramelo y cintas y duendes y muñecos de nieve gigantes, e incluso un Papá Noel de Mickey. La música navideña sonaba agresivamente desde el altavoz. Hugo rodó fuera de la estantería, se frotó la cabeza y pensó: "necesito llegar a casa".

El Supercenter era el último lugar en el que Hugo quería estar. No le iba bien en las multitudes, y con la víspera de Navidad acercándose rápidamente, parecía que todo

Miami se había abalanzado sobre la tienda. Y los carros. ¡Dios! Todos en la tienda tenían un carrito, pero no había suficiente espacio para todos. Hugo sintió una bocanada de anarquía, como si los compradores pudieran empujar sus carritos a través de él si no se quitaba del camino. Se sentía invisible y descartable. No ayudó que algunos compradores inconscientes hubieran abandonado sus carritos en pasillos ya estrechos, engendrando los atascos de tráfico más patéticos. Hugo necesitaba salir, por lo que se dirigió hacia los pasillos de automóviles, los pasillos de limpieza y, en realidad, cualquier parte de la tienda que no estuviera infestada de alegría navideña y buena voluntad para todos.

Pronto, la larga fila de cajas registradoras y filas de pago aparecieron ante él, y como no había comprado nada, pasó corriendo por delante de las cajas registradoras. Sólo que no había salida a la vista. Vio más pasillos, más estantes, más compradores. Él estaba confundido. ¿Por qué habría una fila de cajas registradoras en el centro de la tienda? Hugo siguió adelante, pero cuando comenzó a sospechar, después de bastante tiempo, que algo andaba mal, trató de encontrar ventanas, paredes, puertas, cualquier cosa que pudiera sugerir que la tienda no seguía y seguía y seguía. Por desgracia, se hizo terriblemente claro para él que estaba atrapado. No solo atrapado, sino que era un espectro en sí mismo. Mientras giraba en un pasillo, se estrelló contra el carro de compras de un cliente; o se habría estrellado contra él, pero atravesó el carrito, el comprador e incluso la hija del comprador, que lo seguía con un muñeco de nieve de peluche. "Lo siento mucho", dijo, acercándose al comprador, pero ¿de qué servía? Él no podía verlo.

Hugo se sintió condenado, un alma en pena reviviendo una pesadilla. Con el tiempo, y no sabía cuánto, se volvió insensible a todo eso: la música a todo volumen, el mar de compradores, y aunque sabía que era tan bueno como un fantasma, seguía evitando a los compradores. Todavía seguía por los pasillos.

De alguna manera, en sus andanzas, se topó con algo nuevo: la farmacia y el centro óptico. ¿Y a quién debería ver? A Bárbara. Primero notó su uniforme, y estaba tan emocionado cuando la reconoció que corrió y dijo: "¡Bárbara! ¡Gracias a dios! ¡No puedo creer que seas tú!". Ella no lo reconoció. Sin embargo, se quedó allí junto a ella, con su silenciosa compañía.

Bajo las luces fluorescentes de la tienda, parecía mucho mayor. Hugo sabía que ella tenía poco más de setenta años, pero nunca fue más evidente que en ese momento. Porque ella estaba rebuscando en su bolso, recogiendo papeles, y con la cabeza inclinada, él podía ver el adelgazamiento de su cabello, los lugares donde los tonos dorados se disolvían en gris. Y sus manos, cuando finalmente sacó un pequeño bloc de notas, tenían manchas de la edad a lo largo de los nudillos y venas de color azul profundo que sobresalían contra su piel. Allí sentada, respirando con dificultad, abrió su libreta y anotó tres nombres: Carlito, Julia y Stefanie. ¡Sí! Hugo creyó reconocer esos nombres. Los había visto en un pequeño collar de plata que llevaba. Cada nombre estaba grabado en un amuleto. Era probable que fueran sus sobrinas nietas y su sobrino porque Bárbara nunca había tenido hijos.

En la silla a su lado, había una bolsa de papel para llevar de La Carreta. En el interior, Hugo podía ver claramente la vela que ella le había regalado. De repente, a Hugo se le ocurrió que podría estar presenciando algo que realmente estaba ocurriendo en el presente. Cuando Bárbara abrió un folleto navideño de Walmart, sintió que su sospecha se confirmaba. Alguien había marcado con un círculo varios productos, y Hugo no hizo la conexión hasta que Bárbara dijo para sí misma: "Pero coño, ¿cómo se supone que voy a pagar estas cosas?". Sacó su billetera y contó su dinero: 127 dólares. Eso le parecía suficiente a Hugo, pero no si planeaba comprarle a Carlito un juego de Nintendo Switch, a Julia un reloj deportivo o a Stefanie unos auriculares nuevos. Mientras recogía sus cosas, un trozo de papel cayó de sus manos y revoloteó a los pies de Hugo. Reconoció el papel de inmediato. Era una factura de las Oficinas Legales de Alexi Ramirez & Associates.

Bárbara fue a alcanzarlo, cayó de rodillas y le dio un ataque de tos. Estaba en cuatro patas, el contenido de su bolso desparramado, su libreta de notas abierta, el folleto arrugado con cosas marcadas en círculos. Hugo se agachó para ayudarla, pero no pudo hacer nada por su forma incorpórea.

En ese momento, la puerta del mostrador de la farmacia se abrió. Un diablo salió con una bata de laboratorio como si fuera un farmacéutico. Otros cuatro se arrastraron por las paredes y los techos. Uno salió del propio bolso de Bárbara y otro se deslizó junto a Hugo y le tomó la mano. Sí, reconoció a ese. "¿Te gustaron las decoraciones?", preguntó con una voz que pertenecía a Meli. Luego, antes de que pudiera responder, el demonio volteó la mano de Hugo, dolorosamente, y con una sola uña larga y oscura, procedió a cortar una M en su palma. Hugo no pudo liberarse. Cuando gritó y empujó al diablo, las luces se encendieron y apagaron, la música se detuvo en seco y el diablo farmacéutico se abalanzó sobre Bárbara como un buitre sobre un cadáver. Todos lo hicieron. Mientras se alimentaban, arrastraron a Bárbara a través de la puerta de la farmacia y dejaron que se cerrara de golpe. Solo entonces las luces dejaron de parpadear y la música continuó como si nada hubiera pasado. Pero Hugo había visto los demonios. Sabía lo que le harían a su amiga, así que los persiguió. Sin embargo, cuando pasó el umbral de la puerta, ya no estaba en Walmart. Estaba afuera de la casa de la tía de Meli. El día estaba fresco. Le sangraba la palma de la mano y en el suelo estaba el bolso de Bárbara; su contenido había sido tirado y ahora volaba calle abajo.

LA PUERTA de la casa de la tía de Meli estaba abierta de par en par y había un cartel escrito a mano: "¡Pasa!". ¿Era una trampa? ¿Se burlaban de él los demonios? Hugo no tuvo tiempo de preocuparse. Estaba buscando a Bárbara. Envalentonado, entró en la casa de Lena, sabiendo que se arrepentiría al instante.

La última vez que había visitado a Magdalena, o Lena, como la llamaba cariñosamente Meli, él y Meli acababan de casarse en el juzgado. Estaban sentados en el *Florida Room*, lo que debe haber sido un gran problema porque Lena nunca dejaba que nadie se sentara allí. Era el "cuarto de plástico", le gustaba decir a Meli, porque todo el mobiliario estaba cubierto de él, pero ese día, se lo habían quitado. Meli, que llevaba un hermoso vestido amarillo, todo fluido y brillante, le había traído una cerveza a Hugo y se había disculpado por haberle llamado al salón de aquella manera. Hugo había dejado la cerveza entre sus piernas. Lena lo miró fijamente todo el tiempo, una mujer con el porte de una lechuza, vestida con una capa de raso naranja y verde, el pelo corto y recogido, tieso con laca. Dos segundos después, la cerveza se volcó y se derramó por todo el sofá.

Lena gritó "¡idiota!", y corrió a la cocina con sus tacones bajos. Cuando regresó, agitando una toalla de mano, apartó a Hugo de un empujón y procedió a absorber la cerveza. Hugo se disculpó mucho. Se arrodilló junto a Lena y se ofreció a ayudar en todo lo que pudiera; incluso se ofreció a pagar los daños, a lo que ella se rio y dijo: "¿Con qué? ¡Estás arruinado!". Cuando Lena lo dijo, parecía saber que había cruzado una especie de línea. Hugo podía verlo, pero en lugar de retroceder, ella, iracunda, se inclinó hacia Hugo y le dijo que no valía ni el chicle debajo de sus zapatos. "¿Cómo pudiste dejar que mi sobrina se casara contigo? ¿No te sientes responsable? ¿No sabes que no estás apto, financieramente, para mantener una familia? ¡Coño! ¡Podrías haberla dejado que se casara con un cubanito como Lázaro, el nieto de mis vecinos!". Esos insultos fueron sus regalos de boda.

Pero Meli escuchó la discusión y rescató a Hugo: "¡Nos vamos!". Y cuando estaban afuera, a una cuadra de la casa de Lena, le dijo: "Lo siento mucho, Hugo. No te mereces eso. Te mereces una disculpa. Voy a hablar con ella." Meli lo abrazó, con lágrimas en los ojos. Pero Hugo no quería una disculpa. No quería vínculos con esa odiosa mujer. Al recordar el aspecto de Meli ese día, la ráfaga que le pegaba el vestido amarillo, las mejillas radiantes, las lágrimas en los ojos, Hugo supo que nunca, en toda su vida, había sentido tanto amor. Cómo extrañaba a su esposa. ¡Dios! Acababan de casarse. En ese entonces, había pensado que iría a la universidad; ella quería iniciar su propio negocio de decoración de interiores. Al salir de casa de Lena, se sintieron audaces. Todo parecía posible.

Ahora estaba de vuelta allí. Y podría haber jurado, por un momento, que había visto a los demonios deslizarse por los conductos de ventilación. Dio un paso más hacia adentro, inmediatamente olió la grasa y el ajo del puerco asado, la pieza central de la Nochebuena en tantos hogares cubanos, y vio un gran árbol de Navidad en el *Florida Room* rociado con nieve artificial, centelleando con luces verdes y rojas. Debajo había regalos, como pequeñas joyas, y un gato negro con un collar azul acurrucado bajo del árbol.

Esperaba ver ese sofá demasiado formal al entrar en esa casa, pero no estaba allí. Hugo podía escuchar murmullos y risas, así que avanzó por el pasillo de las fotos familiares: todos los primos lejanos y abuelos de Meli, tantos todavía en Cuba, y sus propios padres, Roberto y Estela, recién casados y de pie frente a una iglesia. Más adelante, había una foto de Meli, vestida para Semana Santa, meses antes de que ella y Hugo se casaran. Lena claramente había alterado la foto cortando a Hugo. Por supuesto que lo haría. A juzgar por el patrón que estaba surgiendo en sus sueños, sospechaba que en cualquier momento sería testigo de que Lena también sería destrozada por los demonios: una pata de pollo, limpia hasta el hueso y el cartílago, solo que esta vez, disfrutaba la idea.

Siguió las voces hasta una gran sala de estar, que estaba decorada para una fiesta previa a la Nochebuena. Esperaba que Bárbara estuviera allí, pero no estaba. ¿A dónde la habían llevado?

Solo asistían seis personas, todos cubanos, ninguno de los cuales reconoció de inmediato, y estaban sentados en el sofá sin plástico, llenando sus estómagos con comida y bebida. ¡El sofá! Allí estaba. A decir verdad, Hugo siempre se había sentido culpable por derramar la cerveza y provocar un desastre. Sin duda, había causado una mancha, pero también había provocado una ruptura en la relación de Lena y Meli.

Ahora, de pie a escasos metros del sofá mismo, invisible para todos, quería inspeccionar la mancha, ver el error que le había causado tantos problemas. Desafortunadamente, ¡Lena estaba en lo alto del lugar, mirándolo! ¿Podría ella verlo? Él saludó, pero ella no respondió. Tal vez estaba borracha o somnolienta por la comida. Hugo estaba a su lado, esperando, con la esperanza de que ella se moviera para poder ver el sitio. Todos hablaban de estados rojos y estados azules; y qué triste era que el país se estuviera volviendo comunista, y demasiado sensible; y sobre sus cadáveres; y qué mal se sentían por los niños en los campamentos, pero ¿qué estaban pensando los padres?, y todo lo que uno se pueda imaginar en un hogar cubano conservador, hasta la discusión de los últimos videos de los Pichy Boys, no de sus elementos satíricos, sino de sus puntos de vista políticos.

Frustrado por este tipo de conversación y por el coma inducido por drogas o alimentos de Lena, Hugo decidió que intentaría moverla. Estaba familiarizado con *Ghost*. Había visto a Patrick Swayze derribar el marco de un cuadro. Se paró frente a Lena y le puso las manos en la cara, o lo intentó. Sus manos simplemente atravesaron. Lena no reaccionó. Entonces, Hugo intentó algo más. Se inclinó cerca de su oído y gritó tan fuerte como pudo, pero tampoco tuvo efecto. Estaba a punto de darse por vencido y alejarse cuando tropezó con algo. ¡Qué extraño! Alguien había dejado una copa de vino tinto en la mesa auxiliar junto al sofá, y él la había golpeado, y aunque no había podido ocuparse de nada más, la copa se derramó directamente sobre la ligera tela Vendome del sofá. De repente, Hugo sintió la misma vergüenza que lo había atravesado años atrás. Derramar el vino no era su intención. Esperaba que Lena hiciera una rabieta, hiciera acusaciones, pero no lo hizo. "Este sofá ha sufrido mucho", dijo. Entonces, un hombre mayor comentó: "¿Solo lo vi yo, o ese vaso se movió por sí mismo?".

Algunas de las personas presentes se rieron del comentario. "¿Qué estás diciendo, Antonio? ¿Que tenemos un fantasma en nuestro medio?", dijo una mujer joven. Y siguió su declaración con un fantasmal: "boo-ooo"; la sala estalló en risas. Antonio se sonrojó y dijo: "¿Cómo lo explicas entonces? No había nadie cerca de la mesa".

—¿Sabes lo que pienso? —dijo Lena con los brazos cruzados, y expresión de lechuza—. Era el esposo de mi difunta sobrina. Ese extraño hombrecito, probablemente usó su santería conmigo. Tú lo sabes. El hombre trabaja en una botánica. Es un babalao boliviano. Lo culpo por su muerte —terminó diciendo, eliminando cualquier esperanza de conversación. Lena se sentó en el reposabrazos del sofá.

—Nunca le gusté —dijo—. No sé por qué. Y mi sobrina se casó con él y luego dejó de venir. Fue un mal ejemplo. Él me la quitó. La última vez que la vi fue después de su boda en la corte. Imaginan eso. ¡Una boda en la corte! Y él estaba sentado allí mismo, en el mismo lugar donde se derramó el vino, ¿y saben lo que hizo? —preguntó ella, seguida de una pausa dramática.

—¿Qué? —preguntó Antonio—. ¿Qué hizo él? —Otros en la sala también intervinieron.

Lena cerró los ojos y dijo:

—Tenía una cerveza en la mano que estaba completamente llena. Ni siquiera había tomado un sorbo. Luego me miró a los ojos, sonrió y volteó la cerveza para que se derramara en mi vistoso sofá. Justo ahí. Justo en el lugar donde se derramó el vino. Le dije: "¡Oye! ¡No hagas eso!" Y él simplemente vertió el resto.

Hugo estaba horrorizado por esta historia.

—No. No. No. No empieces con tus mentiras —dijo.

—Sí. Sí —dijo otra voz—. He oído hablar de él. Escuché que anda diciéndole a la gente que puede librar sus hogares de malos espíritus y fantasmas y… ¿No está demasiado viejo para creer en todo eso?

—¿Pero no crees que los fantasmas realmente existen? —preguntó Antonio. Todos se rieron, incluida Lena. ¡Sí! Ella podía divertirse a expensas de Hugo.

—Sabes —dijo una mujer mayor, envuelta en un edredón— De hecho, lo he visto en la botánica. Mi prima me llevó mientras hacía mandados. Parecía un tipo triste. Estaba barriendo el suelo, como un bobo. Lo recordaba de cuando él y Meli empezaron a salir. Pero verlo vestido con ese traje de santero, sosteniendo una escoba… No quiero ser mala, pero fue patético.

—¿Entonces, qué piensas? —preguntó Antonio—. ¿Podría ser que el santero haya invocado un espíritu para perseguirnos? ¿Deberíamos conseguir una Ouija para averiguarlo? No lo he hecho en años.

Pero nadie quería jugar a la Ouija. A Hugo le pareció que todos estaban un poco asustados por la conversación, y después de un momento de silencio, Lena dijo: "He pensado acercarme a ese hombre. Incluso con todo lo que hizo, me siento mal por él, la última vez que lo vi, parecía que había visto el infierno".

Estas palabras, hirieron el alma de Hugo. No quería escuchar más, así que salió al porche delantero y, para su sorpresa, vio una grúa. Estaba en medio de levantar el Mercedes-Benz antiguo de Lena sobre su plataforma. Hugo siempre había admirado el coche, la forma en que Lena lo había cuidado, hasta los asientos de cuero tostado. En una mañana de Pascua, ella los había llevado a él y a Meli a Biscayne Bay para almorzar, y cruzando Rickenbacker Causeway, sintiendo el viento en su rostro, Hugo miraba desde lejos, por primera vez, la ciudad de Miami, su perfil urbano. "¿Vivimos allí?" —le preguntó a Meli, bromeando, pero lo dijo en serio. En todos sus años en esta ciudad, nunca lo había visto.

Lena y sus juerguistas salieron al porche delantero justo a tiempo para ver cómo se alejaba la grúa. Lena gritó: "¡Oye! ¿De qué se trata todo esto?". Antonio, creyéndose un héroe, salió corriendo y procedió a golpear con la palma de su mano la puerta del conductor de la grúa. Pero el conductor no respondió. Simplemente siguió adelante, gradualmente. Luego se fue, y Lena, que ahora estaba de pie en la calle, aulló de angustia.

—¿Qué pasa, Lena? ¿Qué está sucediendo? —preguntó Antonio, acariciando su espalda.

Se volvió hacia los demás asistentes a la fiesta y les indicó que pasaran a la casa. Cuando estaban solos ellos dos, la abrazó.

—¿Tu auto fue embargado? ¿Sabías que lo harían? Podría ser capaz de ayudar.

RAUL PALMA

Lena negó con la cabeza.

—Fue Alexi Ramírez —dijo—. ¡Ese bastardo! De hecho lo hizo.

—Tan cerca de Navidad —dijo Antonio—. ¿Qué podría querer con un auto tan viejo?

Hugo estaba asombrado. Incluso Lena estaba ligada a Alexi, y ella era una persona que podía pagar sus cuentas. Hugo no sabía qué hacer con la visión. Y fue entonces cuando aparecieron los demonios, los siete, salivando como una manada de lobos hambrientos. Estaba cansado de todo esto, fueran lo que fueran, e incluso si no le gustaba Lena, no quería ver que se la comieran. Cerró los ojos y tiró de su cabello, y dijo: "Despierta. ¡Despierta, Hugo! Anímate".

Cuando volvió en sí, todavía estaba en La Carreta. Era de mañana. Estaba en su auto, el asiento completamente reclinado. Abrió la mano y se sintió muy aliviado al ver que no estaba dañada. ¡Todo fue sólo una visión! Nunca había salido del estacionamiento. "Tal vez", murmuró, "yo soy el que necesita un terapeuta". Mientras decía esto, con la cabeza palpitante por la bebida, se sentó y encendió el auto. El ruido del motor asustó a los demonios, y vio sus sombras alejarse del auto, cada una deslizándose en una dirección diferente.

13

HUGO ENTRÓ EN SU estudio, esperando encontrarlo
decorado para Navidad, como lo había soñado, pero no tenía nada de festivo. Las apariciones cruzaron la sala de
estar tenuemente iluminada, sombras, no demonios. Eran
niños, pasando por delante de la casa, probablemente dirigiéndose al parque. De pie junto a la cocina, llaves en
mano, Hugo podía sentir esa presencia familiar, su deuda.
Pero cuando se volvió para mirar, no había nada. Si hubiera
visto algo, al menos lo sabría con certeza; al menos sería
capaz de clavar todos los sucesos extraños de su vida en
algo y luego salarlo y quemarlo. Pero darse la vuelta y no
ver nada excepto la oscuridad sombría de su estudio, su
propio hogar convertido en su tumba, lo hizo sentir aún
más incómodo. Los demonios podrían estar escondidos
en cualquier lugar. Y aunque Hugo necesitaba partir para
su reunión matutina con Alexi, se sintió obligado a buscar
espíritus en su habitación. Abrió las cortinas de la ventana,

cada armario. Miró debajo de la cama, del sofá, de la mesa del comedor. Incluso abrió cada uno de los gabinetes de su cocina, especialmente el que estaba debajo del fregadero, que nunca se cerraba del todo, por lo que siempre parecía como si una pequeña raja en el abismo lo mirara fijamente. Nada de esto alivió su alma en lo más mínimo, y después de volcar la habitación, se dirigió al baño, se arrodilló en el inodoro y vomitó su comida de la noche anterior.

En la meseta de la cocina había un plátano ennegrecido; una corriente de hormigas con azúcar marchaban de un lado a otro. Cómo hubiera querido tomarse el día libre para limpiar y desinfectar su casa, pero no pudo. En lugar de alcanzar una botella de spray y un trapo, Hugo agarró un puñado de bolsitas y, bajo la luz tenue de su cocina, procedió a fabricar pequeñas bolsas de *wanga*. Lo hizo recogiendo cachivaches por toda la casa. Primero lo más apropiado: el plátano pegajoso, junto con sus hormigas polizones. Metió todo esto en una bolsita, junto con las hojas secas de las verduras que estaban tratando de revivir sobre el alféizar de la ventana. Luego, limpió su refrigerador: el queso cheddar, un mes después de su vencimiento, directamente en una bolsita. Y por si acaso, vertió un poco de caldo de verduras en esa bolsa, junto con unas cuantas hojas de laurel. Para la otra bolsita, metió la mano en su triturador de basura, sacando la suciedad y el lodo con los dedos y echándolos en otra bolsa. Luego tomó algunos catálogos, los rompió en pedazos y los mezcló. Era una completa tontería. Pero nada de eso le importaba a Hugo.

Tenía un plan, una forma de acabar con la persecución de Alexi. Y con suerte con la suya propia.

Hugo se vistió con su mejor atuendo de santero, luego condujo hasta una tienda de artículos de oficina para poder imprimir un par de imágenes de Alexi de su sitio web. Garabateó en las copias impresas y le arrancó los ojos al abogado. Cortó y esparció esas imágenes en las bolsitas de *wanga*. Luego, subió a su automóvil y se incorporó a la interminable cinta transportadora de tráfico de Miami. Se dirigió cargado a la oficina de Alexi en el centro de la ciudad a la hora pico del fin de semana, decidido a terminar su trabajo y dejar atrás las pesadillas.

LA OFICINA DE ABOGADOS de Alexi Ramirez & Associates estaba ubicada en el centro de Miami, cerca de un pequeño parque público. Caminando desde el estacionamiento hasta la puerta principal, Hugo fue acosado por las burlas de los niños pequeños, todos parados en una estructura de juego y gritando: "¡Hola, Elmo! ¡Hola, Elmo! ¡Elmo! ¿Tienes que ir al baño?". Todos riéndose como si la pequeña broma fuera la cosa más divertida del mundo. No lo era. "Elmo, ¿necesitas un amigo? ¿Elmo? ¡Hola! ¡Elmo!".

Para ser claros, Hugo no estaba vestido como el famoso personaje de *Barrio Sésamo*. Llevaba sus colores de guerrero: rojo y negro, por Eleguá. Él casi nunca usaba ese atuendo. Si Lourdes lo hubiera visto, le habría preguntado: "¿Vas a luchar contra un dragón?". Y él hubiera respondido, enfáticamente: "¡Sí! Voy a matar a ese desgraciado".

Hugo ingresó al gran vestíbulo del enorme edificio de oficinas, el mismo que había cruzado años atrás, después de la muerte de Meli, en ese entonces estuvo a punto de romper todos los huesos del cuerpo de Alexi. Esta vez, sin embargo, las cosas fueron diferentes. No sostenía un bate. Sus armas eran más sutiles. Y lo más importante, a Hugo se le había concedido el acceso al edificio. Alexi le había enviado un mensaje de texto: "Seguridad sabe que vienes". "Solo dales tu nombre. Estaré en el decimosexto piso." Hugo hizo exactamente eso, el guardia de seguridad se rio entre dientes y le dijo: "Buen atuendo, amigo", otros en el vestíbulo, algunos miembros del personal de limpieza y una mujer joven detrás de una computadora, también se rieron un poco. Pero nada de eso desconcertó a Hugo.

Entró en el ascensor, y mientras subía, visualizó al abogado allí con él, se imaginó las paredes derrumbándose, se imaginó empujando a Alexi, mientras lo veía caer y caer al aire libre, como un pequeño insecto, como un pequeño punto en una matriz; no era una persona, sino una estadística en algún informe de muerte, en algún archivo digital, cayendo directamente en una mancha de tinta negra en una hoja de cálculo.

NO HABÍA sillas en la sala de espera, ni mesas de café. No había plantas en la oficina, ni revistas para leer. Era un pequeño espacio ocupado casi en su totalidad por el escritorio de la recepcionista. El escritorio estaba adornado con un pequeño árbol artificial de Navidad y un cuenco con bastones de caramelo en miniatura. Al no ser saludado, Hugo se sirvió uno de los bastones, con la esperanza de que el sonido del papel de regalo llamara la atención de la recepcionista.

La recepcionista estaba de espaldas a él; estaba arreglada como si fuera a un club, el aroma de su perfume era fuerte como de tienda de dólar y algo repulsivo para ese espacio minúsculo. Estaba procesando sobres a través de una máquina de correo, trabajando con el membrete familiar y el logo. "Estaré contigo…" —dijo, sin terminar su pensamiento, y revisando su teléfono en lugar de mirar hacia arriba. Cuando lo vio, se rio entre dientes y luego le manifestó: "¡Mírate! Luciendo ese atuendo". Le tomó una foto, probablemente para alguna cuenta de redes sociales; luego le comunicó: "Necesitaré tu licencia de conducir, por favor".

Hugo le deslizó su licencia; ella la escaneó y luego llamó a Alexi. "Tu santero está aquí", dijo. Alexi debe haber dicho algo despectivo en la línea porque la recepcionista se rio, se dio la vuelta y le informó: "El abogado Ramírez ya viene. Me adelanto y te aviso. Por favor, retírese".

Cuando pronunció estas palabras, la puerta se abrió. Y ahí estaba: el centro de llamadas lleno de actividad. ¡Sí! Incluso un sábado, un día antes de la víspera de Navidad, los cobradores de deudas estaban de un lado a otro, bromeando entre ellos, luciendo auriculares, todos aparentemente casuales. Parecían adolescentes, tal vez recién graduados de la escuela secundaria. "Entonces, estas son las personas que me han estado acosando". Había tal vez una treintena de ellos. Un tipo con una corbata anudada y floja se paró en su silla y arrojó una pelota de fútbol americano al otro lado del centro de llamadas. En el otro extremo, otro tipo con la corbata alrededor de su cabeza saltó sobre su silla, atrapó la pelota y luego vitoreó: "¡Sí!". ¿Realmente toleraba Alexi un ambiente de trabajo tan poco profesional? El lanzamiento de pelota se mantuvo por un buen rato, hasta que una campana sonó rápidamente y un tipo gritó a todo pulmón: "¡Hurra! $100 durante cinco años. El idiota pagó $2,000 por adelantado. ¡Voy por ti, Bobby!". Esto fue seguido por vítores desde todos los rincones y una ronda de aplausos.

Había una tabla llena en una pizarra gigante. Era claramente un tablero de ventas. Hugo podía imaginarse a los recolectores haciendo fila para irse después de terminar su jornada laboral, marcando sus resultados del día y luego pasándole el marcador de la pizarra a la siguiente persona. Esto lo ofendió. ¿Cuál de ellos se había beneficiado de su deuda? ¿Qué cobrador tocó el timbre y gritó: "El tonto pagó $2,000 por adelantado"?

De pronto, el centro de llamadas quedó en silencio. Sucedió de repente, aunque aparentemente algunos cobradores no habían recibido el memorándum porque hablaban en voz alta o gritaban uno por encima del otro. Pero los jóvenes que habían estado jugando al fútbol, desaparecieron en sus escritorios modulares; todo lo que se podía escuchar eran los timbres de los teléfonos; probablemente el marcador automático que alimentaba las llamadas a los cobradores, y el murmullo de tantas voces a la vez. Alexi, vestido con un traje color canela demasiado grande, apareció ante Hugo. Parecía aún más un bufón; su hija estaba a su lado, sosteniendo su mano y haciendo girar su pequeña muñeca Rapunzel desfigurada. "Pues bien" —dijo Alexi—. "Me pediste que estuviera aquí. Aquí estoy. Por favor, dime, ¿qué piensas hacer exactamente en mi oficina?".

"¡Hola!" —Dulce gritó, y tendió su muñeca para que Hugo también pudiera sostenerla. Parecía cansada, como si no hubiera dormido bien, pero de buen humor. Por mucho que Hugo estuviera resentido con el abogado, lo admiraba en esos momentos. Incluso lo envidiaba. Qué calidez le transmitía al verlo sostener la mano de su hija y percibir que la pequeña Dulce estaba tan relajada y libre en un lugar tan profundamente deprimente.

CLAUDIA ESTABA SENTADA junto a la ventana mordiéndose las uñas. En el momento en que entraron, Dulce se zambulló en la alfombra y comenzó a garabatear en su libreta. Alexi se sentó detrás de su escritorio e invitó a Hugo a sentarse también.

—Es bueno verte —le dijo Hugo a Claudia—. No esperaba que esto fuera un evento familiar completo.

—Bueno —dijo Claudia—. Algo pasó…

—Sí —dijo Alexi—. Anoche, cuando…

—Disculpa —dijo ella—. Por favor. —Y le echó a su esposo una mirada. —Si pudiera terminar, estaba a punto de decir que lo siento mucho, Hugo, por la forma en que me comporté anoche. Estaba frustrada. La verdad es que no quería estar sola en la casa hoy. Por eso estamos aquí. Te necesitamos.

Alexi se inclinó hacia adelante, buscó en su teléfono.

—Sí. Anoche, tuvimos una situación —dijo y sonrió—. Y estoy muy contento de que haya sucedido. Sabes que Claudia no creía en nada de esto, ¿verdad? Mira, cariño, no estoy discutiendo, solo digo. No creías en nada de eso hasta anoche.

Claudia se encogió de hombros.

—Está bien. Está bien. Solo ve al grano.

Alexis sonrió. Parecía estar divirtiéndose. Tomó un sujetapapeles y procedió a escarbar debajo de sus uñas.

—Anoche, mientras estábamos en la cama, mi esposa vio algo. ¡Finalmente!

—No fue algo. Fueron muchas cosas —agregó ella.

—Sí. Ella dice que vio estas cosas sombrías. Algunas de ellas estaban paradas alrededor de la cama mirándonos dormir. Algunos trepaban por las paredes y los techos. Una estaba de pie al lado de Dulce, sosteniendo su mano. Y cuando ella vio esto, gritó, ¿sabes? Así de asustada se puso. Gritó tan fuerte que me despertó. Salté de la cama y encendí las luces, pero allí no había nada. Esta vez no vi nada. Dulce tampoco.

—Pero vi una de esas cosas sosteniendo la mano de nuestra hija —dijo Claudia, y se puso de pie, paseando por la habitación, con las manos entrelazadas—. ¡Yo lo vi! ¡Mira! No hay forma de que regrese sola a la casa.

—Mami. Hoy te estás comportando como una tonta.

—¿Así que tenía razón, entonces? —Dijo Alexi—. Ahora lo admites. ¡Tenemos fantasmas!

—Vete a la mierda, Alexi. Deja de lucir tan feliz por esto.

—El lenguaje, por favor —apuntó Alexi.

—Puedo preguntar —dijo Hugo, acercándose a la situación con delicadeza—, ¿llevabas uno de los brazaletes protectores que les dejé? Pueden ayudar a alejar el mal. Por eso los dejé. Si el mal intenta atraparte, el nazar lo absorbe. Es una buena defensa contra los malos espíritus.

—¡El brazalete! —Exclamó Alexi—. Por supuesto. Estoy usando el mío. Dulce tiene el suyo.

—Yo no usé el mío —dijo Claudia, y se dio la vuelta—. Y ahora me siento tan estúpida.

Hugo sacó la pulsera de su bolso y se la entregó. Claudia se lo puso enseguida y lloró.

—Gracias. Yo solo… no sé qué pensar.

—Me parece muy bonita tu pulsera, mami.

—Entonces, ahora que estamos todos a bordo —apuntó Alexi—, ¿cómo puedo librar a mi familia de este mal?

El pensamiento inicial de Hugo fue: "no se trata solo de tu familia. Yo también estoy experimentando esto". De hecho, dudó antes de responder a la pregunta de Alexi. Una parte de él quería ser honesto, confesar que él también había sido visitado por estos demonios en terribles visiones. Pero todo parecía tan ridículo. Era mejor concentrarse en el plan. O, al menos, centrarse en los clientes, ahora y reflexionar sobre sus propios miedos más tarde.

—¿Vas a ayudar a mi mamá? —preguntó Dulce, y Hugo, ungido por el pedido de la niña, pensó: "¿y si hago lo que siempre he hecho?". Hasta este punto, las pulseras parecían funcionar. Hugo se enderezó y manifestó, con toda la autoridad de su cargo.

—Necesito saber todo sobre tu negocio. ¿De dónde viene el dinero, dónde lo almacenas, cómo lo inviertes?

—No voy a hacer eso —anunció Alexi.

—¿Por qué no? —Claudia gritó.

—Esa información está regulada por leyes federales, estatales y locales. Es confidencial.

—Solo díselo —pidió Claudia, golpeando a Alexi.

—No. Escucha. Si quieres saber, al menos debería saber la razón, ¿verdad? ¿Por qué?

—Porque —explicó Hugo— sospecho que no es tu casa la que está embrujada, sino tu negocio. Es tu línea de trabajo, Alexi. El dinero que recolectas proviene de personas oprimidas. Todo lo que se necesitaría, en mi opinión, es que alguien en el interior maldiga tus finanzas, y ahí lo tienes. Cualquier cosa que compraras, como tu casa, por ejemplo, estaría contaminada por esa maldición. Esta es mi teoría.

—¿Mis finanzas están embrujadas?

—¡Sí! La maldición puede originarse en tu línea de trabajo.

—No sé. Esto suena como una exageración —dijo Alexi. Se puso de pie, rodeó el escritorio y se sentó frente a Hugo—. Espero más de ti, especialmente con lo que te estoy ofreciendo. Entonces, si vamos por este camino, si voy a revelarte esta información, entonces dime. Tú crees que es mi patrimonio. Tú crees que es mi línea de trabajo.

Por supuesto que lo dirías. Eres un deudor. Pero, ¿dónde está tu prueba? ¿Cómo sabes que esto es, de hecho, el caso? ¿Cómo sé que no me estás engañando?

Hugo sonrió. En cada interacción que había tenido con Alexi, había estado reuniendo pruebas. La idea de que el trabajo de Alexi podría ser la causa del fantasma se le había ocurrido a Hugo desde el principio. Sin dudarlo, Hugo se inclinó y le explicó: "La primera vez que te embrujaron, no sabías qué era el espíritu. Pero, lentamente, llegaste a reconocerlo. ¿Cuál era el nombre de ese primer espíritu?".

Antes de que Alexi respondiera, pareció entender.

—Se llamaba Rocío. Y ella era deudora tuya, ¿no es así?

Alexis asintió.

—Sí. Era una buena deudora. Ella falleció trágicamente.

—¡Rocío! —Dulce gritó—. ¿Estás hablando de mi Rocío?

Claudia negó con la cabeza.

—No puedo creer que haya estado en negación todo este tiempo.

—Pero —dijo Alexi—, ¿estás sugiriendo que Rocío es responsable de esto?

—No —indicó Hugo—. Absolutamente no. Hay alguien en quien aún no hemos pensado, moviendo los hilos. ¿Recuerdas lo que dijiste sobre la fiesta de Navidad? Eran empleados. ¿Te das cuenta?

Alexis asintió.

—¿Pero quién podría ser? ¿Quién, aquí, haría tal cosa?

Claudia, que había estado escuchando atentamente hasta ese momento, se acercó a Alexi y lo empujó:

—Sé quién es —afirmó—. ¡Por supuesto! Es Gloria. Gloria está haciendo esto. Ella está metida en toda esa santería.

—¡No! —Exclamó Alexi—. No suscribo esta teoría. ¡Gloria nunca lo haría!

—Entonces déjame decir esto —apuntó Hugo—. Cuando entré aquí hoy, pude sentir el mal que irradiaba en esta oficina. El origen está aquí. Estoy seguro. Apuesto a que incluso puedes sentirlo, si lo intentas.

—¿Y cómo se supone que se siente el mal, exactamente? —le preguntó Alexis.

—Se siente como si hubiera algo en tu piel, pero cuando lo alcanzas, no puedes agarrarlo. Es como tener el cabello de otra persona sobre ti, o como tener mil hormigas arrastrándose sobre ti. Inténtalo. Y verás. Cierra los ojos y lo sentirás.

Así que eso fue precisamente lo que hicieron Alexi y Claudia. Cerraron los ojos y esperaron que el mal los atacara con picazón. Solo que este truco no funcionó. Hugo había esperado que les picara con el mero hecho de pensar en ello. Entonces, cuando Alexi respondió con "no sentí nada en absoluto", pudo haber sido el final del trabajo de

Hugo, si no hubiera sido por Dulce. Porque en ese mismo momento empezó a rascarse la piel, a retorcerse y a quejarse, "mami, mami, haz que se detenga", y al verla responder tan visceralmente a la sugerencia de Hugo, ya no quedó ninguna duda en sus mentes que el mal había surgido, de alguna manera, del bufete de abogados. Y cuando Hugo roció a Dulce con agua bendita, deteniendo así la picazón, incluso él creyó que estaba en lo correcto.

HUGO SUPO QUE Gloria trabajaba en la firma de abogados en la habitación más segura: el lugar donde se guardaban los documentos confidenciales hasta que pudieran triturarse. Esta era también la sala donde la empresa mantenía sus servidores y se almacenaban los datos relacionados con los millones de dólares de deuda que poseían. Gloria, en definitiva, era la persona a través de la cual convergían las operaciones. Tenía sentido para Hugo que si hubiera una maldición en algún lugar, esta sería la ubicación perfecta.

—Ella ha estado conmigo desde el principio —afirmó Alexi—. Ella incluso creyó en mí cuando yo tenía el negocio de las multas de tránsito. Es una gran empleada, nunca se queja, solo mantiene la cabeza gacha y hace bien su trabajo. Ni siquiera pide más dinero. Ha hecho un buen trabajo protegiendo a la firma. Y…

—Siempre confiaste demasiado en esa mujer —observó Claudia—. Hace que me pregunte…

—Ay, Claudia —dijo Alexi—. Por favor. No sigamos por este camino otra vez. Ni siquiera sabemos si ella es la que nos está haciendo esto. En este momento, es solo una teoría. Hugo y yo vamos a comprobarlo.

—Sí —afirmó Hugo—, esa habitación que mencionas, esa habitación segura. ¿Me puedes llevar ahí?

—Claro —invitó Alexi, y abrió el camino, dejando a su esposa e hija en su oficina.

ALEXI GUIÓ A HUGO hacia el centro de llamadas por el comedor, a través de un armario de mantenimiento que conducía a un pasillo poco iluminado. Había cajas apiladas a cada lado. El pasillo parecía como si no se hubiera utilizado en años; telarañas colgaban de las lámparas. Un estornino revoloteaba de un lado a otro. "¿Cómo llegó eso aquí?" —Alexi preguntó, agachándose mientras pasaba a tientas. Más abajo, una puerta de malla de acero separaba la oficina principal de Alexi de la de Gloria. El acceso requería una tarjeta llave y un escaneo biométrico. Hugo pudo ver que a Alexi le gustaba la alta seguridad. "Mira esto" —apuntó, poniendo su pulgar en un escáner. Cuando la puerta se abrió, Alexi invitó a Hugo a entrar y le dijo: "Eres una de las cinco personas que han puesto un pie aquí. Tiene que ser de esta manera. ¿Quieres saber por qué?". Hugo no respondió, por lo que Alexi continuó: "La ley dicta que los datos alojados por mi empresa estén protegidos bajo estas medidas".

Una vez que la puerta se cerró de golpe detrás de ellos, entraron al ala sellada. "Qué raro, pensó Hugo. ¿Quién alquilaría un espacio de oficina costoso y no lo usaría?".

Por el camino, Hugo se asomaba a través de las puertas; vio habitaciones enteras vacías, iluminadas sólo por la dura luz de la mañana. Casi esperaba ver a sus demonios, cada uno sentado en su propio escritorio, trabajando, pero no había nadie. El olor de ese camino recordaba un lugar bajo tierra, no propio de las personas vivas; olía como una cripta. Hasta que Alexi entró en la oficina pequeña y sin ventanas de Gloria.

Ella estaba almorzando temprano y todo el espacio olía a vinagre y cebolla. Su envoltorio de Subway estaba abierto sobre una pila de hojas de cálculo, donde cada línea pertenecía a una persona endeudada. Gloria, que estaba tan sorprendida y genuinamente hospitalaria, lo recibió con una cálida sonrisa. Preguntó: "¿Cuál es la ocasión? ¿Una visita de santero?". Detrás de ella, orgullosamente, había una foto de dos jóvenes en edad universitaria. Hugo se sentía culpable, pero nada de eso importaba. Porque Gloria, esa mujer que había estado escondida, que había estado al lado de Alexi desde el principio y que, convenientemente, trabajaba con el dinero de sus cuentas, cargaría con la culpa. La solución para este fantasma requería un acto sagrado, un momento de daño. En apariciones anteriores, se había conformado con cosas menores, pero Hugo necesitaba resultados, y ella sería la que abriría la puerta del camino de Eleguá.

Hugo soltó: "¡Necesitamos saber, bruja! Dios sea nuestro testigo. ¿Practicas la santería o el ocultismo en esta habitación? ¡Muéstrate, bruja! ¡Muéstrate!".

Gloria se volvió hacia Alexi y Hugo, todavía masticando su sándwich. Debió haber pensado que la declaración de Hugo era lo más divertido que había escuchado, especialmente viniendo de un hombre adulto vestido con ropa ceremonial de un rojo tan intenso. Se rio de buena gana. "¿Bruja?". Levantó la mano como si fuera a lanzar un hechizo y dijo "puf", casi desplomándose. "¿De qué se trata todo esto?" —Se volvió hacia Alexi—. "Esto es una broma, ¿no? ¡Me estás haciendo una broma! ¿Quién es este comemierda?". Sin embargo, algo en la expresión de Alexi debió haberle dado la indicación de que no se trataba de una broma. "Jesucristo, ¿realmente crees que soy una bruja? Estoy tan confundida. ¿Qué está sucediendo?".

Hugo se puso un guante de látex.

—Por favor, Alexi, ignórala. Revisa los gabinetes junto a la pared. Estamos buscando cualquier cosa que se destaque. Como la bolsa de *wanga*. ¿Te acuerdas, verdad?

Mientras Alexi buscaba en los gabinetes, disculpándose por la interrupción, Gloria dijo:

—Tengo un mal presentimiento sobre este hombre. Él es bastante sospechoso.

Alexi asintió, pero procedió a revisar su archivo de todos modos, y Gloria, quien estaba claramente ofendida por la complicidad de Alexi, se lo permitió.

—¡Después de todo! De verdad crees que soy una especie de bruja. ¡Vete a la mierda, Alexi!

Ante esto, Alexi negó con la cabeza.

—No. No, por supuesto que no pienso esto, Gloria. Pero…

—No tienes ningún derecho —dijo, ahora por principios—. Esto no es Cuba. Este es un país libre. —Señaló a Hugo y dijo—: Tú, sal de mi oficina. ¡Los dos, ahora mismo, coño!

Ella estaba observando a Hugo demasiado cerca. Él sabía que tendría que distraerla, así que fingió un accidente. Tomó una pila de papeles y los deslizó sobre el escritorio de Gloria, empujando el almuerzo al suelo. Cuando se cayó su sándwich de atún, Gloria gritó: "¡Mi 'lonchecito'! ¡Qué carajo, babalao!". Y cuando ella se agachó para recoger el desorden, Hugo vació el contenido de su bolso en su escritorio, *plantando* las pruebas.

A pesar de lo astuto que había sido, Gloria notó que algo estaba pasando. Le gritó: "¡Oye! ¡Te vi hacer eso!".

Agarró a Hugo como si fuera a empujarlo, y esto, por supuesto, provocó una pequeña pelea. En verdad, Hugo no había anticipado que ella se pelearía con él; estaba abrumado por su fuerza. Ella lo agarró y, con un golpe de sus anchas caderas, lo envió tambaleándose sobre su escritorio.

Hugo perdió el equilibrio y se golpeó la cabeza con fuerza contra la esquina del escritorio. Cuando se puso de pie, se tocó la sien. Había un poco de sangre y se sintió un poco mareado, pero se paró con orgullo.

—Alexi —gritó Gloria—, ¡este tipo es un estafador!

—Gloria. Necesitas controlarte. Mira lo que le hiciste —dijo Alexi con severidad.

—No. No. ¿No viste lo que él hizo?

"Bien. Mira lo que tenemos aquí", anunció Hugo, alcanzando su escritorio y sacando teatralmente una bolsa de plástico llena de arañas tejedoras de orbes muertas. En la bolsa había fotos de Alexi y su familia, con las caras manchadas, las mismas que Hugo había impreso ese mismo día en la tienda de la oficina. Mientras mostraba todos estos artefactos, se frotaba la cabeza; podía sentir la sangre esparcirse. Qué inesperado, estar herido. Ahora, con su sangre en las manos, untó los artefactos que había plantado.

—Hiciste eso —gritó Gloria—. Alexi, ese era él. ¡Despiértate! ¡Abre tus ojos!

—¿Y esto? —Hugo sacó otra bolsita de caracoles y figuritas de diablitos.

—¿Qué demonios es eso? —Gloria dijo, haciendo la señal de la cruz—. ¡Asqueroso!

—¿Y esto? —Hugo sacó una bolsa de huesos de pollo y una foto de la hija de Alexi.

—Esto es enfermizo —gritó Gloria—. Me voy a enfermar. —Y ella tomó su plato de atún y se lo arrojó a Hugo. En verdad, Hugo había visto venir ese proyectil. Falló, y solo después de que el sándwich chocara contra la pared y goteara en pedazos, ella procedió a golpearlo. Pero no le dolió, o al menos Hugo no sintió el dolor, porque estaba eufórico. Él lo había hecho. Él había ganado.

—¡Gloria! —gritó Alexi, como si le estuviera hablando a su hija—. Afuera ahora.

Al oír la orden de Alexi, se compuso, recogió su bolso y salió al vestíbulo. Parecía como si estuviera a punto de protestar, pero debió pensarlo dos veces porque se deslizó por la puerta, con la cara cubierta por las manos. Alexi sacó su teléfono inteligente, llamó a la seguridad del edificio "¡a paso redoblado!" como si fuera un niño teniente supervisando una operación militar urgente. Hugo tomó la servilleta del sándwich de Subway y la presionó contra su frente.

CUANDO LLEGÓ LA SEGURIDAD, los dos jóvenes cubanitos se pararon junto a Gloria mientras Hugo y Alexi barrían el resto de la oficina. No dejaron ningún rincón sin registrar. Los archivos estaban regados, los escritorios apartados. Y para sorpresa de Hugo, descubrieron no solo cada una de las bolsitas que había plantado, sino que había incluso una cosa más. Gloria tenía escondido su propio pequeño tótem místico: una pata de pollo seca en un collar de cuerda. Hugo lo sostuvo con orgullo y declaró: "¡Lo sabía! Había tanta maldad aquí". "¡Debemos quemar estas maldiciones, inmediatamente! Debemos desechar tus demonios, amigo mío."

Después de poner patas arriba la oficina de Gloria, la abandonaron. Los guardias de seguridad se quedarían observando a Gloria mientras ella recogía sus pertenencias personales. Luego, tomarían su tarjeta llave y la escoltarían fuera del edificio para siempre. Alguien le enviaría un cheque final. Fue una manera brutal de irse para alguien que había trabajado para Alexi durante tanto tiempo. En el viaje de regreso a la oficina principal, Alexi ni siquiera lo miró, pero Hugo pudo sentir que el abogado estaba hirviendo de emociones.

Más tarde, en el ascensor hasta la azotea, Alexi se derrumbó y dijo, con lágrimas en los ojos: "Era como una hermana. Como mi hermana" —Hugo asintió—. "A veces" —dijo Alexi—, "son los más cercanos a nosotros los que causan más dolor". Alexi puso su mano en el hombro de Hugo. "Ella es la madrina de mi hija, por el amor de Dios.

¿Cómo podría no haber visto lo vil que era?". El abogado se secó las lágrimas. "Claudia tenía razón" —dijo—"Nunca debí haber confiado en ella. Gracias, Hugo. Lamento haber dudado alguna vez de ti". Y con esas palabras, Alexi abrazó a su deudor con el afecto reservado para los amigos.

Meli estaría orgullosa de la táctica de Hugo. ¡Sí! Aquí estaba Alexi, un ogro de hombre que le había cobrado a Meli incluso después de la muerte, que probablemente estaba cobrando a todas las personas que Hugo alguna vez había querido, el hombre que había embargado quién sabe cuántos salarios para pagar las facturas de los muertos, ahora completamente destrozado. Hugo, sostenía un cubo de basura metálico lleno de todas las maldiciones, y miraba las puertas del ascensor, sintiendo que la gravedad lo atraía, incluso mientras ascendía a lo alto de la torre y hacia la azotea.

Cuando se abrieron las puertas del ascensor, atravesaron la salida de emergencia y salieron al aire libre. Hugo arregló cuidadosamente todas las maldiciones en el basurero de metal. Como había hecho antes, le pidió a Alexi que orinara sobre las maldiciones y luego, para rematar todo, Hugo vertió líquido para encendedores sobre los objetos y les prendió fuego. Como estaba tan acostumbrado a hacer, había incluido fragmentos de cloruro de bario, lo que hizo que el humo tuviera un aspecto verde y amenazador. A pesar de las dificultades excesivas que Hugo le había causado a esa mujer desprevenida, había algo victorioso en pararse en esa azotea, con vistas a todo Miami, sabiendo que acababa de pedirle a Alexi que orinara sobre la basura.

Tenía ese poder sobre el abogado. Podía hacer cualquier cosa: pedirle que se comiera la bolsa de arañas, o que metiera las manos en el fuego. Alexi estaba tan ido y le era tan fiel que habría hecho cualquier cosa que Hugo le exigiera, y sintiendo la emoción de tenerlo bajo sus pies, Hugo se volvió hacia el abogado y le dijo:

—Mi trabajo aquí ha terminado. Tú y tu familia finalmente están a salvo.

—¿Estás seguro? —preguntó Alexi, con sus manos colocadas en el hombro de Hugo—. ¿Cómo podemos saberlo con seguridad?

—Lo estoy —dijo Hugo—. Sospeché que ella había maldecido tus finanzas. Nunca fue tu casa, Alexi. Era tu negocio. Pero ahora todo está limpio. Estás, de una vez por todas, bien y no tienes por qué preocuparte.

—Ese muy bien puede ser el caso —dijo—. Pero ¿cómo puedes estar seguro? ¿Me lo puedes demostrar?

—Vas a tener que confiar en mí, ¿de acuerdo? —dijo Hugo.

Y Alexi, que había estado mirando al horizonte, se volvió hacia él y le dijo: "Confío en ti".

FIEL A LO pactado, Alexi manejó la deuda de Hugo. De vuelta en la oficina, abrió su cuenta.

—¿Este eres tú? ¿Estas cuentas?

Y cuando Hugo dijo: "Sí", Alexi las cerró con unos pocos clics.

—¡Allá! Hecho. Marcado como pagado. Cerrado. Ya no tendrás que preocuparte por ellas.

—¡Todo cerrado! —Dulce dijo—. ¡Todo cerrado!

—Bueno —comentó Hugo, poniéndose de pie para irse— espero que su familia pueda estar tranquila ahora.

—Muchas gracias —dijo Claudia.

—Y, sin ofender, pero espero que nunca nos volvamos a ver —dijo Hugo, y se rieron.

—De acuerdo —confirmó Alexi, estrechándole la mano.

Hugo había soñado con este día. Nunca creyó que llegaría. Se imaginó saliendo del estudio, tal vez comprando un auto nuevo; comiendo en La Carreta, dándole una buena propina a Bárbara. Pero entonces recordó a Gloria, que probablemente estaba siendo escoltada fuera del edificio con su caja de pertenencias. ¿Estaba él en deuda con ella ahora? Lo más probable es que lo estuviera. Se imaginó, de un solo golpe, a sus siete demonios rodeándola en la calle, dejando atrás nada más que su caja de cosas.

CUARTA PARTE

EL MUNDO
POR VENIR

14

SEIS MESES DESPUÉS de su única aventura, Hugo recibió una llamada telefónica de Meli. Había ido a Planned Parenthood para un seguimiento de una prueba de Papanicolaou irregular donde una enfermera le había informado que había dado positivo por el virus del papiloma humano. Por teléfono, le dijo a Hugo que como no tenía síntomas notorios, el médico le presentó una serie de imágenes para ayudarla entender el alcance de su enfermedad. Mientras el médico volteaba a través de la carpeta, de los genitales infectados de un paciente a los de otro, Meli dijo que todo lo que podía pensar era: "¡Qué asco! ¿Me voy a ver así?".

—Lo siento mucho.

—¿Por qué? —Meli preguntó—. No será que tú me has provocado esto, ¿verdad?

Hugo asintió, tratando de reproducir su noche con Jess en su mente.

—Solo quiero saber cómo sucedió esto.

HUGO SE HACÍA EL TONTO cada vez que podía, pero Meli no era tonta. Sabía que ella sospechaba algo. Una noche, acostada en la cama, viendo viejos episodios de *The Office*, le preguntó: "¿Hiciste trampa?".

Casi se atragantó con sus palomitas de maíz.

—¡Qué! ¿De dónde salió eso?

—También necesitas hacerte la prueba, ¿sabes?

—¿De verdad? ¿Por qué?

—Porque es una ETS —dijo—. Es solo el VPH. Podría ser peor.

—Me alegro de que no sea peor —dijo Hugo.

—Bueno, podría convertirse en cáncer de cuello uterino. Pero ni siquiera estoy tan preocupada.

—¿Cáncer?

—Algunas cepas son peores que otras —explicó Meli—. Las mías no son tan malas.

—¿Qué cepas? Meli, no tienes que fingir que no estás preocupada.

—¿No? Bueno, si sabes tanto, babalao, entonces dime, ¿cómo me pasó esto a mí?

—¿Los médicos dijeron algo?

—Sí —afirmó ella—. Pero empiezo a preguntarme si es importante averiguarlo.

Quiero decir, lo tengo, ¿verdad? Y probablemente tú lo tengas. ¡Sí! Tú también. Entonces, ¿qué diferencia hace ahora?

⁂

MELI LE HIZO UNA CITA A HUGO para una prueba de detección de enfermedades venéreas en Planned Parenthood. Dejó un Post-it azul en la nevera con la fecha y la hora.

Después, cada vez que Hugo veía el Post-it, sentía una sensación de pavor. Apenas podía mirar a Meli, tampoco. Tenía miedo de que ella se enterara de su infidelidad. ¿Cómo podría no hacerlo? A veces le picaba tanto la polla que se rascaba el eje en carne viva, siempre en privado; se duchaba varias veces al día, se tiraba del prepucio y se frotaba y frotaba, tratando de eliminar el virus. Prefería esto a salir él mismo. Podía vivir con una verruga, o con muchas, pero no podía vivir sin Meli. ¿Qué podría confirmar realmente la prueba? Por lo que podía ver, inclinando su basura alrededor de un pequeño espejo, no tenía nada. Pero con su prueba a la vuelta de la esquina y con el temor de que Meli lo dejara, Hugo confió en la única persona en la que confiaba, su supervisora y la dueña de Miami Botánica & Spa.

Lourdes estaba reclinada en una vieja silla La-Z-Boy, revisando su colección de plumas de loro, cuando Hugo entró en la tienda. Vestida toda de blanco, con el rostro enmarcado por mechones de cabello color bronce, parecía una verdadera sacerdotisa yoruba, recostada en su trono. "Hoy no estás" —dijo ella, y aunque él aún no había respondido, pudo ver que ella sabía algo de sus intenciones.

Sacó un pequeño frasco de agua de su cartera y tiró su contenido al suelo. "No vengas aquí" —dijo—, "con tus nubes oscuras y tus relámpagos. No te acerques más."

Ella se rio ampliamente, mostrando dos de sus dientes de oro. Luego recogió sus plumas, las guardó, y tiró de la palanca La-Z-Boy para que su silla se moviera hacia adelante y la detuviera. Era como si hubiera levitado de su silla y se hubiera puesto de pie, como por arte de magia. "Dime, mi principito boliviano, ¿por qué eres hoy un saco de sal? ¿Qué puedo hacer para aliviar su dolor?". Mientras él le explicaba su situación, ella se acercó arrastrando los pies a su tocadiscos Victrola, puso su LP *Alma con Alma*, que sonó tan fuerte que él tuvo que gritar solo para escucharse a sí mismo. Mientras gritaba, se dio cuenta de que esta era la primera vez que unía lenguaje a sus viles acciones. Con Lourdes, sabía que podía ser vulnerable. Se le podía confiar el peor de los secretos. Y tenía la esperanza de que Lourdes buscaría en su inventario y encontraría lo correcto, tal vez una vela, una bolsa de huesos, una estatua, un libro, un puñado de salvia. Él no lo sabía.

La había visto realizar hazañas notables que no podían explicarse. Como aquella vez en que una paloma se estrelló contra el escaparate de su tienda. Él y Lourdes caminaron hasta allí para ver cómo estaba la criatura, que parecía muerta, con la coronilla sangrando y las alas temblando. Entonces Lourdes recogió ese sucio pájaro, le sopló en el pico y ¡fwa! Se fue volando como si nada hubiera pasado. Y en otra ocasión, Hugo estaba llenando los estantes, sudando mucho, cuando Lourdes se le acercó con un trapeador y se alejó. Cinco minutos después, entró una mujer con su nieto y el chiquillo derramó su Slurpee en el piso.

Mientras escuchaba la música, Hugo le contó todo, y cuando terminó, ella le pasó las uñas por el cuero cabelludo y susurró: "Estoy tan contenta de que hayas venido a mí, Hugo. Yo tratare de ayudarte".

Con esas palabras, lo condujo a la trastienda, hacia una piscina inflable para niños que usaba para limpiezas con el sarayeye. "Desnúdate" —ordenó ella, y así lo hizo. "No seas tímido. Ropa interior también".

Bajo la vigilancia de una docena de gallinas blancas, ella le entregó una jarra de un galón de mezcla para baño espiritual: perfume, flores, agua bendita de Miami Beach y mucho romero. Mientras él se bañaba, ella se sentó en una silla plegable, encendió un cigarro; ella fumaba y lo miraba echarse la jarra encima. El fantasma de Celia Cruz cantó con todo su corazón desde más allá de la tumba, su voz amortiguada por la puerta del almacén; y las gallinas, que probablemente serían compradas y sacrificadas al final de la noche, también observaban.

Fue el primer baño espiritual de Hugo, aunque llevaba años vendiendo estos cántaros a la gente. Al principio, la picazón se detuvo. No solo eso, sino que también se sentía más ligero, más ágil. El brebaje frío y el perfume le recordaban su infancia, los baños que su madrina le preparaba en su casa de la montaña, siempre en agua sucia, que ella hacía más apetecible mezclándola con cilantro. Cuando terminó, se secó con una toalla y le dio las gracias a Lourdes. Él se ofreció a pagar la jarra y ella se rio. Él esperaba esta reacción. Para Lourdes, el dinero degradó el más sagrado de sus rituales. Por eso, incluso cuando rechazaba el dinero en efectivo, aún conservaba un tarro de propinas al frente. También hizo que Hugo recogiera el efectivo por ella.

Mientras se vestía, Hugo pensó que dejaría $20 en su bote de propinas al salir, pero luego sucedió algo. Comenzó con las gallinas, que cloqueaban como si acabaran de ver a un lobo dando vueltas alrededor de sus jaulas. Sus gritos eran enloquecedores. Luego comenzó la picazón, peor de lo que nunca había sentido, y no solo en los genitales sino en todo el cuerpo. Pero como no quería ofender a Lourdes, no se rascó, no, frente a ella. Se vistió lo más rápido que pudo, agradeció apasionadamente a Lourdes, luego salió a toda velocidad de la tienda y corrió hasta estar en su auto, momento en el cual se rascó y rascó hasta romperse la piel. Incluso entonces, se rascó más. Estaba en su auto, desgarrándose, con los ojos en blanco, cuando Lourdes apareció a su lado, golpeando la ventana. Él la bajó y ella le dijo: "Si la picazón no desaparece al final del día, nunca te dejará. Rezaré por ti, Hugo".

EL DÍA SIGUIENTE, cuando Hugo finalmente llegó a Planned Parenthood, ya no estaba preocupado. La picazón se había ido, y ya no sentía la culpa de su infidelidad unida a él. Creía que Lourdes lo había limpiado, así que cuando la enfermera se puso guantes de látex, agarró su miembro y lo cubrió con una solución de vinagre, se sorprendió al saber que, de hecho, tenía verrugas genitales. "No están elevadas ni son obviamente visibles" —dijo— "pero están ahí. Definitivamente la tienes. Quiero decir, deberíamos realizar una biopsia para confirmarlo, pero si tu pareja la tiene…". Mientras ella hablaba, sujetando su pene con firmeza y limpiándolo con la solución, Hugo se puso cada vez más erecto. La enfermera solo se dio cuenta cuando Meli se rio, momento en el que lo soltó y le dijo: "Puedo recetarte una crema para esto. Podemos hablar antes de que te vayas…". A mitad de la frase, salió, fingiendo no haber visto nada.

Con todo lo que había pasado, Hugo pensó que Meli lo iba a dejar. Estaba seguro de que su estúpida aventura de una noche arruinaría todo lo que él y Meli habían construido. Si no era así, le preocupaba que haberse excitado con el agarre de la enfermera hiciera todo más difícil, en el mejor de los casos. Pero Meli no se enojó con él. Ella rio. Ella no exigió saber con quién se había acostado, o cómo le había sido infiel. De camino a casa, mientras él maldecía interiormente el baño fallido de Lourdes y temblaba de remordimiento, Meli lo besó en la frente y le dijo: "Lo siento mucho, Hugo. No sé cómo sucedió esto. Lamento mucho haberte dado esto". Y por un breve momento, mientras estaba sentado en medio del tráfico en la 103, pensó: "necesito confesar". Quería contarle sobre la aventura de una noche con Jess. Y estuvo a punto, pero entonces Meli vio a un hombre caminando entre carros, vendiendo churros, y bajó la ventanilla, asomó su cuerpo y gritó: "¡Yo! ¡Aquí!". Hugo le dio $ 5 y, aunque el tráfico se estaba moviendo nuevamente, esperó a que el vendedor pasara corriendo para que ella pudiera comprar su churro.

ELLOS TRATARON SU VPH. Con el tiempo, no prestaron atención a su enfermedad compartida, ya que apenas discutieron sobre sus finanzas. Todo era ordinario y vacuo, con un día que conducía al siguiente, pero sin hablar del paso del tiempo. Cinco años después del diagnóstico inicial de Meli, su prueba de Papanicolaou condujo a una colposcopía, a un diagnóstico de cáncer y a una cirugía. La aventura de una noche que Hugo enterró en la vergüenza se había levantado y herido a Meli; sin embargo, lo había hecho lentamente, en silencio. Para colmo, la familia de Meli también se enteró del diagnóstico y Lena hizo un comentario desafortunado sobre Hugo, llegando incluso a recordarle a Meli que las cosas habrían sido diferentes con un cubano; alguien con honor. *Quizá deberían de haberlo hecho*, pensó Hugo. Meli se merecía a alguien honorable; no alguien como él. Ella se merecía más de lo que él podía ofrecerle.

EL DÍA QUE MELI supo que tenía cáncer, Hugo llegó a la casa temprano del trabajo y aprovechó los raros momentos a solas que él tenía, desplazándose por Instagram, como solía hacer en estos ratos de tranquilidad. Todavía no conocía el diagnóstico de Meli. Jess había publicado un nuevo video, donde lucía un bikini blanco. Probablemente había ido a nadar porque su piel estaba mojada y el material de su bikini era casi translúcido. Estaba bailando una canción que Hugo nunca había escuchado y, a mitad del baile, hizo *twerking*. Con las cortinas corridas, Hugo perdió todo sentido del tiempo y el lugar. Era como si solo Jess en bikini y su erección existieran en este mundo. Cuando Meli llamó con la noticia, su foto de contacto interrumpió el video. Al principio, estaba tan cerca del clímax de su masturbación que pensó en esperar que la llamada pasará para al correo de voz, pero luego recordó que ella estaba llamando con los resultados de su prueba y respondió aturdido.

—¡Yo! Lo siento, no te envié un mensaje de texto antes —dijo—. Ha sido un día tan largo.

—¿Hay noticias? —preguntó Hugo, subiendo el cierre de sus pantalones y saltando de la cama.

—Tengo cáncer de cuello uterino, nene.

—¿Qué?

—Me escuchaste bien.

—Debería ir a buscarte —dijo, encendiendo las luces y casi cayéndose.

—No —dijo ella—. No tiene sentido. Estoy en camino. Llevaré helado a casa, ¿de acuerdo?

—¿Helado? Meli. Quiero saber qué dijo el médico.

—Llevaré el helado y podremos hablar.

—Lo siento mucho, nena.

—¿Está bien con Cherry García? Tengo un antojo, ya sabes. Hablaremos pronto.

Ella colgó. Teniendo en cuenta el tráfico, Hugo sabía que le tomaría alrededor de media hora llegar a casa, especialmente si planeaba comprar un helado. Apagó las luces, se acostó en la cama, reinició el video de Jess y terminó lo que ya había comenzado, alejando a Meli de sus pensamientos hasta que casi se olvidó de la terrible noticia. Solo lo recordó cuando se corrió, y después, mientras se limpiaba, se sintió asqueroso. Al poco rato, Meli entró con sus pintas, un Gimme S'more! y galletas de chocolate con menta. ¿Puedes creerlo? —ella gritó—. ¡No hay Cherry García! Hugo salió a saludarla. Estaba sombrío y todavía de mal humor. Cuando lo vio, sonrió, pero luego la sonrisa se desvaneció y algo muy dentro de ella salió a la superficie. Meli dejó caer las pintas y sacudió la cabeza, como para resistirse a la idea. "Tengo miedo, Hugo. No quiero morir".

15

EN SU CAMINO a casa desde la oficina de Alexi, Hugo entró en las tiendas de Merrick Park, por capricho. Aparcó en el garaje y descendió a la plaza exterior del centro comercial, un hermoso césped bordeado de palmeras reales, cada una envuelta en una cadena de luces blancas. Esperaba que estar cerca de tantos compradores lo ayudaría a sobrellevar lo que le había hecho a Gloria. Quería olvidarse de todo ese día.

Era el día antes de la víspera de Navidad y el centro comercial estaba bastante lleno, pero no repleto. Cada altavoz tocaba la elegante música de la temporada con un volumen adecuado, y en el centro de la plaza, los niños hacían fila para tomarse una foto con Santa. Incluso se sentía un aire fresco, por lo que la gente usaba abrigos y bufandas. Hugo sintió el espíritu navideño en su alma.

Recién liberado de sus obligaciones financieras, Hugo era $535 más rico cada mes. Eso era lo que casi pagaba por su estudio. Incluso esa pequeña choza costaba $625 en Miami, dejándolo, por lo general, con $89.12 por semana para comestibles y gasolina; asimismo para cualquier otra cosa para la que necesitara el dinero. Pero ahora, con su deuda borrada, podía desarrollar un presupuesto semanal de $222.90, y así, podía respirar. Podría, por ejemplo, salir a cenar una vez a la semana. Podía permitirse, cuando fuera necesario, ir a la clínica. Pensó que era asombroso lo que podrían hacer por él $133 adicionales por semana, y sintiendo su nueva riqueza como un símbolo de honor, llamó a Lourdes y la invitó a almorzar en un gran restaurante italiano en la plaza. "Qué sorpresa" —dijo ella—. "Te encontraré allí."

Hugo reservó una mesa con la jefa de sala, pero ¿qué haría mientras esperaba? Podía caminar de un escaparate a otro si quería, o podía sentarse en la plaza y ver a los niños jugar en un pequeño parque navideño. Decidió que tal vez haría algunas compras para las personas más cercanas a su vida. Tal vez le daría a Bárbara otro regalo, y quizá compraría un regalo para Lourdes y para los hijos de su arrendador. Nada loco, solo un poco de algo. Incluso podría conseguir algo para Alexi, Claudia y Dulce. Pensó en la tía de Meli, y en Meli, compraría rosas para el florero metálico que estaba frente a su lápida. ¿Cuándo había hecho algo así por última vez por ella?

Cuando se materializó su lista de Navidad, descubrió que no estaba ansioso que no era como si él planeara poner nada de eso a crédito. Él era libre. Ni siquiera estaba convencido de que realmente compraría para alguien, pero la posibilidad de pensarlo era muy liberadora. Y mientras Hugo fantaseaba con los regalos que compraría, pensó en Santiago, el hombre que fue como un padre para él. Tal vez a él también le compraría un regalo y lo visitaría. Ha pasado tanto tiempo. Siempre se había sentido mal por lo que pasó.

Caminar por el centro comercial, recibiendo todo tipo de miradas extrañas debido a su vestimenta, inspiró a Hugo a comprar ropas nuevas: una camiseta blanca de manga larga y un par de jeans; se sentía bien al usarlas. En el probador, arrancó las etiquetas y, después de pagar, metió su ropa de babalao en la bolsa de compras y se mezcló con todos ellos. Apenas prestó atención cuando, de la nada, una paloma blanca se posó en su hombro y le arrulló en la oreja.

***

LA JEFA DE SALA LOS SENTÓ en la plaza, y Lourdes, que vestía de forma inusualmente informal (pantalones de chándal rosas y una sudadera con capucha rosa), se inclinó sobre la mesa, tomó las dos manos de Hugo y se las apretó. "¡Pusiste las pilas, caballero! Estoy tan feliz por ti" —dijo, estrechándole la mano y sonriendo—. "No puedo expresar con propiedad lo bien que me siento de que haya mantenido su acuerdo". Lourdes bebió un poco de agua. "¿Cómo te sientes? ¡Dime! ¿Cómo te sientes ahora?".

Hugo se sonrojó.

—Me siento genial —dijo—. Y nunca usaré otra tarjeta de crédito en mi vida.

—Eso es bueno. Eso es inteligente. ¿Y terminaste temprano? ¿Estás seguro de que la persecución ha terminado?

La camarera dejó algunos menús, les habló del especial del día (ñoquis con gorgonzola, pera y rábanos sandía) y cuando se alejó, Hugo hojeó el menú. "No, no creo que esté listo" —dijo, bajando el menú—. "Pero espero que lo sea". —Desdobló su servilleta y agregó—: "Hoy quiero atenderte, y quiero que lo sepas, Lourdes."

—Y si no se hace —dijo Lourdes—, ¿qué pasa si te llama dentro de un mes porque los espíritus todavía lo persiguen? ¿Qué pasa si escribe una mala crítica en Yelp?

Mientras Lourdes hablaba, se estaba arreglando sus anillos, girándolos para que estuvieran todos alineados.

—Deberías terminar estos trabajos correctamente.

—Por favor —dijo Hugo—. Vamos a disfrutar este momento, ¿no? Es agradable salir a cenar contigo.

—Eso es muy dulce de tu parte, Hugo. Por supuesto. ¿Cómo estás?

—¡Excelente! Me siento genial. Esta noche, planeo conseguir un poco de sueño, necesito dormir.

—Bien. Bien. Espero que sea relajante —comentó, navegando por el menú—. Ni siquiera sé por qué miro. Siempre pido lasaña. Me encanta la lasaña, del tipo bueno, no ese ragú mierda de Pasta Factory. La salsa de carne y ragú no es lasaña. ¿Tú sabes? Más cocineros necesitan escuchar eso.

Hugo tenía mucha hambre, y todo se veía muy apetecible. Ojalá, se preguntó, hubiera una manera de pedir una muestra de cada uno. Al final, se conformó con los espaguetis a la boloñesa. Llegó la camarera y tomó rápidamente los pedidos. Hugo tuvo la osadía de pedir dos copas de Mumm. "Después de todo, es una celebración" —dijo, y la camarera los trajo de inmediato. Lourdes levantó su copa. Hugo chocó la suya con la de ella.

—¿Y vas a decir algo? —ella preguntó—. Por lo general, la gente dice cosas.

—Esto es por ti, Lourdes —dijo.

—¿Por mí?

—¡Sí! Te odié cuando me pediste que le hiciera ese trabajo a Alexi. Pero mira ahora.

—Bueno —matizó—, tal vez no deberíamos estar celebrando demasiado. —Ella sonrió.

—Lo sé. Lo sé. Solo necesito este momento ahora mismo.

Ella se rio y bebió una buena cantidad del burbujeante champán, y Hugo, sintiéndose bien consigo mismo, dijo:

—Deberías haberlo visto, Lourdes. Tenía a Alexi parado en la azotea, orinando en un bote de basura. Sé que no es agradable decirlo, pero se sintió bien humillarlo de esa manera. Realmente.

—Estoy segura de que sí —afirmó Lourdes—. Sabes, cuando hablas de esta manera, me recuerda que realmente no crees en nada de esto. Eres un babalao, pero realmente no crees en los orishas. —Lourdes bebió un poco más de su champán. —Crees que las cosas que haces son algún tipo de truco. Y tal vez algo de eso lo sea, Hugo. Quizás tengas razón. Incluso yo vendo algunas cosas que parecen engaños.

—Sí, como las velas de dinero —dijo Hugo—. Ya pues. Ya seríamos ricos.

—Me entristece escucharte hablar de esta manera. Respeto tus opiniones. Pero me entristece. Esta es mi vida, Hugo. Es mi historia.

—No, Lourdes, no es mi intención bromear. Respeto lo que haces. Por supuesto.

—Lo sé. Lo sé, Hugo. Pero no respetas lo que haces. Tú tienes poder. Tú, lo tienes.

A esto, Hugo se rio. Bebió un sorbo de su champán y dijo:

—Eso es exagerado.

—Siempre supe que no creías en ti mismo. Pero hay una razón por la que te contraté, y por eso te preparé para ser un babalao. Recuerdo el día que entraste en mi tienda por primera vez. Coño —dijo—. Ahora me siento vieja. Eso fue hace mucho. Entraste buscando un trabajo de medio tiempo y yo no tenía para darte. Estaba luchando financieramente, para ser honesta. Pero luego te vi y sentí que tenías algo apegado a ti, una especie de protección. Fuera lo que fuese, era una magia fuerte, Hugo. Y se quedó contigo durante años. Casi brillabas en él…

—Por favor —pidió Hugo—. Ahora solo te estás burlando de mí.

—Me encantaba ir al trabajo todos los días y verte allí, brillando con ese amor y esa protección. Incluso cuando estaba teniendo una mala semana, podía encontrar consuelo al saber que te vería y la forma en que brillabas con esa calidez. Tu magia no se parecía a nada que hubiera visto antes. Fue especial, Hugo, y me sentí muy afortunada de tenerte en mi tienda. Todo el mundo se sentía así. Esas personas, por cierto, que sufrían de dolor y fantasmas, tú los ayudaste. Eso no fue falso. Siempre pensaste que era gracioso cómo creían en las prácticas y los rituales de mi tienda, pero yo…

—Mira, Lourdes. Si hubiera algo que me protegiera, creo que lo sabría.

—No lo sabías, y mirándote ahora, y la razón por la que te digo esto, la protección se ha ido. El brillo se ha ido, no lo veo no lo siento; te ha ido dejando, poco a poco, desde que murió Meli. Pero hoy, ni siquiera lo veo. Por eso tengo que preguntar. ¿Estás bien?

—¿Eso está bien? Desde su muerte…

—Siempre lo sospeché —dijo —. Déjame no decirlo.

—¿Qué?

—Es justamente eso. Yo siempre sospeché que habías intentado, sabes… Terminar con tu vida.

Hugo asintió.

—Tal vez lo hice.

—Entonces, sé por qué ha estado sucediendo esto. Rompiste la protección que habías tenido. Alguien te ungió con esa protección, y era fuerte, pero la rompiste para siempre.

—Si se ha ido —dijo Hugo—, entonces que se vaya. No sabía que lo tenía. No lo extrañaré.

Con estas palabras, la camarera trajo la comida. Los aromas se apoderaron de la mesa, y procedieron a comer, dejando atrás su conversación. "Increíble" —dijo Hugo, y bebió champán, mientras Lourdes cortaba tiernamente su lasaña con el tenedor. Pero el hecho de que Hugo se hubiera encogido de hombros ante la declaración no significaba que no se quedara con él. Sabía que no debía creer en… ¿qué había dicho ella, un resplandor? Nunca había habido nada que lo protegiera. Si lo hubo, ¿por qué dejó morir a Meli? ¿Por qué le permitió vivir una vida tan dura? Es decir, Hugo sabía, en sus huesos, que el comentario de

Lourdes no tenía ningún mérito, pero le molestaba que ella lo mirara ahora y no viera su "brillo".

Después de comer, Hugo pidió café para los dos y un postre para compartir. Se sentaron en la plaza, sintiendo el aire fresco y cogiendo del pastel una cucharada a la vez. Cuando terminaron de comer y beber, y después de que Hugo hubo pagado la cuenta, se levantaron de la mesa. Lourdes lo abrazó y le dijo:

—Fue una grata sorpresa. Gracias, Hugo. Estoy tan feliz por ti.

Y Hugo, sintiéndose bastante bien consigo mismo, expresó:

—No podría pensar en una mejor persona para celebrar.

—Estoy de acuerdo. Eres como una familia, mi babalao —dijo, y miró su reloj—. Ahora escucha. Este fue un gran caso. No estoy diciendo lo que sucederá, pero deberíamos estar listos para un seguimiento.

—Me lo imaginaba —apuntó—. De hecho, probablemente deberíamos anticiparlo.

Caminaron por el centro comercial sin hablar mucho, y como se hizo tarde y el cielo comenzó a oscurecerse, Lourdes le dijo:

—Ya me tengo que ir. Si tengo noticias de la familia Ramírez, te lo haré saber.

Hugo asintió, entendiendo lo que ella quería decir. Tenía razón al temer que el trabajo no se había hecho totalmente bien. Por ahora, no se detuvo en eso. Se despidió, luego se quedó en el centro comercial hasta la noche, momento en el que condujo a casa, con las ventanillas bajadas y de muy buen humor. No hizo ninguna compra de regalos de Navidad. Tal como estaban las cosas, su excursión había ascendido a $147.16 y, como acababa de escapar de la miseria financiera, no tenía planes de volver a las filas de las deudas de tarjetas de crédito. Tenía la esperanza de que la salida le diera una fuerte sensación de normalidad, una sensación de que las cosas estaban resueltas, pero de alguna manera extraña, había logrado lo contrario. Porque cuando salió del centro comercial, el único pensamiento que tuvo fue lo falso que era todo el lugar, todo sobre él. Se había liberado de deudas solo para poder pasear por una plaza comercial, nuevamente, bajo la amenaza de volver a caer.

16

HUGO SE DUCHÓ CUANDO llegó a su casa y se
puso el pijama, doblando su ropa nueva como la había visto doblada en la tienda. Puso estos artículos nuevos en su
armario y admiró lo frescos que parecían. "Con el tiempo,
pensó, podría reemplazar su guardarropa, llenar cada rincón y grieta de su armario con algo nuevo y limpio". Pero
esta vez sería económicamente responsable. Había cupones,
sin duda, que le permitirían ahorrar, además de códigos
promocionales en línea o aplicaciones para descargar.

Hugo hizo un inventario de su espacio y buscó en el
armario de Meli, donde encontró, detrás del papel de regalo con motivos navideños, la cajita de decoración navideña que ella sacaba con tanto orgullo del armario cada
diciembre. Podía verla, todos esos años, vestida con un pijama festivo y un gorro de Papá Noel, radiante de alegría.
Solo el olor de la caja le recordaba a ella, cómo se tumba-
ban en la cama viendo la televisión, el resplandor de las

luces multicolores que se encendían y apagaban en la sala de estar.

Lleno de la calidez de las Navidades pasadas, Hugo hizo algo audaz. Pegó sus viejas tarjetas de Navidad en la pared. Y encendió sus candelabros. Incluso tomó la cadena de luces multicolores y las colgó alrededor de la ventana, en todos los pequeños clavos que aún estaban allí. La mayoría de la gente colgaba las luces afuera, pero él y Meli las colgaban adentro; les encantaba disfrutar de la luz de sus propias decoraciones. Pero al ver las luces parpadeando a través del estudio, Hugo también recordó su último año: los cientos que había gastado en velas curativas, ungüentos y viales de agua bendita. Quería creer que, de alguna manera, tenía el poder de curarla, incluso si se trataba de dinero, que no tenía. Todo se puso en la única tarjeta de crédito que no estaba al máximo, hasta que también alcanzó su límite. Su pequeño estudio en el extremo norte de la comunidad de Sweetwater se convirtió en un santuario de esperanza y buena salud. Meli lo odiaba. Encontró todos los objetos sagrados desconcertantes. Hugo sabía que los tiraba mientras él estaba en el trabajo. Algunas noches, él la regañaba por hacerlo, incluso si no tenía pruebas. Lentamente, comenzó a desconfiar de Meli. *¿Y si ella también tuviera una aventura?* Y con este pensamiento firmemente plantado en su mente, descubrió que luchaba por demostrar su afecto por ella, hasta que un día, mientras estaba sentado con ella en su pequeña mesa, la luz le daba en la cara, simplemente comenzó a llorar. Meli se sorprendió por su arrebato emocional. "Hugo" —dijo ella, sentándose a su lado—. "Hugo, todo va a estar bien. Vamos a vencer esto. Verás."

No importaba si había hecho trampa o si había tirado las estúpidas reliquias. Hugo se dio cuenta de que lo único que quería, como ella lo consoló ese día, era aferrarse a ella. Para compartir su vida con ella. Todo lo demás, cada miedo o sospecha envenenada, era solo una distracción del hecho de que ella podría morir.

Estaba tan aliviado cuando la cirugía salió bien, más aliviado que cuando ella no tenía cáncer.

A medida que Meli se recuperó, se dedicó a los trámites y las facturas. Sin seguro, sabía que nunca pagarían las facturas médicas. Él no le dijo. No fue hasta que el especialista de Meli le recomendó que ella hiciera fisioterapia que Hugo le confesó que no se lo podían permitir. Él le dijo que pensaba que ella estaba bien, de todos modos. Había estado despierta durante semanas, incluso sentada en medio del tráfico y volviendo al trabajo. Por lo que él podía decir, ella había vuelto a su estado normal, libre de cáncer. Entonces, ambos acordaron que no era necesaria la fisioterapia, pero Meli estaba enojada. Hugo había gastado tanto en objetos espirituales, y ella no pudo evitar decirle a Hugo una noche: "Tal vez si no hubieras comprado toda esta basura, estaría en fisioterapia como debería. Estaría recibiendo tratamiento".

"Bueno" —reflexionó Hugo—, "tal vez si no hubiéramos ido al jodido Disney World...". No terminó su pensamiento. Ni él ni Meli tenían acceso a seguro médico de empleado. Cuando tuvieron seguro, fue porque pudieron inscribirse en Obama Care a $457 por mes. Alrededor de las vacaciones, antes de su cirugía, se atrasó en las primas. Usaron parte del efectivo para ir a Disney y tuvieron el mejor momento de sus vidas. Esta fue idea de Meli. Tenía muchas ganas de cenar en el castillo de Bella. Pensaron que se pondrían al día con sus primas una vez que llegaran los reembolsos de impuestos. Deben haberlos cancelado alrededor de marzo. Para entonces, Meli ya había sido diagnosticada. Cuando se fue a operar, el hospital no aceptó su seguro. Hugo tuvo que firmar algún programa de crédito para que los médicos pudieran seguir adelante. Nada de eso lo sentían como una opción para ellos. Ahora todo lo que tenía de ese viaje era un único adorno de cristal de Bella y la Bestia a punto de besarse junto al árbol. No tenía un árbol para colgarlo, así que clavó un clavo junto a la puerta y lo colgó allí.

UNA VEZ DECORADA LA CASA, Hugo apagó todas las luces del techo y se acostó en la cama, tratando de olvidar aquellos recuerdos de Meli, enferma, sufriente y amargada por cómo había cambiado su vida. Encendió la televisión y buscó Netflix. Apareció en la pantalla de inicio *The Polar Express*. Hugo lo seleccionó. Durante los créditos iniciales, apenas podía mantener los ojos abiertos. El calor de su hogar lo cansaba especialmente. Más aún, se sentía seguro, cómodo, para nada como antes cuando había sentido una presencia maligna. ¡Mira, Hugo! Nada. Tal vez se acabó. Pero justo antes de dormirse, creyó oír la voz de Meli: "Ve a verlo". Sintió una mano alrededor de su garganta, una suave presión, y pensó: "No, otra visión no. Por favor. ¿Puedo tener algo de paz?". Sin embargo, se lo llevaron.

17

CUANDO HUGO VOLVIÓ en sí, estaba de pie ante un gran crucifijo montado en una pared exterior de color azul claro. No era una iglesia, como pensó inicialmente, sino una instalación de vida asistida; conocía el lugar. Era el hogar de ancianos al que Santiago había sido ingresado cuando su mente comenzó a deteriorarse.

Esta no era una de esas instalaciones exclusivas para personas mayores. Desde la calle, uno pensaría que era solo una casa de un nivel, que necesitaba un poco de jardinería y pintura fresca. Una verja blanca de hierro rodeaba la instalación, y el único detalle que, quizás, la delató como una institución médica fue la caja de eliminación de lapiceras para la diabetes frente al timbre. Hugo recordaba muy bien este centro: el Hialeah Happy Assisted Living Facility, LLC. En ninguna parte de la propiedad anunciaban el nombre de la instalación, solo en documentos legales y facturas. ¿Por qué Santiago había elegido esta instalación, de todos los lugares? El precio debe haber sido correcto, pero fue triste que terminara aquí.

Desde el umbral, Hugo podía ver la nuca de Santi, su cabello tan espeso y rebelde. ¡Más allá de él, en la tele, estaba *Plácido*! Hugo reconoció el comienzo de la película de inmediato: la plaza pública, el pequeño automóvil adornado con guirnaldas, una estrella fugaz gigante apoyada sobre él y la voz de un hombre que pedía a la gente que ofreciera su tiempo para los menos afortunados. Esta era *su* tradición.

Cuando se mudaron por primera vez a Omaha, Hugo y Santi veían esta película cada Nochebuena. Después, serían voluntarios en un comedor de beneficencia en la iglesia cercana. Hugo recordó esas mañanas, no despertando en una sala llena de regalos debajo de un árbol, sino con la responsabilidad de hacer el bien a los demás. En aquellas mañanas frías y festivas, se vestían con sus galas domingueras y, tomados de la mano, se aventuraban por las calles de la ciudad, y en esos paseos por terraplenes de nieve y sobre la sal de la acera, Santi abrazaba a Hugo, como si él fuera realmente su padre, y jugaban un juego. Señalaba las ventanas de los apartamentos y preguntaba: "¿Qué crees que están haciendo en este momento?". Hugo, que entonces era todavía un niño, imaginaba las mañanas navideñas más increíbles, y en esas breves imaginaciones, era como si él y Santi vivieran vidas diferentes, no caminando por la nieve, sino sentados con extraños alrededor de un árbol, compartiendo sus experiencias.

LLEGARON A Omaha cuando Hugo tenía nueve años y se fueron a Miami el día que Hugo cumplió catorce años. Pasaron cinco años en el centro de Omaha, en un pequeño apartamento a nivel del suelo.

Santi fue amable y paciente. Hugo nunca sintió miedo a su alrededor, incluso cuando él realmente no conocía al hombre. Eran extraños al principio, y siguieron siendo extraños al final. Pero ahora, mirando a Santiago en el centro de vida asistida, Hugo anhelaba esos años; le dolía recordar cada destello, cada gema de luz, cada acto de ternura, todo a la vez, lo que no había podido ver cuando era un joven adolescente. Recordó la escarcha de la ventana, los juegos que jugaban, calentitos bajo una manta, dibujando tres en raya en el cristal. Recordó el frío, y la bufanda que Santi le envolvía una y otra vez, y recordó, en esos rituales matutinos, cómo Santi le recordaba, cada día, "no pierdas los guantes". En ese entonces, Hugo no pensaba en sus guantes. Los perdía todo el tiempo, pero Santi nunca lo amonestaba. A pesar de su pobreza, siempre había un nuevo par. "¿Cómo debe haber sido, pensó Hugo, ser Santi, criando al hijo de otra persona tan lejos de casa?".

"¡ARMANDO! ", SANTIAGO GRITÓ. "¡Armando! ¡Armando!". Hugo entró solemnemente en la habitación. Era una habitación grande; olía a pis y a limpiador de suelos. Había un separador de tela entre una cama y la otra y no estaba claro si Santi estaba solo o no. Hugo se acercó a su cama. "Santiago", susurró. Luego, con fuerza, dijo: "Santi". No hubo respuesta.

Sin afeitar, Santi se veía en mal estado, especialmente sin su dentadura postiza. Parecía como si su boca se hubiera hundido sobre sí misma. Estaba casi irreconocible. "¡Armando!", gritó.

En su último día sin problemas juntos, habían ido a cenar a Denny's, y Hugo estaba enojado porque quería estar en una celebración de bienvenida, una reunión en el patio de alguien después de un partido de fútbol de la escuela secundaria. Pero Santi había presionado; había algo importante que necesitaba compartir. Hugo era un adolescente y había pedido un Grand Slam sabiendo que Santi lo juzgaría. Pero Santi no dijo nada, como solía hacer, dándole a Hugo espacio para tomar sus propias decisiones. Después de comer, y mientras esperaban un trozo de tarta de queso para compartir, Santiago dijo: "Escucha, Hugo" —él hizo una pausa—, "vi a tu padre la semana pasada".

Hugo se rio.

—Sí, claro.

—Él estaba en la ciudad, y cuando nos encontramos, preguntó por ti.

Hugo dejó caer su tenedor.

—¿Qué quieres decir? ¿Aquí? ¿En Miami?

Santi asintió.

—¿Todavía está aquí?

— Mira, Hugo. Sabes que estas cosas son complicadas —dijo, pero sacó un sobre que estaba hinchado con dinero en efectivo y lo deslizó sobre la mesa—. Él quería que te diera esto.

Hugo tomó el sobre, sintió su peso.

—Así que él estaba en la ciudad, ¿en serio?

—Quiero que sepas —dijo Santi, extendiendo la mano y tomando la mano de Hugo—, le dije que no aceptaría el dinero. Que tendría que dártelo él mismo. Pero, aquí estoy, sosteniendo su dinero.

—Y este dinero —cuestionó Hugo, hojeándolo—, ¿por qué quería que lo tuviera?

—No sé.

—¿Y a ti? ¿Qué te dio?

El camarero empujó el plato de postre entre ellos. Santiago susurró: "Gracias".

Hugo ni siquiera esperó a que el camarero se fuera. Soltó: "Tremendo padre".

—Hugo —pidió Santiago—. Cálmate, por favor.

—Dame su número de teléfono. ¡Vamos Santiago! Dame su puto número —dijo Hugo.

El camarero se alejó. Santiago inclinó la cabeza y dijo: "Cuida tu lenguaje".

—El número de teléfono, por favor.

—No, lo siento. No lo haré.

—¿Y quién eres tú para tomar esa decisión? —gritó Hugo—. Ni siquiera eres mi familia.

—Sé que estás enojado —dijo Santi—. Pero es suficiente con decir que estás enojado.

En retrospectiva, Hugo apreciaba su honestidad. Pero ese día, pensó que Santiago estaba siendo condescendiente. Respondió volteando la tarta de queso y diciéndole a Santi: "¿Es esta una declaración suficiente para ti?". Salió, con el dinero en efectivo en la mano. Y como no tenía auto, tomó un autobús hacia su escuela secundaria. Fue entonces, bajo la luz opaca de un autobús vacío, que Hugo juró mudarse, usar el efectivo para encontrar su propio lugar. Pronto se daría cuenta de que no era suficiente dinero. Pero tal vez fue bueno que no fuera demasiado porque Hugo gastó mucho en bares, saliendo con amigos, yendo de un sofá a otro. Casi suspendió el curso escolar solo por las ausencias.

Fue un milagro que mantuviera la disciplina para presentarse a trabajar en la botánica. Cuando Lourdes lo vio enfurecido y sin aliento y obligado a hacer algo de lo que se arrepentiría: dejó que Hugo se quedara con ella un rato, solo hasta que pudo valerse por sí mismo. Hugo no quería tener nada que ver con Santi ni con nadie de Bolivia ni con Bolivia en general. Todavía veía a Santi de vez en cuando, y hablaban por teléfono cada cierto tiempo, pero las cosas nunca volvieron a ser iguales. El daño ya estaba hecho.

LA PRIMERA VEZ que volvió a ver a Santi, Hugo había vuelto para recoger sus pertenencias. Santi se llenó de alegría cuando lo vio y dio un paso adelante con los brazos extendidos, pero Hugo se encogió de hombros. "Lo siento" —dijo Santi—. "Es solo que te he extrañado. He estado tan preocupado por ti, Hugo. ¿Te puedes quedar a cenar?". Y Hugo dijo con frialdad: "¿Por qué finges que somos algo?". Incluso cuando Santi intentó una respuesta, Hugo se negó a escuchar. Caminó hasta su habitación cargando cajas vacías y empacó las cosas que siempre había llevado consigo. Antes de irse, Santi le entregó a Hugo el rosario de su hermano. "Estás olvidando esto. No sabía que dejaste de usarlo. ¿Aún lo quieres?". Y Hugo, en lugar de mostrar gratitud, se lo quitó de la mano a Santi y salió disparado por la puerta.

Luego Hugo no volvió a ver a Santi durante mucho tiempo.

Diez años después fue que Hugo lo volvió a ver. Había estado casado con Meli por un tiempo, y finalmente se abrió con ella sobre Santiago. La historia rompió el corazón de Meli. "No puedo creer" —dijo—, "que me estés hablando ahora de este amable hombre". Ella le había exigido, dándole un puñetazo en el pecho, que Hugo hiciera las paces con él. Para entonces, Santi ya estaba en la residencia asistida. La visita comenzó agradablemente. Santi aún no había perdido sus facultades y, la verdad, era lindo ver a Meli interactuando con la única persona que quedaba del pasado de Hugo. Ella lo peinó, escuchó sus bromas. Se veía hermosa, y aunque Santiago nunca lo dijo, parecía orgulloso de Hugo. Aun así, durante la visita, Hugo se controló. Apenas tocó a Santi y miraba constantemente su reloj.

Entonces Meli le dijo: "Mira. ¿No es lindo perdonar y olvidar?". Pero Hugo no estaba listo para hacer las paces. Había demasiadas preguntas, algunas que Hugo se acababa de empezar a hacer. De hecho, en un momento de espíritu de paz, trató de hacer algunas preguntas. Intentó hablar como si su corazón no estuviera acelerado, como si no hubiera ira dentro de él. Pero Meli podía ver la tensión, y siguió acariciando a Hugo tratando de calmarlo, hasta que

Hugo gritó: "¿Dónde estabas, Santiago, cuando vivía mi hermano? ¿Tuvo que morir para que me encontraras? Ni siquiera me has dicho el nombre de mi padre. ¿Eres tú?".

Para tener crédito ante Hugo, Santiago respondió cada pregunta.

—No —dijo Santi—. Yo no soy tu padre.

El padre de Hugo se llamaba Armando Fernández, no Contreras. Hugo era un bastardo. Nació fuera del matrimonio. Su padre, al parecer, era un político de alto rango con una familia propia. El tipo trabajaba muy cerca de Evo Morales, pero ¿qué le importaba eso a Hugo en ese momento? Todo lo que escuchó fue "bastardo". Había sido descartado, no reclamado. Todos estos años, se había preguntado acerca de sus padres. Esto solo planteó más preguntas. ¿Había sido violada su madre? Después de embarazarla dos veces, ¿al menos su padre había hecho algún esfuerzo por mantenerla? Hugo ya no pudo contener su ira. De repente, todo tuvo sentido. Hugo no era más que basura, los restos sobrantes de la conquista europea. Santiago era solo otro hombre blanco que permitía la violencia colonial. En lugar de gritar y hacer un espectáculo, dijo: "Solo quería que mi esposa te viera. Vamos, Meli. Vamos". Así lo dejaron. Hugo estaba en la puerta esperando a Meli; ella se tomó su tiempo. Besó la frente de Santi y dijo: "Fue un placer conocerte. Espero que nos volvamos a ver". A lo que Hugo respondió: "Nunca lo volverás a ver".

Meli no habló con Hugo durante toda una semana después de la visita a Santiago. Incluso cuando lo perdonó, su resentimiento permaneció. En un paseo nocturno, dijo: "¡Tú no estás bien de la cabeza! Ni una sola vez le preguntaste por qué se preocupaba por ti. ¿No quieres saber? Si fuera yo me hubiera gustado saber.

—Pero —dijo Hugo—, ¿y si él dice algo que no puedo dejar de escuchar?

—¿Cómo qué?

—¿Y si él nunca se preocupó por mí, Meli? ¿Y si siempre fui solo un favor?

—Ay, Hugo. ¿Realmente crees eso?

—Yo sí —dijo—. Desearía no creerlo.

❧

LA ÚLTIMA VEZ que Hugo vio a Santi, acababa de enterrar a Meli. Hugo estaba angustiado, y en su estado, tuvo un impulso abrumador de reconectarse con Santi y compartir lo que había sucedido. Pero no lo hizo. Mientras conducía hasta el centro de vida asistida, se registraba en el frente y caminaba hacia la habitación de Santi, solo se quedó en la puerta. No encontraba fuerzas para entrar en la habitación. Se quedó de pie, mirando la nuca de Santiago y escuchando *The Price Is Right*, que sonaba en otro cuarto.

Cuando una enfermera le preguntó si estaba bien, Hugo se disculpó y luego se fue.

Ahora, de pie ante Santiago en esta visión, Hugo deseaba poder recuperar su tiempo. Recordaba con tanto orgullo el momento en que cruzaron la frontera entre México y Estados Unidos. Hugo había escuchado historias de terror sobre el viaje y no sabía qué esperar. Pero cuando cruzaron, allí no había ni un solo oficial de inmigración. Era una noche oscura, fresca. Se sentaron en una roca, tal vez a una milla de la frontera, y compartieron el último trozo de pan que Santiago había comprado para el viaje. Luego se tumbaron en la roca y miraron las estrellas. Hugo imaginó a su hermano allí arriba, mirando hacia abajo con los muchos ángeles en el cielo y echándole protección. Se imaginaba así a Víctor porque imaginarse lo contrario, con El Tío, le resultaba demasiado difícil. Santi dijo: "Esta noche es una buena noche para pedir un deseo".

Y Hugo grabó su vista en una estrella y dijo: "Deseo a mi familia". Y Santi, que lo conocía desde hacía menos de dos meses, lo abrazó y le dijo: "¿De qué hablas? Somos familia. ¡Tú eres mi familia!" Y recordando esto, lo mucho más joven que Santi parecía entonces, Hugo quiso estirar la mano y abrazar al hombre, estrecharlo contra él y disculparse por haber estado distante todos esos años.

"¡Armando! ¡Armando!". Una enfermera entró trotando en la habitación, le acarició la mano y le dijo: " Ya, Santiago. Tu hermano no está aquí. Armando no está aquí." Y lo peinó con amor hasta que quedó limpio y respetable. Hugo no estaba seguro de haber oído bien a la enfermera.

—¿Que acabas de decir? —preguntó Hugo.

La enfermera no respondió. Hugo necesitaba saber. ¿Santi era su tío?

—¿Y su hijo, Hugo? —Santi dijo—. ¡Mi sobrino! ¿Dónde está mi sobrino Hugo?

—No. No —dijo la enfermera, hablando con Santi—. Hugo no está aquí hoy.

La enfermera se acercó a la cortina divisoria y la apartó. Y allí, en toda la gloria del infierno, estaba El Tío. El diablo rojo, directo de la montaña. Era la misma estatua a la que él y su hermano Víctor habían rezado. ¡Qué realista! Las ofrendas que los jóvenes mineros habían dejado a lo largo de los años rodeaban el tótem. Ver a El Tío conmocionó a Hugo, pero después de la conmoción inicial llegó a comprender que solo era una estatua. Siempre había sido solo una estatua, y no había nada que temer. Hugo se sintió avergonzado de haber tenido miedo de un tótem rojo tan feo en la montaña. Superstición. Eso fue todo. "¡Armando! ¡Armando!". Santiago gritó. La enfermera salió de la habitación.

Entonces alguien se aclaró la garganta. No fue Santi. Tal vez fue la enfermera. Hugo miró a su alrededor, esperando que de pronto aparecieran los demonios, como en todas sus visiones. ¿Saldrían de las tejas del techo? ¿Se deslizarían por las tuberías del baño? Hugo estaba de guardia, protegiendo a Santi. Y, al final, los demonios no llegaron. Ahora dirigió su atención a la estatua; algo estaba mal. Parecía muy vivo. No como una roca en absoluto, sino como una cosa con conciencia. Para dejar a un lado sus temores, Hugo se acercó a la estatua y la empujó. Podía tocarlo. "Y pensar que te tenía miedo", dijo. Fue entonces cuando El Tío se levantó de su trono. Botellas de cerveza vacías rodaron por la pequeña habitación. Los muchos collares de cuentas que adornaban su torso tintinearon.

Hugo cayó hacia atrás, casi chocando contra la pared, pero recuperó la compostura y evaluó cuidadosamente su situación, dándose cuenta, una vez más, de que estaba en un sueño. Nada de esto era real. Ninguna de sus visiones había sido real. Saber esto lo tranquilizó hasta que el fuego comenzó a arder suavemente a los pies de El Tío como leña. Fue algo hermoso. Entonces todo El Tío estalló en llamas y Hugo pudo sentir el calor. Quería despertar. Gritó: "¡Tú no existes!". Pero El Tío dio un paso hacia Hugo, quemando la pared de tela, el fuego que se extendía por el techo y las sábanas de la cama de Santiago, llamas verdes, como las que hacía Hugo cuando mezclaba cloruro de bario con los objetos que quemaba para sus clientes. Las llamas parpadearon como mil manos pequeñas, extendiéndose hacia arriba y rodeando los agujeros negros de los ojos del diablo. Hacía un calor insoportable en la habitación y, aunque era un sueño, Hugo sudaba profusamente. "¡Armando! ¡Armando!" Santiago gritó, y Hugo no pudo soportar más el sonido del nombre de su padre. Necesitaba rescatar a Santi, y lo intentó, pero las sábanas estaban muy apretadas, las ruedas de la cama estaban trabadas y Hugo no sabía qué hacer. ¿Debería empujar la cama y sacar a su tío a rastras? Si lo hiciera, ¿la caída no rompería la cadera de su tío? ¿O debería tratar de apagar el fuego? Pero no había extintor de incendios. Sin nada que hacer, el fuego se propagó rápidamente. Hugo vio las piernas de Santi crujir, arder y estallar; lo vio quemado vivo, gritando: "¡Armando! ¡Armando! ¡Armando!". Justo cuando estaba subsumido por el fuego, las llamas se extinguieron, y El Tío, que ya era un cuerpo de carbón, agarró a Hugo del brazo y le dijo, con la voz melódica e inconfundible de su hermano Víctor: "¡Solo devuélvelo! ¿Recuerda? Solo devuélvelo, Hugo, y luego huye para que nunca pueda encontrarte".

Y con eso, Hugo despertó. Estaba en la cama, la sábana chamuscada en el contorno de su cuerpo, el detector de humo sonando, aunque no había llamas. Era medianoche. Y ahí en su piel estaba la mano de El Tío, fresca, cauterizada. Lo sintió antes de ver la quemadura. El dolor era insoportable. Quería vomitar.

Hugo puso su brazo bajo agua fría y la dejó correr, esperando que el dolor se calmara, pero no fue así. Así que se envolvió una toalla mojada alrededor de su brazo y levantó su teléfono, que estaba casi sin batería, para obtener indicaciones y llegar al hospital. Pero antes de que pudiera encontrar las direcciones, vio que tenía seis llamadas perdidas, la mayoría de Alexi, con algunas de Lourdes. Y tenía dos mensajes de texto. Al ver los mensajes se asustó. Se sentó en el borde de su cama y leyó los textos. El primero era de Alexi: "¡Llámame! ¡Necesitamos hablar!". El segundo, de Lourdes: "¡Encuéntrame en casa de los Ramírez! ¡De inmediato!".

Este fue el trabajo de los demonios en sus sueños. Hugo lo sabía y sabía que la familia Ramírez estaba en peligro. Sin ni siquiera escuchar los mensajes de voz, salió corriendo, se subió a su auto y se alejó a toda velocidad, con una toalla mojada apretada firmemente contra su brazo, la quemadura aún se irradiaba a través de su brazo.

18

DESPEINADO Y EN pijama, Hugo aceleró hacia un semáforo en rojo y luego lo atravesó. Más tarde, mientras
salía de Florida Turnpike, se acercó a tal velocidad que casi
se sale de la carretera y se mete en la hierba. Estaba conduciendo con una mano y presionando la toalla fría envuelta
alrededor de su brazo con la otra. A lo largo del camino,
trató de atenuar la quemadura. *¿Se sobrecalentó mi teléfono?*
Había visto un informe sobre personas que estallaban en
llamas y, por irracional que fuera, comenzó a preguntarse
si tal vez él era el tipo de persona predispuesta a la com-
bustión espontánea.

Evitó mirar por el espejo retrovisor. Cada vez, incluso
si era solo una mirada, veía la sombra fugaz de algo en el
asiento trasero, y recordaba a los siete demonios, y por absurdo que pareciera, podía sentirlos rodeándolo ahora, a la
espera de cobrársela en su alma. Estaba seguro de que no
estaba solo en el coche. Fingió que todo estaba bien porque

¿qué más podía hacer? ¿Detener el coche y enfrentarse a los demonios invisibles que lo perseguían?

Hugo palpó su rosario. Todavía estaba allí, envuelto alrededor de su muñeca como un brazalete. Como estaba nervioso, apretó las cuentas con los dientes y contra sus labios, muy secos y abrasivos. Este era un hábito que había desarrollado cuando era niño, y que él mismo había dejado hacía mucho tiempo. Le sorprendió volver a hacerlo. Podía saborear el cuero del rosario disolviéndose en su lengua, convirtiéndose lentamente en nada, esa cosa que le había quitado a El Tío hacía muchos años que una vez había pensado que lo protegía.

CUANDO HUGO LLEGÓ a la propiedad de Alexi, todo parecía estar bien. Había esperado algo inquietante, sacado directamente de una película de terror. ¿Dónde estaban las luces parpadeantes, la bandada de estorninos? ¿Dónde estaban los espectros asomándose por las ventanas? ¿Las muñecas demoníacas? Todo era terriblemente normal en Hialeah Gardens. Lo único agresivo estaba en la azotea: las luces navideñas valoradas en miles de dólares.

En el frente, había montones de sillas y algunas mesas largas probablemente dejadas por una empresa de suministros para fiestas. Y aunque estaba oscuro, Hugo podía ver la carpa para la Nochebuena que se había montado en el césped. Hugo sabía cómo celebraban los cubanos. Podía imaginarse el cerdo gigante que sería asado, cómo los hombres se quedarían de pie junto al animal para ver cómo la piel se doraba y la grasa se derretía. En su paranoia, se preguntó si los fantasmas de las visiones de Alexi estarían ahora ahí afuera, esperando.

El pequeño Toyota Corolla de Lourdes estaba estacionado afuera y había otro automóvil, un Mercedes-Benz blanco. "Espera un segundo", dijo Hugo. Ese es de Lena. Estaba asombrado al verlo. ¿Realmente Alexi lo había recuperado? No puede ser, Hugo se frotó los ojos y se dirigió, con urgencia, a la puerta principal. Tocó y Lourdes la abrió lentamente, solo un poco, luego más, y le hizo un gesto a Hugo para que entrara. "Fuiste demasiado rápido" —susurró ella—. "Parece que tenemos un problema serio. Prepárate. Este comemierda y su mujer están llenos de veneno esta noche."

Todo estaba todavía en la casa. El árbol de Navidad brillaba tenuemente y, aparte de las dos lámparas de la sala de estar y la característica luz de la luna de la pecera sucia, una oscuridad similar a una cripta se enconaba en la casa de Alexi, de modo que parecía como si una congregación de espíritus estuviera observando a Hugo. Alexi, Claudia y, para sorpresa de Hugo, Gloria esperaban en la sala de estar, cada uno frente a la espantosa muestra de arte de Alexi.

Hugo supo, al instante, que esto no terminaría bien. Todos se veían sombríos, excepto Gloria, que tenía una gran sonrisa en su rostro. Frente a Gloria, y abierta sobre la otomana gigante, había una computadora portátil. Hugo no podía ver la pantalla, pero comenzaba a sospechar que los mensajes de emergencia no se trataban de un fantasma, en absoluto.

Lourdes se dirigió al diván y procedió a intentar ponerse cómoda. Buscó a tientas las almohadas hasta que se sintió bien apoyada, y luego se dejó caer, todavía luciendo bastante incómoda. Al ver a Hugo, Alexi se puso de pie y lo saludó cordialmente, casi demasiado profesionalmente. "Así es como debe sentirse el ganado, pensó Hugo, antes de ser sacrificado". Porque ahí estaba Alexi, claramente preparándose para montar algún tipo de denuncia, sin expresar ni enfado ni alegría. Simplemente invitó a Hugo a sentarse en el sofá entre él y su esposa. "Sin faltarte el respeto" —dijo Hugo—. "Es medianoche. Me gustaría saber por qué me has llamado."

Alexi tardó un momento en responder, y en ese pequeño espacio, Hugo continuó: "Recibí tus mensajes y pensé que algo había sucedido. ¿Estás bien? ¿Han regresado los espíritus?"

Claudia, que todavía estaba en camisón, dijo: "¡Jesucristo! Tienes muchos cojones. ¡Los dos!". Y Lourdes, tratando de mitigar la situación, dijo: "Chica, no hay necesidad de tanto enojo. Escuchémoslo. No sabremos toda la historia hasta que él no las cuente, ¿de acuerdo?".

Esta fue la señal de Gloria para voltear la computadora portátil hacia Hugo. Eran imágenes de seguridad de la oficina. "¿Bueno?". Él estaba confundido. ¿Por qué miraba el escote de Gloria? Entonces se dio cuenta. Estas fueron imágenes de su espacio de trabajo. No se le había ocurrido, en el calor del momento, que habría vigilancia. ¡Por supuesto que la habría! "¿Qué estoy mirando?", Hugo preguntó con calma.

Tenía una idea de cómo resultarían las cosas. La quemadura en su brazo irradiaba dolor y era más pronunciado ahora. Gloria le dio al *play* y narró lo que estaba pasando como una niña que no te deja ver la película porque quiere contarte todo, jugada a jugada, antes de que suceda.

Hugo no quería escuchar la versión de Gloria de los hechos. Se concentró en las imágenes y allí, exactamente a las 11:43 a. m., ella detuvo la grabación. Claro como el día, las cámaras de seguridad habían captado a Hugo plantando evidencia en los gabinetes de Gloria. Al ver pasar las imágenes en el video, Hugo pensó que se veía tan torpe con su traje rojo de santero. Parecía que había ganado peso. El video marcó su alma. Quería una repetición. Porque ahí estaba Hugo, de rojo y negro, metiendo la mano en su saco y lanzando maldiciones por toda la oficina de Gloria. Era como el Papá Noel de las maldiciones falsas. No había lugar para la duda. En un momento, antes de que Gloria lo abordara, incluso miró a la cámara, y aquí fue donde Gloria detuvo el video: Hugo mirando la pantalla, con una sonrisa tonta en su rostro. "¿Lo ves?" —dijo Gloria—. "Este desgraciado en realidad está disfrutando esto".

Claudia golpeó el hombro de Alexi.

—Invitaste a este ladrón a nuestra casa. Fantasmas, fantasmas, tú y tus malditos fantasmas. Hablaste tanto de eso que incluso yo comencé a ver cosas. —Se dirigía a Alexi como si no estuvieran ni Hugo ni Lourdes—. ¿Qué vamos a hacer?

Y Alexi, que había estado sentado tranquilamente, se levantó de su asiento y dijo:

—Explícame esto, Hugo. Lourdes dice que puedes explicarlo. Explicar. Porque si no pueden explicarlo, los demandaré a ambos.

A lo largo de su vida, Hugo había adquirido la extraordinaria capacidad de recomponerse en tales situaciones, pero ahora, su cuerpo lo estaba traicionando. Sintió que se estaba cayendo. Estaba sacudiendo la cabeza y alejándose nerviosamente de Alexi como un niño a punto de ser golpeado. Lourdes, que claramente esperaba una respuesta más matizada de Hugo, dijo: "¡Hugo! Responde al hombre". Y así, Hugo se recompuso. Miró el video, con su sonrisa tonta, y pensó en todas las formas en que podría mentir en esta situación. Podría, en primer lugar, apelar a la relativa paz de la casa de Alexi. Ya no había fantasmas, ¿verdad? Tal vez había plantado las maldiciones para llamar la atención sobre las maldiciones invisibles que Gloria estaba difundiendo en el bufete de abogados. Todavía quedaba la pata de pollo. Tal vez podría usar eso para enmarcar a Gloria como una bruja, deseando el mal a la familia. Luego pensó: "No, estoy mejorando". Podría decir que el video en sí era magia negra. Gloria de alguna manera había alterado las imágenes para que pareciera que Hugo era culpable, ¡y no lo era! "Tal vez, pensó Hugo, podría decir que el demonio que acechaba a la familia de Alexi necesitaba algún tipo de sacrificio, y que despedir a Gloria era suficiente para ahuyentar a la malvada presencia". Había numerosas ficciones que Hugo podría haber inventado como siempre lo había hecho, pero eligió esta: "Soy un fraude". Cuando dijo esto, Lourdes se puso de pie y gritó: "No seas comemierda, Hugo. No tú no lo eres".

—Pero lo soy —dijo, sintiendo el ardor de El Tío abrasarlo en ese momento. —¿Cómo puedo mentirle a esta gente, Lourdes? Sabes —dijo Hugo, ahora mirando hacia Alexi—, te odiaba. Todavía te desprecio. El trabajo que haces, realmente creo que tienes demonios comiendo tus entrañas. Ese coche de ahí. Ese coche.

—¿Qué pasa con el coche? —Gloria gritó.

—Sé de quién tomaste eso. Eso es lo que ustedes son parásitos, hongos que se alimentan de las cosas muertas y en descomposición de este mundo. Y te odio, Alexi. No tienes idea.

—Llama a la policía. Ya he escuchado suficiente —pidió Claudia, y caminó hacia la cocina.

—Sí —dijo Alexi—. Espero que sepas que estaré...

—Déjame terminar —gritó Hugo, poniéndose de pie ahora—. El día que murió mi esposa, justo después de haber visto su cuerpo hundido en la tierra, llegué a casa y, ¿sabes?... ¿Sabes lo que encontré cuando llegué a casa? Una carta certificada de tu empresa. Mi esposa estaba muerta y tú estabas exigiendo dinero. Me demandaste por ese dinero. Embargaste mi salario. La enterré, y tú recuperaste tus finanzas, y me las has estado pasando por mi cara desde el día que murió. ¡Eres un monstruo!

—Deudores —dijo Alexi—. Todos sois iguales. Pides dinero. No lo pagas, y luego vienes a mí como si fuera el enemigo. Yo no soy el que se extralimitó. Eres tú —reconociendo que había sido un poco insensible, agregó—: Y, por supuesto, lamento que la hayas perdido. Pero tienes que entender, yo no le hice eso. Mi negocio tiene un lugar como cualquier otro.

—¿Entonces así es como vives contigo mismo?

—¿Terminamos aquí? —dijo Alexi—. Me gustaría que te fueras.

—Coño, Hugo —dijo Lourdes—. Basta ya. Este es nuestra señal.

Tomó a Hugo de la mano y se dirigieron a la puerta principal. Mientras avanzaban, Alexi, incapaz de contenerse, gritó:

—Vas a tener noticias mías, Lourdes. Tú también, Hugo. Esto no desaparecerá —Y como eso no era suficiente, saltó hacia la puerta, un paso gigante delante del otro, y casi susurró—: Si antes pensabas que tu deuda era grande, solo espera, Hugo.

Y Hugo, que para ser honesto estaba cansado y emocionalmente incapacitado, se soltó del fuerte agarre de Lourdes y se abalanzó sobre Alexi. No estaba pensando. Agarró la camisa del abogado con ambas manos y se clavó en él, empujándolo, casi derribándolo, con la intención de hacerle daño de verdad.

Justo cuando Alexi se estaba poniendo de pie, Hugo volvió a embestirlo, pero esta vez Alexi se apartó del camino con la agilidad de una maldita bailarina, y Hugo se estrelló contra su enorme pecera. Esto le dio a Alexi la oportunidad de tomar represalias. Cargó contra Hugo y lo derribó contra el acuario, con fuerza. Fue entonces cuando la base de madera del tanque se agrietó y se dobló, y al escuchar esta fractura, ambos hombres se pusieron de pie y retrocedieron. Vieron cómo la madera se derrumbaba y el tanque se estrellaba contra un costado, rompiéndose y derramando más de 750 galones de agua salada en la sala de estar.

Gloria, que estaba sentada en el sofá, levantó los pies y gritó: "¡Mierda!". Lourdes saltó sobre una silla. Claudia, que había salido corriendo de la cocina para ver de qué se trataba toda la conmoción, fue abordada por un pequeño maremoto de agua de acuario. Ella resbaló y aterrizó sobre su codo. Peces tropicales y corales pasaron rodando junto a ella. El agua llenó la sala de estar, salpicando los muebles y las paredes. El árbol de Navidad se cayó, las luces se apagaron en el momento en que tocaron el suelo. Y en ese momento, Claudia, de rodillas, gritó: "¡Babalao! ¡Arruinaste mi Nochebuena!".

Alexi, sentado entre todo eso, miró alrededor de su casa. La expresión de su rostro le recordó a Hugo las fotos que había visto de las víctimas del huracán en los periódicos, la forma en que se paraban y miraban hacia el lugar donde una vez estuvo su hogar, sin esperanza. A los pies de Alexi estaba su propio pequeño y preciado tiburón, luchando por su vida. Y debido a que todavía quedaba algo de agua en el tanque, no se había roto por completo, Alexi actuó rápidamente. Agarró al tiburón con ambas manos y luego lo empujó suavemente hacia el tanque, pero el tiburón realmente estaba tratando de zafarse, moviendo su pequeña cola de un lado a otro. Cayó de sus manos al tanque. Pero debe haber sido herido por un pedazo de vidrio roto porque comenzó a sangrar profusamente. Se dejó caer salvajemente y logró encontrar la brecha abierta;

pronto estuvo de vuelta en el suelo de travertino, muriendo lentamente.

Mientras todo esto sucedía, Hugo retrocedía. Lourdes le había estado señalando: *Hora de irse*. Pero Alexi, al ver a Hugo junto a la puerta, chapoteó en el agua, lo agarró por la camiseta del pijama, cerró el puño como para darle un puñetazo, y fue entonces, en medio de esta escena, que un terrible chillido eclipsó la conmoción, como si un árbitro hubiera emergido de las sombras y hubiera hecho sonar un silbato. Todo el mundo estaba estupefacto. Luego, lo volvieron a escuchar, un chillido penetrante que trajo el silencio absoluto a la casa.

Era Dulce, gritando a todo pulmón como si estuviera poseída. Estaba de pie en lo alto de las escaleras, observando cómo se desarrollaba la escena. Estaba pálida, casi azul. Hugo supuso que estaba reaccionando al espectáculo del tanque destrozado hasta que Claudia gritó tras ella y corrió hacia las escaleras. Lourdes, que había visto lo que estaba pasando mucho antes que Hugo, le susurró al oído: "Mira bien, Hugo. Pero trata de no alarmar a todos. Ella no está parada en el suelo".

Eso era cierto. Estaba levitando, o al menos eso parecía. Pero cuanto más miraba Hugo, más empezaba a verlo: la piel como una roca, los ojos huecos, el torso envuelto en hilos de tela de colores. "¿Ves esto?" —le preguntó a Lourdes. Ella asintió. El Tío sostenía a Dulce por el cuello y la presentaba a la sala como si fuera su ofrenda. Por la forma en que la sostenía, no estaba claro si podía respirar. Parecía estar en otra parte, sin responder. Para sus padres, debe haber parecido un ángel flotante. De repente, El Tío se dio la vuelta y desapareció en el segundo piso, llevando consigo a la hija de los Ramírez. Y luego todas las ventanas se hicieron añicos.

ALEXI Y CLAUDIA subieron las escaleras a toda prisa. Gloria, por otro lado, pasó junto a Hugo. "Voy a echar un patín", dijo.

Hugo hizo un gesto para que Lourdes la siguiera, pero ella lo agarró de la camisa y le dijo: "Mi babalao. No vas a dejar a la familia en este estado. Terminemos el trabajo, ¿no?". Por la forma en que lo dijo, Hugo sabía que este era el único curso de acción. ¿Cómo viviría consigo mismo si los abandonaba ahora?

Cuando las ventanas se hicieron añicos, el vidrio se había transmutado en arena; granizó sobre la sala de estar y cubrió los muebles. Algunas de las partículas flotaron por la habitación. La pura fuerza de la implosión había sacado las pinturas de la pared. Una brisa fresca recorrió la habitación. Los gritos de Claudia y la visión de El Tío y el hedor rancio del agua de acuario, todo ello abrumó a Hugo.

Temía por su vida. "Lourdes" —susurró, entrelazando su mano con la de ella—, "¿qué vamos a hacer aquí? ¿Por dónde empezamos?".

—Vamos a salvar a la niña —dijo Lourdes, tirando de su brazo.

—¿Pero no deberíamos llamar a la policía?

—¿La policía? —Ella rio—. Siempre estás bromeando.

Juntos chapotearon por la sala de estar, pisando la más hermosa variedad de peces tropicales, algunos revoloteando dramáticamente, otros resignados a su destino. Aunque Hugo estaba conmocionado, Lourdes estaba resuelta. Cuando se encontró con el pequeño tiburón moteado de Alexi, le pidió a Hugo que lo agarrara. "¡Pero es un tiburón!" —él apuntó. Lourdes no dudó ni un momento. Ella misma lo recogió y lo sostuvo muy relajada, incluso mientras sangraba por toda ella. "Por la ofrenda" —dijo ella—. "A Eleguá".

Subieron las escaleras: Lourdes primero, sosteniendo al tiburón por la cola, y Hugo siguiéndola, tratando de mirar más allá de ella para ver hacia dónde se dirigían exactamente.

—¿También viste a la bestia? —preguntó Lourdes—. Era el mismo que vi en mi sueño, Hugo, hace apenas unos días. ¿Qué es esa cosa?

Tan pronto como Lourdes se giró e hizo la pregunta, notó la huella de la mano grabada en su brazo. Agarró el brazo de Hugo.

—¿Te hizo esto? ¿Cuando?

Y sintiendo la quemadura irradiando a través de él, Hugo dijo:

—Él es el demonio de mi ciudad natal. Lo llamábamos El Tío.

—Está bien, mi babalao —dijo ella, acariciando su espalda—. Él no puede hacerte daño. Él no tiene poder sobre ti ni sobre mí. Si lo tuviera, ya lo habría usado.

Hugo no estaba tan seguro, pero este no era el momento para un debate. Él siguió apretando tanto su rosario que sentía cómo se deshacían las cuentas, y allí, a su lado, sintió su deuda; lo acompañó, incluso entonces.

ALEXI Y CLAUDIA estaban reunidos en el otro extremo del pasillo, agazapados frente a la puerta de su dormitorio vacío, el mismo que Dulce había utilizado como su lienzo. La vista de la puerta cerrándose una y otra vez fue aterradora. ¿Qué está pasando? Casi parecía como si algún tornado hubiera brotado de las tablas del piso de ese pequeño dormitorio. La presión era insoportable. Mientras tanto, Alexi estaba golpeando la puerta, y cuando los golpes no funcionaron, usó su cuerpo como un ariete. Y aunque Alexi era un tipo pesado, esto no tuvo ningún efecto. "¿Vas a ayudar, o qué?" —el grito. Así que Hugo se alineó junto a él y corrieron a la puerta. En el último momento, Hugo vaciló. Alexi no lo hizo. Saltó en el aire para intentar dar un gran golpe, pero chocó con Hugo y ambos cayeron al suelo en un doloroso montón. Alexi lo agarró por la camisa, hizo un puño y le hubiera dado un puñetazo a Hugo en la cara si Claudia no hubiera intervenido y gritado: "¿Qué estás haciendo? Están aquí para ayudar". Alexi asintió y tiró de Hugo para que se pusiera de pie. "¿Aquí para ayudar? Entonces muéstranos que no eres un estafador".

DESDE EL PRINCIPIO, Claudia se había mostrado escéptica sobre los fantasmas de Alexi, pero el tiempo para el escepticismo había terminado. Se disculpó humildemente y le rogó a Lourdes que la ayudara. "Por supuesto" dijo Lourdes. "Por supuesto, mija. Por favor, pídale a su esposo que cierre la boca y se haga a un lado. Rápidamente."

Con la puerta despejada, explicó lo que sucedería. Ella planeó hacerle una ofrenda a Eleguá para que pudiera abrir el camino. "Deben pararse detrás de mí, ¿de acuerdo?". Hugo inmediatamente se puso en línea. "Tú no, tonto" —dijo ella, golpeándolo—. "Hugo, por favor. Necesitaré tu ayuda".

Lourdes depositó el tiburón ante el umbral de la puerta y recitó un conjuro. De un solo golpe con su puño, sacó al tiburón de su sufrimiento. Luego, cogió una hoja hecha de una concha marina afilada y cortó las tripas del tiburón, dejando que se desangrara sobre el travertino. Era experta con el cuchillo, cortando con facilidad la gruesa piel con manchas de leopardo de la criatura. Era una criatura hermosa, incluso cuando estaba siendo abierta. Hugo podía ver por qué Alexi lo admiraba.

La puerta del dormitorio se sacudió adelante y atrás más violentamente que antes. Algo estaba pasando. Hugo podía escuchar los sonidos de las rocas al asentarse y el crujido del metal. Podía oler el fuego, sutil al principio, luego más fuerte. El humo salía por debajo de la puerta. Alexi, que estaba esperando, tomó su teléfono celular y marcó el 9-1-1. Apenas pudo pronunciar una palabra porque Claudia estaba llamando a gritos a su hija. Cuando Dulce no respondió, les gritó a Lourdes y a Hugo, tirando toda la cortesía por la ventana. Le gritaba a todo y a todos hasta que Alexi la abofeteó y le dijo: "¡Nena! Estoy tratando de hacer una jodida llamada telefónica", momento en el que se apoyó contra la pared y lloró.

Mientras todo esto sucedía, Lourdes rezaba a Eleguá. Presionó al tiburón, dejando que su sangre empapara el suelo. Y como no había suficiente sangre, tomó al tiburón por la cola y procedió a golpear su cuerpo contra la puerta, salpicando sangre por todas partes. Cuando hizo esto, mientras llovían pequeñas partículas de tripa y carne, la puerta pulsó con más violencia, como si estuviera reaccionando.

—¡Abre la puerta, Hugo! —ella gritó—. ¡Abre la puerta, ahora!

Pero Hugo estaba demasiado asustado. Esto no era lo que había firmado. Él retrocedió. Alexi, animado por la oportunidad, agarró el pomo de la puerta y tiró. De un solo golpe, la puerta voló de sus goznes y lo arrojó por las escaleras. Lourdes estaba boca abajo en el suelo, inconsciente, con un charco de sangre formándose alrededor de su cráneo. Claudia, que había evitado lastimarse, miró a Hugo con pánico, luego trató de acceder a la habitación, pero en el momento en que cruzó el umbral, una fuerza invisible la arrojó por el pasillo, casi por encima de la barandilla. Ahora dependía de él.

Hugo se dio cuenta, de una vez por todas, que algo mucho más grande y misterioso estaba en el trabajo, pero había poco que pudiera hacer. No importa lo que dijera el certificado que colgaba en la tienda de Lourdes, él era un fraude. Un don nadie. No había un hueso espiritual en su cuerpo. Lo sabía con absoluta certeza. No tenía por qué participar en ningún trabajo para cazar un fantasma. Sin embargo, si se daba vuelta y se iba dejando a Dulce a su suerte, ¿podría vivir consigo mismo? Salió humo de la habitación. Todos los letreros apuntaban a la salida, hasta que algo se apoderó de su mano; no estaba seguro de qué, pero escuchó una voz que sonaba como la de Meli y decía: "No seas idiota. Ella es solo una niña". Y cuando escuchó esta voz, Hugo vio lo que parecían ser duendes ardientes que salían por la puerta y pinchaban al tiburón muerto con tridentes, cada uno estallando en llamas y convirtiéndose en cenizas. Algunos marcharon hacia él, tirando de los pantalones de su pijama, tirando como niños pequeños cansados que quieren que los carguen, que quieren que los lleven a casa.

Envalentonado, Hugo entró en la habitación llena de humo. Se preparó para el impacto, pero no hubo ninguno. Así que siguió adelante, y como no podía ver nada por el humo, ni respirar bien, palpó con urgencia, con la esperanza de encontrar la mano de Dulce. Lo que encontró, en cambio, fueron rocas. Se aventuró más hasta que el humo se disipó, hasta que ya no estaba en la casa de Alexi, hasta que el piso de madera se convirtió en piedra y la pared seca se volvió irregular y fría al tacto. A lo lejos, podía oír los picos y los taladros, y el débil sonido de los cantos de los mineros. Hugo podía oler la dulzura en el aire, la ranciedad. También había oscuridad, la ausencia de luz, tan familiar. Al escuchar a Dulce pedir ayuda, Hugo se apresuró y se adentró más en el abismo.

QUINTA PARTE

FIN DE LA ETAPA
(FIN DE ESTO)

19

HUGO CREYÓ QUE LLEVABA MUCHAS horas en la mina. Se había aventurado tan lejos y tan profundo que hacía tiempo que había perdido toda esperanza de encontrar el camino de regreso. E incluso si lo hiciera, ¿dónde estaría? ¿En casa de Alexi? ¿O en algún lugar de la montaña de su juventud? Intentó no pensar en los detalles.

Respirar era una tarea. A esta profundidad de la mina, los niveles de oxígeno eran bajos y eso lo mareaba. Aunque Hugo seguía los gritos de Dulce, parecía alejarse cada vez más de ella, y cuando ya no podía escuchar su voz, se topó con un camino iluminado por faroles. Lo condujo a un salón cavernoso. Las linternas iluminaban las bases de columnas notablemente grandes, tan altas que desaparecían en la oscuridad. No había nada clásico en ellas; eran serpentinas, segmentadas, adornadas con rostros gruesos, de cejas pobladas, estoicas. Era como si Hugo no estuviera en el fondo de una montaña, sino en algún templo precolonial olvidado. Entre las columnas había montones de basura. Hugo se dio cuenta de que no era basura, sino ofrendas: botellas vacías, baratijas, juguetes y todas las cositas que los mineros habían dejado a lo largo de los años.

Cuando él y su hermano trabajaban en las minas, siempre le habían quitado a El Tío: tapitas de botella, retazos de tela de colores, monedas, cigarrillos sin fumar, cualquier cosa que les llamara la atención. Esto no era una falta de respeto. Muchos niños lo hacían. El Tío era un diablo generoso; les prestaba a los niños pequeñas baratijas y juguetes mientras trabajaban. Los mineros podrían haber desaprobado las acciones de los niños si hubieran sido atrapados, pero El Tío, no. Todos los niños sabían eso. Los protegió en las minas sin importar lo que hicieran. "Pero todo es un truco", había dicho Víctor una vez, con las mejillas sonrojadas por el trabajo del día. Estaba girando una tapa de botella. "El Tío da y da, y solo hay una forma de pagarle".

—Es solo una estatua —había dicho Hugo.

Y Víctor negó con la cabeza. "No. Él es real, Hugo. Un día, él también nos tendrá a nosotros".

Más adelante, había una mesa de comedor de piedra vestida inmaculadamente con un hermoso camino de mesa dorado y plateado. El Tío se sentó en un extremo de la mesa, y frente a él, había una silla vacía y un plato de plata. Había un festín en la mesa: fuentes de cuartos de pollo especiados a la barbacoa, chuletas de cerdo en salmuera con romero, salchichas, lomo de ternera y carnes con hueso de todo tipo asadas a la perfección. Varios cuencos de plata rebosaban de bayas, manzanas, peras, rodajas de sandía y piña. Se había preparado una ensalada mezclada con diminutas flores comestibles de color naranja y con una vinagreta que olía a cítricos y tenía notas de jengibre. El postre estaba en el otro extremo de la mesa, cerca de El Tío: un pastel de diablo rojo, su glaseado exuberante; un flan sentado en un charco espeso de caramelo dorado y, al lado, un tazón de crema batida y canela. Y al ver a El Tío allí, tal vez Hugo se hubiera asustado por la luz tenue y las facciones oscurecidas del ídolo, excepto que el diablo de la montaña dijo, con tanta calidez: "Hugo. Bienvenido, mi niño perdido. Bienvenido a casa".

Hugo no podía apartar la mirada de la estatua de El Tío, el viejo de las minas, el rostro reparado, inamovible. Al saludar a Hugo, El Tío no sonrió ni frunció el ceño. Hablaba con una expresión apagada, como si tuviera un altavoz alojado en su interior. Hugo no estaba seguro de qué decir, pero se preguntó por qué El Tío prepararía un festín tan extravagante, hasta en los aderezos para la mesa.

—¿Has olvidado? —dijo El Tío—. Siempre debemos comenzar con nuestra ch'alla.

Hugo estaba atónito. ¿El Tío acababa de leer su mente?

—Sí, leí tu mente. Ahora, siéntate. Por favor, Hugo. Participa en tu costumbre.

Hugo se alejó de la mesa. Los bordes de la habitación se habían sumido en la oscuridad, e incluso si tuviera que correr, solo se perdería. No quería sentarse y compartir la compañía de este diablo. Quería encontrar a Dulce e irse. Y aunque no dijo estas cosas, El Tío las sabía.

—Cuando tu tío te pidió que te sentaras en los escalones de la iglesia, lo hiciste. Aunque no quisieras. Te sentaste porque era español. Pero tú no te sentarás delante de mí, yo que he estado aquí antes de que llegaran sus carabelas, antes de que tiraran su mierda en el mar y llegaran a la orilla.

Hugo se sentó a regañadientes a la mesa. No pudo acercar su silla. También estaba hecha de piedra. Así que se sentó en el borde de su asiento y examinó la mesa. Hambriento como estaba, no confiaba en el banquete, ni estaba de humor para participar en la ch'alla. El Tío se movió, la piedra se desmoronó y se agrietó mientras lo hacía. Tomó una pata de llama de un plato se la machacó en la cara y luego bebió un trago de vino. Fue grotesco. Aunque el demonio de la montaña parecía estar imitando el acto de comer, no poseía la capacidad de comer. La llama fue aplastada contra los dientes tallados de la estatua, el vino se derramó por las grietas de su cuerpo rocoso. "Cómo te he extrañado, hermano" —dijo El Tío, con una voz que era inconfundiblemente la de Víctor—. "¡Es un gran regalo verte ir y hacer una vida en *América*!".

—¿Víctor? ¿Cómo podría ser esto?

El Tío se rio y arrojó la pata de llama sobre la mesa. "¡Come!" mandó.

Hugo se sirvió unos muslos y una guarnición de patatas.

—¿Es esto lo que quieres?

—¡Por favor! —El Tío dijo de nuevo, hablando a través de la voz del joven Víctor—. Que esta sea nuestra ch'alla. Como los viejos tiempos. Te he echado de menos. Te fuiste y la montaña ha cambiado. Siempre estaba cambiando. Ya no queda tanta plata, pero los jóvenes todavía trabajan aquí, como solías hacer tú, soñando con otros lugares. En estos días, la mayoría de las almas que toco son turistas que vienen a fotografiarse con mi imagen. Dejan ofrendas vacías. No socializan conmigo. Todos ellos tienen deudas que pertenecen a otros demonios. Nadie puede ser reclamado. Ya no. A veces, ni siquiera los niños pueden ser reclamados; ellos también nacen perteneciendo a otros. Pero te fuiste, y me alegro. Porque viajaste a Miami y me mostraste lo que realmente podría llegar a ser.

Mientras hablaba, Hugo comía y la comida era bastante buena. Se sirvió vino, recordando lo importante que era este ritual. Era algo que él y su hermano siempre hacían los martes y viernes, nunca tan exuberante pero largo y dilatado, con la intención de formar un vínculo con el demonio de la montaña. Era una forma de reconocer las deudas que tenían el uno con el otro: protección, devoción.

Mientras comía, Hugo se preguntó si El Tío tendría a Víctor con él, en algún lugar de la mina, tal vez en el mismo lugar adonde se había llevado a Dulce. Pero en el momento en que pensó esto, recordó la visión de su hermano cayendo al pozo de la mina, enterrado por piedra y mineral. ¿Se perdió su hermano en este inframundo para siempre? Hugo no preguntó nada de esto en voz alta, pero El Tío respondió de todos modos.

—No perdido, mi querido Hugo. Pero encontrado. Él está conmigo —dijo —. Uso su voz como tú usas tu ropa.

—Pero soy dueño de mi ropa —dijo Hugo—. Es completamente diferente.

—No. Creo que entiendes exactamente lo que quiero decir.

Este demonio, de miles de años, había sobrevivido al hacer que las personas con las que se encontraba estuvieran en deuda con él. La manera y la magia con la que todo esto se hizo eludía a Hugo, pero pudo entender una cosa: El Tío era un acreedor, al igual que Alexi. Todos los diablos incursionaron en el negocio de la deuda. Y esta comprensión hizo que Hugo estuviera menos asustado. Había estado tratando con acreedores toda su vida.

—Me halaga —dijo El Tío—, que pienses que soy como el abogado.

—Te has llevado a la niña —dijo Hugo—. ¿Por qué?

—Como diría Alexi, he ejecutado mi derecho de retención contra ti.

—Pero ella nunca fue mi hija.

—¿No la has imaginado como tuya?

Hugo apartó su plato de comida.

—No —gritó—. Esto es diferente.

El Tío atravesó el hueso de un trozo de carne y sacudió la cabeza, rígidamente, sus collares de cuentas cayendo en cascada. "¡Sí! ¡Sí! Todos piden clemencia. Nadie recuerda cuando lo hacen. Pero Hugo. Me has estado preguntando esto durante años. No puedo decirte cuántas veces le has deseado el mal a este abogado. Incluso tan lejos, encerrado en mi montaña, escuchaba tus gritos y pensaba: "Mi hijo. Debería ayudarlo. Debería ayudarlo". Y así lo hice. Incluso si le pertenecías. Te ayudé de todos modos. ¿Entiendes que todos estos años he estado observándote, observando tu vida? Y, a través de tu odio, también observándolo."

Hugo se sirvió un poco más de comida. El Tío no se equivocó. Hugo le había deseado el mal al abogado. Cada vez que le embargaban el salario, pensaba: "A la mierda con ese tipo". A veces, Hugo salía a dar un paseo temprano en la noche, tratando de mantener sus piernas en buen estado, y miraba y veía a alguien corriendo con un lindo chándal, y pensaba: "¡A la mierda con Alexi!". En ese extremo estaba Hugo. Cualquier señal de riqueza o prosperidad era suficiente para maldecir a Alexi. Para Hugo, el abogado se había convertido en un símbolo de todo lo malo del mundo. Hugo entendió, podía ver cómo años de odio se podían notar de esta manera. Era el mal de ojo de Hugo lo que perseguía a Alexi.

"Mírate, Hugo. Te has convertido en el hombre que eres. Nunca lo habría adivinado. Cuando te fuiste a los Estados Unidos, cuando permití que te fueras, nunca hubiera imaginado que vivirías una vida así. Tu esposa. Ella era hermosa. Ella era simplemente hermosa. Y tú eres un babalao." Y con esto, El Tío se rio, y caminó hacia Hugo, lentamente. Tenía cascos en lugar de pies, y estos resonaban contra el suelo de piedra. Su piel de piedra ardía en rojo y brotaban espesas matas de pelo animal. El Tío puso sus manos sobre Hugo, abrasándolo. "La niña ahora es mía" —dijo El Tío. Hugo se encogió cuando lo tocó—. "Y ahora que ella es mía, tú también lo eres. Mírate, aquí."

—Respetuosamente —dijo Hugo, escabulléndose del agarre—, me estás quemando.

—Parece que sí. Come. ¡Come! Esta es una fiesta. Es un placer. No quiero que se desperdicie.

Entonces, Hugo, que todavía tenía mucha comida en su plato, se sirvió aún más.

—¿Puedo preguntarte algo más?

—De hecho —dijo El Tío—, ya lo hiciste. ¡No más preguntas! —Y con esto, rio y rio, y caminó de regreso a su silla—. Admitido. Por favor, Hugo. Pregúntame lo que quieras.

—¿Mataste a mi hermano?

—Objeción.

—¿Tú mataste a Meli?

—¡No! Hugo. ¿Qué clase de demonio crees que soy? —preguntó, tomando su asiento. Encendió un cigarrillo.

—Permítame, por favor, practicar un léxico que ahora me es familiar. Soy, como tu buen amigo Alexi dice ser, y como sospechas, un cobrador de morosos. Eso es lo que siempre he sido. Claro, mis métodos son un poco precoloniales —dijo El Tío—, pero estoy aprendiendo. Me estoy poniendo con los tiempos. Buscó en una pila de ofertas, las revisó, solo para recuperar un teléfono inteligente.

—Incluso tengo una de estas cosas ahora. —Y habiendo dicho eso, arrojó el teléfono sobre la mesa.

—Esto es un sueño —dijo Hugo, en voz baja.

—Por favor —dijo El Tío—. Enciende tu cigarrillo y fuma conmigo.

—Todavía estoy comiendo —dijo Hugo.

—Es hora de encender tu cigarrillo —gritó El Tío, y su cuerpo estalló brevemente en llamas. Rápidamente se disculpó por el estallido—. Terminaremos aquí. Y una vez que hayamos terminado, liquidaremos nuestras deudas. Con esto. El Tío pasó al postre, comiendo trozos de flan con sus manos de piedra. Hugo estaba disgustado al observar la forma en que el flan se caramelizaba en su cuerpo por el puro calor y se volvía crujiente y espeso en su rostro. Todavía recuerdo" —dijo El Tío—, el paseo que tú y Meli dieron en South Beach. Fue después de la pelea, desperdiciaste tanto tiempo peleando. ¿Lo recuerdas? No es la manera de vivir una vida. Si te hubieras quedado en mi montaña, te habría enseñado. Pero la llevaste a la playa y caminaste por la orilla. El sol se estaba poniendo, y fue aquí donde ella dijo: "Te amo". Lo dijo incluso después de la pelea. Era la primera vez que lo decía en serio. Fue entonces cuando supe que ella también me pertenecería. Todo lo que te pertenece finalmente me pertenece a mí.

Hugo fumó el cigarrillo porque tenía miedo de romper la ch'alla. Se preguntó por qué gran parte de lo que El Tío quería decir se refería a deudas y cobranzas. Que él supiera, no tenía deudas con El Tío. Y Meli, tampoco. Era tan inocente como Dulce. El Tío apagó su cigarrillo. "Deberías haber tenido algún postre. Pero no. Piensas, piensas, piensas, piensas. Aquí estoy, actuando como un anfitrión perfecto, colmándote con tales indulgencias, y tú solo estás sentado allí tratando de rescatar a la hija de este abogado. Y déjame dejar esto claro. Esa niña está perdida. No la rescatarás. Pero tal vez puedas rescatarte a ti mismo. Hagámoslo justo. ¡Corre! Incluso te daré una ventaja".

Al principio Hugo se quedó estupefacto. ¿Era así como El Tío pretendía hacer negocios, a través de juegos? Pero para señalar que la ch'alla había terminado, el demonio se levantó de la mesa, arrojó su pesada silla a un lado y estalló en llamas hasta que todo lo que Hugo pudo ver fueron los dos agujeros negros de sus ojos y miles de duendes ardientes girando en espiral, intentando escapar. Aterrorizado, Hugo se apartó de la mesa y corrió por el pasillo. Corrió insensatamente, sus piernas apenas seguían el ritmo del resto de él. Cuando estaba a punto de volver a entrar en las minas, se tropezó con uno de los muchos montículos de ofrendas, y fue allí, enterrada en plástico y tapas de refrescos y cigarrillos secos a medio fumar, que Hugo vio una caja llena de joyas: anillos, collares, relojes. Vio, en un instante, a su hermano arrodillado en medio de ofrendas muy parecidas a esta. Era un recuerdo del día que Víctor murió. Durante la ch'alla, se arrodilló ante El Tío y rezó más tiempo de lo habitual. Hugo siguió tratando de apresurarlo, pero Víctor buscaba algo. Recordó este momento con ternura, viendo a Víctor dejar atrás el rosario, el que pertenecía a su madre y que ahora llevaba Hugo. *¿Qué trato hizo ese día?*

"¡Listo o no, ahí voy!". El Tío gritó, y se lanzó hacia adelante, todo oscuridad y fuego, como un sol expandiéndose en una estrella gigante roja y consumiendo todo a su paso. Hugo, que sentía la necesidad de huir en cada hueso de su cuerpo, se mantuvo firme sobre los temblorosos escombros. Cerró los ojos, quitó el rosario de su hermano. Qué gastado estaba para entonces. Hugo podía sentir que las cuentas se convertían en polvo, pero las mantuvo firmes y hacia El Tío. El cuero ya se estaba quemando y empezaba a arder, y Hugo oró a Dios y a los orishas y a cualquier entidad que pudiera reunir para que El Tío no lo incinerara y arrojara su alma a las sombras. En el momento en que El Tío debería haberlo atravesado, el fuego se detuvo. El Tío volvió a su forma original y dijo: "¡No hay tiempos muertos! Le estás quitando la diversión a esto. Empieza a correr de nuevo. Contaré desde el principio. ¿Qué dices?."

Hugo se encogió, empujando el rosario más lejos, temeroso de que estallara en llamas de una sola vez. Pero no lo hizo. De alguna manera, se mantuvo unido. Hubo un tiempo, seguramente, en que parecía un artefacto religioso. Ahora estaba destrozado más allá del reconocimiento, manteniéndose unido por el aceite, el polvo y la presión. Aun así, la textura familiar de sus cuentas de cuero le recordó a Hugo aquellos días en que se iba a los Estados Unidos con Santi, y cómo se aferraba a él sin importar a dónde fueran. En algún lugar de Omaha, el crucifijo se desprendió. Él y Santi pasaron el día y parte de la noche tratando de encontrar el amuleto en la nieve, pero ya no estaba. Hugo guardó el rosario de todos modos, era todo lo que le quedaba.

—Tómalo —le pidió a El Tío, casi reacio a devolvérselo—. Mi hermano pagó mis deudas con su vida y con este objeto, ¿no? Si tengo razón, entonces esto es lo único que te debo.

—¡No lo quiero! —gritó El Tío.

—¡Tómalo!

Hugo estiró su brazo, y la ofrenda robada simplemente rozó la forma de El Tío, y cuando esto ocurrió, El Tío se rompió en siete pizarras de piedra separadas. Y de aquellas lajas de piedra surgieron los siete diablos que Hugo había estado viendo en sus pesadillas. Retrocedieron al ver el artefacto. Quizás El Tío no quería que Hugo pagara su deuda. ¿Qué más podría explicarlo?

Los demonios emergieron como pequeñas lombrices de tierra, asomándose desde el suelo. Eran demonios tímidos, incómodos siendo expuestos. Se encogieron en la luz del pasillo y se unieron en un violento remolino y un estallido de llamas para formar algo incomprensible para Hugo; en medio de la sala subterránea estaba Meli, con el mismo vestido con el que la habían enterrado. Se veía hermosa, pero dormida. Entonces algo cambió en ella, y despertó convulsionada y aterrorizada, con los ojos encendidos.

Se fijó en Hugo, al principio mirándolo como si fuera un extraño, pero luego algo cambió. Ella pareció reconocerlo, echó sus brazos alrededor de Hugo y lo apretó con fuerza.

<hr/>

DESPUÉS DE LA RECUPERACIÓN DE MELI, sabían que deberían haber esperado antes de volver a tener intimidad. Lo habían planeado, pero un domingo por la noche bebieron demasiado.

Estaban viendo *Stranger Things*. Algo acerca de ver a Eleven bailar con Mike durante la escena del baile de graduación los hizo sentir tanta nostalgia por su juventud. En un momento, Hugo estaba haciendo otra bolsa de palomitas y susurrando "tengo muchas ganas de follarte" al oído de Meli; lo próximo fue ella agarrando su polla y llevándolo a la cama.

Su habitación era un desastre. La bolsa de ropa limpia había estallado por toda la cama y se había derramado por el suelo. Había granos de palomitas de maíz en las sábanas, pañuelos mocosos, Meli estaba resfriada. La puerta del baño estaba abierta, persistentemente aferrada al olor de su hemorragia. Aun así, qué bien se sentía estar con ella de nuevo, ver un futuro por delante para ellos. Los créditos corrían con esa espeluznante música de *Stranger Things*. Meli desvistió a Hugo y, en un momento aleccionador, dijo: "No seas idiota. Lentamente, ¿de acuerdo?".

Hugo se bajó los pantalones, se quitó la ropa interior como un colegial desesperado. Ella hizo lo mismo, solo que con más elegancia, quitándose la ropa interior y arrojándola hacia el cesto de la ropa sucia. Bajo el resplandor de la televisión, Hugo miró su coño antes de tocarlo. Quería asegurarse de que estaba bien. Honestamente, esta era la primera vez que lo veía sin sangre desde su cirugía.

—¿Se ve tan *funky*?" —ella preguntó—. ¡No soy un proyecto de ciencias, Hugo!

—Se ve perfecto —respondió.

—¿Perfecto? —ella dudó—. ¿Y eso que significa?

Ella se rio, se echó un poco de lubricante en los dedos y se frotó. Él se arrodilló entre sus piernas, erguido, sujetando el edredón alrededor de su cintura para que cuando se acostara sobre ella, ambos estuvieran debajo. Quería ser un caballero en todo.

Él la penetró lentamente, moviéndose hacia adelante y hacia atrás, mirándola a los ojos todo el tiempo para asegurarse de que no tuviera dolor. Y ella no tenía. Ella arqueó la espalda, trató de atraerlo más profundamente hacia ella. Clavó los dedos en su espalda y gimió; lo acercó más y lo abrazó, con la boca abierta de par en par. Incluso frente a su pasión, él se contuvo. Fue delicado y finalmente se perdieron en sí mismos. Sintió que estaba a punto de correrse, pero no quería. No quería que terminara.

Cuando llegó y sacó su pene, derrotado, temió que hubiera mucha sangre, pero había poca. Fue un alivio. Él rodó, puso su brazo sobre el cuerpo de ella y susurró: "Joder".

Ella murmuró: "Tú tampoco eres tan malo. Pero, ¿realmente has terminado?". Ella se rio y pasó la pierna por encima de él. Se quedaron dormidos de esta manera, escuchando cómo las gotas de lluvia se intensificaban hasta convertirse en una tormenta torrencial. Mientras yacía a su lado, él le hizo la promesa de que siempre le sería fiel.

Se durmió orgulloso de sí mismo, de Meli también, de todo lo que habían superado juntos. Y a la mañana siguiente, tuvo esa sensación familiar, como si se hubiera meado encima. Todo estaba tan frío y húmedo, incluso Meli. Estaba fría al tacto. Cuando se quitó el edredón, su alma fue enviada directamente al infierno. Ella se había desangrado durante la noche. Estaba cubierto por la sangre de ella, que se volvió costrosa y acre, y él yacía a su lado, temeroso de separarse de su esposa. A solas con su cuerpo en su dormitorio, siguió tratando de despertarse de la pesadilla. Incluso frotó los dedos en su sangre, con total incredulidad. Se odiaba a sí mismo por todo lo que había sucedido, cómo su infidelidad le había hecho esto a ella. Marcó el 9-1-1 porque qué más podía hacer, y caminó por la habitación, recordando las velas que Jess había colocado, cómo parpadeaban en la habitación, cómo la cera le había quemado la piel cuando él la dejó.

Todo lo que siguió fue terrible y agotador, y a Hugo no le importaba pensar en ello. Excepto que cuando llegó el informe de la autopsia, la causa de la muerte de Meli fue un aneurisma cerebral, no relacionado con el sangrado. El informe señaló que no había sangrado lo suficiente como para morir. Era posible que el coito hubiera abierto una herida quirúrgica, causando una hemorragia extrema; sin embargo, eso por sí solo no era potencialmente mortal. Hugo no creía una palabra de eso. Nada tenía sentido. *¿Qué* *importa?* pensó Hugo. Meli se había ido. Nada cambiaría eso. Si había algún consuelo, era que ella había seguido adelante. Pero allí estaba ella, una prisionera del inframundo de El Tío, condenada para la eternidad.

❧

SINTIENDO A MELI cerca de nuevo, esa calidez, Hugo preguntó:

—¿Eres realmente tú?

Ella sonrió y dijo:

—Por supuesto, idiota.

Y ella lo abrazó más fuerte. Luego lo soltó y buscó en los terrenos; tomó una linterna y abrió la puertecita de cristal. "¿Por qué no arrojas esa baratija allí y terminas con eso?". Por la forma en que ella lo ordenó, en broma, Hugo casi obedeció, pero se detuvo en seco.

Le hizo un gesto a Meli para que tomara el objeto, y ella retrocedió con espantosas convulsiones. En el momento en que lo hizo, su piel se endureció y pareció convertirse en parte de la montaña. Ella empujó su brazo hacia abajo, lo abrazó para ocultar su rostro. "¿No quieres estar conmigo?" —dijo con una voz que ya no era la suya. Y cuando quedó claro que Hugo no se lo creía, ella lo abofeteó y le dijo: "¡Me engañaste! ¡Por qué tuviste que engañarme!". La última declaración, de nuevo, brotó de ella con una voz que no era ni la de Meli ni la de su hermano. Eso asustó a Hugo, pero él no se alejó de ella. Porque se parecía a Meli. Dolía mirar. "Lo siento mucho" —dijo.

—Ay, Hugo —dijo Meli—. Te ves tan atormentado. ¿Por qué luchar más? Ríndete ante mí.

—Pero, la niñita —dijo—. He venido a devolverla a su familia.

—¿Qué niña? —Meli preguntó, y Hugo, buscando entre sus recuerdos, no pudo recordar.

Así fue. Siempre que Meli y Hugo estaban juntos, las cosas tendían a desmoronarse. Así había sido siempre. Y tal vez así habría terminado la historia, pero Hugo sí pensó en las personas de su vida. En Dulce, revisando los juguetes que esperaba que Santa le trajera. En Bárbara y su ritual del café. ¿Estaba sola en Walmart como había soñado? ¿Y Lena? Dios, cómo odiaba a esa mujer; pero él tenía este deseo, no sabía de dónde, de controlarla y ver cómo estaba. Y luego estaba Santi. ¿Cómo había permitido que se desperdiciaran tantos años? Y pensando en estas personas, en las muchas formas en que había desperdiciado la posibilidad de haber tenido relaciones más significativas con ellos, dijo: "He venido a buscar a Dulce y devolverla a su familia. Les debo eso".

—Pobre Hugo —dijo Meli, acariciando su mejilla—. Mi pobrecito Hugo. Incluso aquí, tan adentro de esta mina, todo lo que puedes hacer es aferrarte a los compromisos de mierda de tu pequeño mundo. Ha sido duro, ¿eh? ¿Por qué no quemas la ofrenda de tu hermano en la llama? ¿Qué bien te ha traído alguna vez?

—Tú no eres Meli —dijo Hugo con firmeza—. Ella nunca diría eso.

—¡Bien! La dejaré hablar si eso te convence —dijo El Tío.

Con esas palabras, Meli se derrumbó en el suelo y cuando despertó, algo había cambiado. La confianza de El Tío se había ido, para empezar. Y ella estaba asustada. Meli no pudo pronunciar ni una palabra. Hugo se arrodilló junto a ella y ella le tomó la mano. Ella no lo dejaría pasar. Finalmente, abrió la boca y jadeó. Cuando recuperó la compostura, su piel comenzó a florecer con parches de fuego. Hugo podía ver a los duendes de fuego batiendo sus alas debajo de su piel. Solo dijo una cosa, con lágrimas en los ojos: "Por favor, no me dejes aquí". Y antes de que Hugo pudiera responder, el fuego debajo de su piel se extinguió y Meli se fue. Lo que volvió y llenó su cuerpo fue otra cosa. Le tomó la mano, como siempre había hecho su deuda, y luego lo abrazó. Y sintiéndose tan cerca de su deuda, y añorando a Meli, Hugo dijo: "¿Y si destruyo este objeto? ¿Entonces que?"

—Te sentirás mejor —dijo la cosa disfrazada de Meli.

—Por supuesto que dirías eso.

—¿Lo necesitas? ¿Necesitas estas cosas que adeudas? ¿Nunca te has preguntado qué hubiera pasado si Eve hubiera retirado su mordida? ¿La fruta intacta? ¿La transgresión revertida?

Hugo recordó su dormitorio, las sábanas en mitad de la cama, desarregladas. La mañana. Allí estaba Meli, dormida, con el despertador sonando. ¿Cuántas mañanas había rezado para que pudieran olvidarse de sus responsabilidades, reportarse enfermos, quedarse en casa y en la cama mientras todo el mundo se ocupaba de sus asuntos? Hugo se preguntó si así serían las cosas si se rendía a El Tío. ¿Y le debía esto a Meli por su infidelidad? Que cada noche, en vez de llorar su pérdida, se llene del fuego de El Tío.

—Precisamente. Meli y Hugo para siempre, ¿no? Quédate con ella, hombre.

—Así no.

—¿A quién estás engañando?

—Bien. Pero solo después de que me dejes pasear a la hija del abogado… ¡No aceptarás nada más! —La voz resonó en la cámara y la montaña tembló. Una roca cayó sobre la mesa del comedor y la partió. Luego cayeron más rocas, destruyendo la mesa.

— Quiero decir —dijo Meli, en una voz más adecuada para su forma—, por qué, ¿Hugo?

—Porque —dijo Hugo—, le debes. Ella me trajo a ti. ¿Eso no es suficiente ofrenda?

—Supongo que tienes razón —dijo Meli—. Tú y tu hermano sois tan parecidos, tan convincentes. ¿Creerías que él me hizo la misma promesa? Su vida por tu protección. Ya era dueño del chico. Todos en esa ciudad estaban en deuda con mi montaña. Pero algo sobre su visión: *¡América!* y su esperanza para ti. Debo admitir, Hugo, que fue una propuesta convincente. Pero luego viniste y me destrozaste la cara. Y rebuscaste entre mis cosas y recuperaste lo que me había ofrendado.

—Esto. Yo tome esto. Nada más.

—Lo sé. Me sorprendiste, Hugo. Entonces también quise que la mina se derrumbara sobre ti.

—¿Así que todo esto ha sido un castigo? —preguntó Hugo.

—Empezó de esa manera —Meli le acarició la mejilla—. Esa cosa que sostienes. Es basura religiosa. Pero se convirtió en algo cuando me lo ofrecieron. Hugo, te fuiste de mi mina con un pedazo de infierno. Y debido a que hice un trato con tu hermano, no pude contactarte. La luz de su alma te protegía. Así que observé, vengativo. Te maldije cada momento de tu vida. Esperé a que te rindieras, convencido de que volverías a mí, pero no lo hiciste. Y a medida que pasaban los años, todo lo que podía hacer era mirar. Cuanto más miraba, más invertía en tu vida. Entonces llegó un día en que te vi como una persona, y no solo un objeto, o un punto, o un montón de huesos y carne. Tú eras solo… Hugo.

—No. No te importa nada —dijo Hugo, pero ahora no estaba seguro. Recordó el día que enterró a Meli, cómo llegó a su casa y bebió y bebió, y cómo a la mañana siguiente vislumbró su endeudamiento sentado a la mesa, tan brillante como el sol de Florida—. Estabas allí.

—Bueno, cuando un humano se lleva un pedacito del infierno al mundo, te preocupa.

—Si te importa, comprométete conmigo. Déjame llevar a la niña con su familia —dijo Hugo—. Y luego, te lo prometo, iré a la playa, al mismo lugar donde caminamos Meli y yo después de nuestra pelea, y allí enterraré el rosario. Lo enterraré profundamente para que nadie lo vuelva a encontrar.

—Pero si lo entierras —dijo El Tío—, se puede encontrar de nuevo.

—Entonces lo destruyes. Toma —dijo Hugo—, empujándolo hacia adelante.

Meli se estremeció y dio un paso atrás.

—Si lo destruyo, ¿qué evitará que me hagas daño? ¿Que me engañes?

—Hugo continuó.

—¿Pero no me rogaste por protección? Entonces creíste en mí. Cree ahora.

—Lo haré. Lo quemaré si te comprometes conmigo.

—Entonces, ¿puedo dejar mi montaña para poseerte? ¿Estoy invitado?

—Estás.

Meli besó a Hugo y le susurró:

—Hugo, mi niño perdido. Te lo has ganado. Tendrás la eternidad con ella. Y con esas palabras, Meli se fracturó en siete pedazos de piedra, y los demonios que emergieron de ellas se desviaron hacia las sombras del gran salón. Y fue solo entonces, después de que los demonios se fueron, que Hugo escuchó la voz de Dulce. Allí estaba ella, junto a la mesa de comedor rota, toda cubierta de suciedad y manchas y en medio de un montón de ofrendas, como si ella también fuera un objeto entregado.

USANDO UNA DE las lámparas del salón, Hugo sacó a Dulce, una niña tan valiente. Ella no lloró. Sostuvo la mano de Hugo con fuerza y no dudó. Un paso delante del siguiente, caminaron. En ella, Hugo se vio a sí mismo, un niño pequeño camino de *América*. Recordaba caminar por las vías con Santi. "Estarás bien" —le dijo. Ella asintió. Maniobrar a través de las minas resultó bastante difícil, pero se salvaron porque siempre había alguien más adelante, justo fuera de su alcance, iluminando el camino.

Quizás fue Víctor, o Meli, o su madrina. Podría haber sido cualquiera. Hugo no lo cuestionó.

Cuando finalmente salieron de la mina, cruzaron el umbral y entraron en la habitación donde había desaparecido por primera vez, Dulce respiró hondo y gritó con tanto alivio: "¡Hogar! ¡Papá! ¡Mami!". Y fue como si no hubiera pasado el tiempo. Alexi se arrastraba por las escaleras, un hueso sobresalía de su espinilla. Lourdes acababa de volver en sí, con la sangre resbalándole por la cara, y Claudia, que había estado esperando junto a la puerta tirando de su cabello, abrazó a su hija con fuerza. Alexi se unió a ellos, y ahora, finalmente, Hugo estaba absolutamente seguro de que lo que los rondaba había terminado. Lourdes tomó la mano de Hugo y le dijo:

—Ayúdame a levantarme, ¿quieres?

Él la levantó y dijo:

—Lo hice. La traje de vuelta.

—Puedo ver eso. Y tú. Te ves diferente, Hugo. ¿Qué tan diferente estás?

Hugo no estaba seguro. Él la ayudó a bajar las escaleras y, antes de salir, inspeccionó el acuario roto, los daños causados por el agua, las ventanas rotas, las pinturas arruinadas. El mundo de Alexi se había derrumbado, mientras que el suyo propio se había desvanecido, de modo que ni siquiera sus deudas pesaban más sobre él. En el momento en que Alexi se afligía por la destrucción de su propiedad, Hugo podía escuchar el tráfico de una carretera cercana. A través de las ventanas rotas, podía oler el pantano cercano en el aire.

20

HUGO NO LE CONTÓ a Lourdes nada sobre el trato que había hecho. No esperó a que llegaran los paramédicos o la policía. Se subió a su auto y condujo hasta Walmart. Con el poco dinero que aún tenía en su cuenta de ahorros, compró un juego de carreras de autos para Nintendo Switch, un reloj deportivo y unos auriculares bastante caros. Metió el recibo en la bolsa, por si acaso, y sorprendió a Bárbara en La Carreta, temprano. Ella estaba detrás del mostrador, apilando tazas de café y cantando las canciones navideñas que sonaban en la radio, cuando él dejó caer la bolsa sobre el mostrador y dijo: "¡Para tus sobrinos!". Parecía confundida. Miró a través de la bolsa, inspeccionó cada regalo. "¿Qué diablos es esto, Hugo? ¿Para quién dijiste que es esto?". "¡Tus sobrinas y sobrinos, por supuesto! Pensé, ellos deben tener estos." Bárbara asintió y se dio la vuelta lentamente. No fue la reacción que Hugo esperaba. Cuando él llamó su atención, Juanita, la camarera de la otra noche, se acercó a ver qué pasaba.

"¿Por qué estás molestando a Bárbara?" —ella preguntó—. "¿Por qué estás causando problemas tan temprano?". Y Hugo explicó lo que había hecho, a lo que la mesera lo empujó y le dijo: "Idiota. Ella no tiene sobrinas y sobrinos. ¿De dónde sacaste una idea tan estúpida?" Él no le creyó. Había visto el collar en su visión; había visto la lista de Navidad. Podía recordar sus nombres, ¿o lo habían engañado? Avergonzado, subió a su auto y se fue.

MÁS TARDE ESE DÍA, mientras conducía por el vecindario de Lena, Hugo pudo ver que las festividades ya estaban comenzando en todo Miami, aunque solo eran las once de la mañana. El carnicero cerca de la casa de Lena tenía una fila de clientes que llegaban hasta la mitad de la cuadra, cada uno probablemente esperando su carne de cerdo. Era un día nublado, bastante frío, y mientras conducía, Hugo pensó que en realidad había visto caer un copo de nieve del cielo, aunque no era más que una ráfaga. Entró en el camino de acceso de Lena, con una botella de vino tinto bajo el brazo, medio esperando que hubiera ruidos de fiesta, pero no hubo festividades. Lena ni siquiera había decorado. Cuando llegó a la puerta, todavía en bata, se sorprendió bastante al ver a Hugo. Él sacó su botella de vino y dijo: "Feliz Navidad", y Lena, como si acabara de despertarse, lo invitó a pasar a regañadientes. "¿Quieres café?" preguntó, y Hugo dijo: "Sí, gracias". Mientras preparaba el café, Hugo recorrió su casa. Estaba en busca del sofá y la mancha infame. En su visión, había visto que ella lo había movido a la sala de estar, así que allí fue primero.

En el camino, miró hacia la sala de cuadros y notó, de inmediato, un retrato de Meli donde él estaba. "Qué extraño", pensó. En la visión, Lena lo había cortado. Evidentemente, las visiones que había tenido no eran tan confiables, y esto se hizo especialmente evidente cuando entró en la sala de estar y vio que el sofá no estaba allí. En su lugar había otro sofá, con asientos reclinables. Era tan diferente a Lena. Él la recibió en la cocina y le dijo: "¿Qué le pasó a tu sofá elegante?", y Lena, que estaba preparando la espumita, sonrió y dijo: "Oh. Esa cosa vieja. Lo hice llevar al vertedero. ¿Por qué lo preguntas?".

Hugo se sentó en el rincón del desayuno y sacudió la cabeza y contestó: Por nada.

—Sabes, Hugo. Es tan extraño encontrarte aquí hoy. ¿Todo está bien?

—Sí —afirmó—. Las cosas me van muy bien, Lena.

—Eso es bueno. Me alegro. —Dejó su café delante de él, y se sentó con él.

—Entonces, ¿tienes algún plan hoy? —preguntó—. ¿Cómo has pasado tu Nochebuena?

—Bueno —dijo Lena, mirando por la ventana—, fui a misa, visité a mis primos. ¿Y tú?

—Estaba planeando ir a la playa. Caminar por la orilla.

—Eso suena encantador, Hugo. Si necesitas a alguien para pasar el día, llámame, ¿de acuerdo?

—Yo también estaba pensando que vería al hombre que me cuidaba. Santiago. Ha pasado tanto tiempo.

—Sí —dijo Lena—. Este es el momento de estar en familia.

Hugo tomó un sorbo de su café. Era tan dulce, con un toque de canela. Estaba agradecido con Lena, pero un poco desorientado. Era incómodo estar sentado con ella. Meli estaba en su mente, pero no se atrevió a abrir esa puerta, así que en lugar de eso soltó:

—Sabes, probablemente podría recuperar tu viejo Benz.

—¿Mi coche? —Lena preguntó.

—Sí. Conozco al abogado que lo embargó.

—Hugo —dijo—, estás equivocado. Mi coche está en el garaje.

—No —dijo—. No. Vi que lo embargaron.

—Bueno —dijo—, ahora estoy preocupada. Echemos un vistazo.

Lena lo llevó al garaje, encendió la luz y, por supuesto, el auto estaba estacionado allí, perfectamente seguro. Hugo no entendía. Se sintió tonto, creyendo en tales visiones, en primer lugar.

—No pareces estar bien –comentó Lena—. ¿Puedo llamar a alguien por ti?

' —No. No. Mira, Lena, debería irme. Fue agradable verte, ¿de acuerdo?

Con esas palabras, Hugo salió disparado de su casa, subió a su automóvil y condujo hacia Hialeah Happy Assisted Living.

ANTES DE VISITAR las instalaciones, Hugo se detuvo en un Sedano's y recogió una caja de turrón de Alicante. Era una especie de tradición que él y Santiago habían mantenido desde que se establecieron en Omaha. Hugo esperaba reavivar su relación, pero ahora era cauteloso. Las visiones lo habían desviado. Lo habían manipulado, o había perdido la cabeza. En su viaje por el interminable cinturón de tráfico de Hialeah, se preguntó: *¿Realmente hice un trato con El Tío, ¿o también fue una visión?* Incluso cuando la duda se asentó, no se podía negar las quemaduras en su brazo. ¿Qué más podría explicarlas?

Hugo esperaba, más que nada, sentarse al lado de Santi y observar a *Plácido,* como lo habían hecho en años anteriores.

Estaba preparado para que Santi no recordara su nombre. Estaba preparado para escuchar: "¡Armando!" gritado una y otra y otra vez. Es decir, Hugo se dispuso para lo que podría encontrar, pero lo que no esperaba encontrar eran cadenas alrededor de las manijas de las puertas y un candado. El negocio había cerrado. Alguien había etiquetado la entrada con mensajes indescifrables. Donde antes había césped, crecían las malas hierbas.

Sin saber a dónde ir a continuación, marcó el número de teléfono del edificio. Por suerte, el propietario había hecho arreglos para que todas las llamadas telefónicas fueran transferidas a su celular privado. Cuando el hombre respondió, Hugo preguntó por la ubicación de un residente llamado Santiago Fernández. "Santiago... Santiago... Santiago...", murmuró el hombre, evidentemente buscando en algún directorio. Mientras continuaba buscando, tranquilizó a Hugo: "No se preocupe, señor. Esa fue solo una de nuestras ubicaciones. Estoy seguro de que sabré adónde lo trasladaron. Después de un rato, se hizo el silencio. El hombre en la línea tosió. Esto fue seguido por un cambio en el tono. "Lamento que estés conociendo esto por mí. Santiago Fernández falleció el año pasado. No puedo dar más información, solo a la familia. ¿Eres familia?".

Hugo se sentó en el borde de la acera y abrió la caja de turrón, partió un trozo. Tal vez había sido ingenuo al pensar que las cosas serían como antes.

—¿Señor? ¿Es usted familia?

—Soy. Santiago era mi tío. —¿O lo era? Hugo ya no estaba seguro. Pero se sintió bien recordar a Santi y verlo de nuevo, no como un extraño sino como un tío cariñoso, incluso hasta el final.

—Entonces deberíamos organizar una reunión. No teníamos familiares registrados.

—¿Está pidiendo conocerme?

—Puedo transferirle sus registros médicos, si lo desea. Y, como puede imaginar, hay algunas otras discusiones más delicadas que necesitaríamos tener relacionadas con sus cuentas y los gastos. Resulta que su tío había acumulado…

Hugo colgó el teléfono. Y debido a que temía que el hombre de Hialeah Happy Assisted Living pudiera rastrearlo, de alguna manera, quién sabe, tal vez a través de la triangulación, como había escuchado innumerables veces en los programas de Netflix, Hugo tomó una piedra y rompió su teléfono. Rompió la pantalla hasta todo lo que se reflejaba en ella era el cielo.

DESCONCERTADO Y SIN SABER A DÓNDE IR EN NAVIDAD, Hugo condujo hasta South Beach como había prometido que haría. Aparcó en un garaje de varios niveles abandonado de la mano de Dios, luego navegó por sus laberínticos pasillos hasta que llegó a Ocean

Drive y luego, finalmente, a la orilla del mar. El sol se estaba poniendo detrás de los pequeños edificios Art Deco, pero Hugo solo miraba la oscuridad. Ahí es donde buscaba estar, no en la luz fluorescente y ultravioleta detrás de él, sino en la sombra que siempre lo había perseguido en el mundo. La brisa era fuerte y cálida, y ahora podía sentir su deuda, realmente tomando forma como algo material, como el hierro en su sangre. Aunque estaba solo —a excepción de las parejas, aquí y allá, sentados sobre mantas, en sus propias pequeñas bolas de nieve tropicales—, no se sentía solo. Porque antes, cuando había estado comprando para los sobrinos y sobrinas aparentemente inexistentes de Bárbara, había visto a niños obligados a dejar juguetes en los estantes ya que su padre les había dicho que eran caros, y no estaban dentro de su presupuesto. Qué poco dispuesto estaba el hombre a endeudarse. Podía ver por qué. La gente siempre está al borde de la deuda, siempre negociando esto. *¿Cómo es, realmente, no deberle nada a nadie?*

Alexi, incluso después de todo, acordó que la deuda de Hugo debería permanecer cancelada. "Es Nochebuena, había dicho, y rescataste a mi hija. Solo vete, ¿de acuerdo?". Finalmente libre de sus obligaciones financieras, Hugo se dio cuenta de que ya no sabía quién era ni quién debería ser.

Entonces, como había prometido, cavó un pequeño hoyo con sus manos y colocó el rosario en el hoyo; lo sostuvo por un extremo, colocándole una cuenta a la vez, hasta que se enroscó como una pequeña serpiente. Luego, vertió líquido para encendedores sobre el rosario, y con un encendedor que solo había usado en el trabajo durante rituales como este, lo quemó y vio cómo esas cuentas de cuero viejas y secas se convertían en cenizas. Observó hasta que ya no había humo, y el objeto había sido absorbido por la arena; el cielo y el mar se habían oscurecido, y sintió, en la brisa fresca, que había cometido un grave error.

Era sólo un pensamiento, como la sensación de un nervio en el instante en que te extraen un diente. Al destruir la reliquia, la había hecho sagrada de una manera que ni siquiera la muerte podría borrar, y fue entonces, sintiendo el abrazo de una deuda que siempre había estado con él y dando la bienvenida a ese calor, que esperó, rezando para que El Tío lo recuperara y él pudiera estar con Meli para siempre en la gloria de su caída y condenación. Y aunque no podía verla, Hugo ahora podía sentir a Meli cerca, y podía ver a los demonios caminando por la orilla, no insidiosos ni amenazantes, sino como pastores allí para guiarlo. Aquella tarde, cuando ya se ponía el sol y le atravesaba la noche, escuchó la voz de Meli: "Feliz Navidad, Hugo". Ahí estaba ella, como le había prometido El Tío. "¿Qué dices si vamos a dar un paseo?" ella preguntó. Si los que estaban en la playa hubieran estado mirando, habrían visto a Hugo un momento sentado ociosamente, y al siguiente rebosante de vigor y caminando sobre el mar.

AGRADECIMIENTOS

Gracias infinitas a mi agente, Jane von Mehren, por su sabiduría y paciencia. Muchas gracias a Maggie Cooper y Dunya Kukafka por sus primeras lecturas y generosas ideas, y a la gente de Aevitas Creative Management por su visión y optimismo. Gracias, Pilar García-Brown, la editora de mis sueños y gracias al equipo de Dutton y Penguin Random House por su confianza.

Este libro no habría llegado a buen término sin el apoyo de Ithaca College. Inmensa gratitud a mis colegas y amigos por sus primeras lecturas: Antonio DiRenzo, Eleanor Henderson, Christine Kitano, Nick Kowalczyk, James Miranda, Tyrell Stewart-Harris, Jack Wang y Jacob White. Mucha gratitud a Ithaca City of Asylum, Ithaca's Community Arts Partnership y Low Profile en Grayhaven Motel por invitarme a leer los primeros extractos de esta novela. Y, por supuesto, muchas gracias a Lesley Williamson y al personal de la Fundación Constance Saltonstall para las Artes por el espacio para escribir.

Muchas gracias a Laura y Daniel Casasanto por asegurar nuestro lugar de refugio durante COVID-19 y por su disposición para hablar sobre la novela a lo largo de la pandemia. Y a mis amigos cubanoamericanos en Ithaca: Radio Cremata, Isabel M. Perera, Gladys Varona-Lacey y Vivian Zayas.

Estoy agradecido con los muchos escritores y profesores de escritura que me han ayudado a afinar mi oficio a lo largo de los años, especialmente con John Dufresne, quien me inspiró a seguir este camino cuando estaba en la Universidad Internacional de la Florida. Mucha gratitud a la Fundación CubaOne, el Centro Kimmel Harding Nelson, el Taller Literario Las Dos Brujas, la Conferencia de Escritores de Santa Fe, la Conferencia de Escritores de Sewanee y la Academia de Artes Sundress por su apoyo a mis escritos.

A Alberto Rico, quien me convenció de buscar un trabajo en *The Real Yellow Pages* vendiendo publicidad en North Miami. Es gracias a esta experiencia que llegué a conocer íntimamente Hialeah Gardens y Medley.

A mis amigos y familiares en Miami, gracias a todos desde el fondo de mi corazón. Soy el tipo de escritor que necesita hablar sobre lo que está haciendo. A mis padres, Raúl y Maricela Palma, no hubiera podido realizar este trabajo sin su apoyo. Gracias por leer los millones de extractos que le envié por correo electrónico y por estar siempre disponibles para discutir por teléfono. A mi hermana, Lauren Palma, gracias por sus conocimientos sobre los temas de la novela y, por supuesto, por su increíble ayuda para hacer mi sitio web de autor.

Mucha gratitud a Xavier Navarro por su amistad. Gracias por estar disponible para escuchar mi obsesión con cada pequeño detalle y cada pequeña tensión. Gracias por sus comentarios sensatos.

Por supuesto, esta novela no habría existido sin mi esposa, Mix Moriaux. Originalmente se redactó como un cuento corto en 2016, y Mix dijo: "Ahí hay una novela", y yo, por supuesto, no estuve de acuerdo, pero, de nuevo, generalmente me equivoco con estas cosas. Gracias, Mix, por leer cada borrador y ser tan generosa con tus comentarios. Gracias por creer en mí, por tu amor y por darme la confianza para escribir. Y a mi hija, Olivia, el regalo más grande ha sido compartir esto contigo.